玉溪生詩意

[唐]李商隱 撰
[清]朱鶴齡 屈復 注

拾瑶叢書

上册

文物出版社

圖書在版編目（CIP）數據

玉溪生詩意 / (唐) 李商隱撰 ; (清) 朱鶴齡, (清) 屈復注. -- 北京 : 文物出版社, 2020.7
（拾瑶叢書 / 鄧占平主編）
ISBN 978-7-5010-6443-4

Ⅰ. ①玉… Ⅱ. ①李… ②朱… ③屈… Ⅲ. ①唐詩－詩集 Ⅳ. ①I222.742

中國版本圖書館CIP數據核字(2019)第275297號

玉溪生詩意 〔唐〕李商隱 撰 〔清〕朱鶴齡 屈復 注

主　　編：鄧占平
策　　劃：尚論聰　楊麗麗
責任編輯：李縉雲　劉良函
責任印製：張　麗

出版發行：文物出版社
社　　址：北京市東直門内北小街2號樓
郵　　編：100007
網　　址：http://www.wenwu.com
郵　　箱：web@wenwu.com
經　　銷：新華書店
印　　刷：藝堂印刷（天津）有限公司
開　　本：710mm × 1000mm　1/16
印　　張：36.75
版　　次：2020年7月第1版
印　　次：2020年7月第1次印刷
書　　號：ISBN 978-7-5010-6443-4
定　　價：225.00圓（全二册）

前言

《玉溪生詩意》八卷，又名《李義山詩箋注》，是晚唐詩人李商隱的詩集詮解本。清朱鶴齡、屈復箋注。此本爲清乾隆時期揚州藝古堂刻本。半頁十行，行二十一字，小字雙行同。白口，單魚尾，四周單邊。

李商隱（約八一三—約八五八），晚唐著名詩人。字義山，號玉溪（谿）生，又號樊南生，原籍懷州河内（今河南沁陽），祖輩遷滎陽（今河南鄭州滎陽）。擅長詩歌寫作，駢文文學價值也很高，和杜牧合稱『小李杜』，與温庭筠合稱『温李』。朱鶴齡（一六〇六—一六八三），字長孺，號愚庵，江蘇吴江人。朱鶴齡注本是李商隱詩的早期注本。他箋注的指導思想爲『博考時事，推求至隱』，强調李詩的典故出處，在注文中大段徵引，詳考詩文字句來歷。屈復（一六六八—一七四五），清代詩人。初名北雄，後改復，字見心，號悔翁，晚號逋翁、金粟老人，世稱『關西夫子』。蒲城縣（今屬陝西）罕井鎮人，後遷縣城北關。『就詩論詩』是屈注的指導思想，行文言簡意賅，不穿鑿附會，往往寥寥數語，便尽得主旨。其箋注是在朱氏注本的基礎上進行的，他在本書《凡例》中明確指出『舊注録前，僭解居後』。

歷代文人對李商隱的詩歌成就褒貶不一。屈復在此書《序》中提到：『玉溪生詩，王荆公謂爲善學少陵。西昆詩之。或者嫌其香奩輕薄，獺祭之誚，其來甚遠。而元遺山云：「只恨無人作鄭箋。」近毛西河奇齡乃曰：「李商隱本庸下之才，其詩皆在半明半暗之間。」何好惡懸殊如是也？』在他看來，正是對李商隱詩的不解才使後人對其評價如此不一。屈復在書的《凡例》和《序》中道出了注解《玉溪生詩》的本意：『玉溪詩用事最多、最妙，必不可以無注，朱氏注出，真爲此公功臣；予謂尤不可以無解，無解亦不能盡知其妙，此《玉溪生詩意》所以作也。』『今其全集有注無解，予兹勉焉』。

是書共八卷，按詩體五古、七古、五律、七律、五絶、七絶、五言排律編次。其中注釋以朱鶴齡注爲藍本，每詩後先附朱注，屈引據時删繁就簡，對原注所未涉及的内容，補注於後。注後有對每一作品的分段詮釋解讀，以説明詩意。書前有乾隆四年（一七三九）金粟老人屈復題於燕市之蒲城會館序；次順治己亥（一六五九）朱鶴齡書於猗蘭堂原序。序後有《舊唐書·李商隱傳》、諸家詩評、金粟老人凡例等。版心題『玉溪生詩意卷某』，下注詩體及本卷頁碼。

正文卷端題『玉溪生詩意卷一』，下署『蒲城屈復悔翁著，襄平高士鑰景萊閱，臨潼張坦吉人恭閱』。

此書乾隆四年（一七三九）由揚州藝古堂初刻，道光十年（一八三〇）劉傳經堂校刊重梓，又有民國六年（一九一七）上海會文堂石印本。此次出版，以清乾隆四年（一七三九）揚州藝古堂刻本爲底本影印。

中國國家圖書館　沈艷麗

二〇一九年十二月

玉溪生詩王荆公謂爲善學少陵西崑師之或者嫌其香奩輕薄獺祭之誚其来甚遠而元遺山云只恨無人作鄭箋近毛西河竒齡乃曰李商隱本庸下之才其詩皆在半明半暗之間何好惡懸殊如是也人知美玉之貴而莫攻其堅玉人則削之如泥卞氏之璞矇者石之而玉人玉之鏡中之花空山之人語唯影響是求此五月披衷者之所以致歎于皮相之士也今其全集有註無解予茲勉焉闕兩旬而畢其間

賓客之過從衣食之交迫暇少而愁多其詳且盡也愧專功矣三閭楚詞至漢武始好之王逸始註之史記至身後數百年始重於世彼瞽者之論曰如鉦如盬無真見也百丈之繩不能測十丈之淵長未用也吾既不敢以無長誣古人又豈敢以真見誣來者乎將毋文章之顯晦亦如人世之升沉遇合有運會與或曰詩之典可註意不可解解意者鑿也夫詩之有典猶食之品類而意則味也略其意而列品類則土

飯塵羹蘊以穢惡爲君一飽可乎既無解
矣復何所見而好之惡之而輕薄之也若
鄭人之什襲荆山之抵鵲藍田之可餐也
豈玉之能自言哉孔子曰思無邪孟子曰
以意逆志然則孔孟非與況六經皆大聖
人之作皆有解抑又何也貴人有千金市
鬬牛圖者開筵宴賞直尾怒目若眞鬬於
堂上者賓客少長貴賤墻進無異詞有牧
童過而大笑貴人怒詈將扑焉牧童跽而
泣訴曰虎鬬尾豎牛鬬尾垂云

乾隆四年歲次己未十有二月金粟老人
屈復題于燕市之蒲城會館
揚州江恂書

原序

申酉之歲予箋杜詩于牧齋先生之紅豆莊旣卒業先生謂予曰玉溪生詩沈博絕麗王介甫稱為善學老杜惜從前未有為之注者元遺山云詩家總愛西崑好只恨無人作鄭箋子何不併成之以嘉惠來學予因繙覈新舊唐書本傳以及箋啓序狀諸作所載于英華文粹者反覆尋攷乃喟然嘆曰嗟乎義山蓋負才傲兀抑塞于鈎黨之禍而傳所云放利偷合詭薄無行者非其實也夫令狐綯之惡義山以其就王茂元鄭亞之辟也其惡茂元鄭亞以其為贊皇所善也贊皇入相薦自晉公

功流社稷史家之論每曲牛而直李茂元諸人皆一時翹楚綯安得以私恩之故牢籠義山使終身不為之用乎綯特以仇怨贊皇惡及其黨因併惡其黨贊皇之黨者非真有憾于義山也太牢與正士為讐綯父楚比太牢而深結李宗閔楊嗣復綯之繼父深險尤甚會昌中贊皇擢綯臺閣一旦失勢綯與不逞之徒竭力排陷之此其人可附離為死黨乎義山之就王鄭未必非擇木之智渙丘之公此而目為放利偷合詭薄無行則必將朋比奸邪擅朝亂政如八關十六子之所為而後謂之非偷合非無行乎且吾觀其活獄弘農則忤廉察題詩

九日則忤政府于劉蕡之斥則抱痛巫咸于乙卯之變則銜冤晉石太和東討懷積骸成莽之悲党項興師有窮兵禍胎之戒以至漢宮瑶池華清馬嵬諸作無非諷方士為不經警色荒之覆國此其指事懷忠鬱紆激切直可與曲江老人相視而笑斷不得以放利偷合詭薄無行嗤摘之者也或曰義山之詩半及閨闥讀者與玉臺香奩例稱荆公以為善學老杜何居予曰男女之情通于君臣朋友國風之螓首蛾眉雲髮瓠齒其辭甚褻聖人顧有取焉離騷託芳草以怨王孫借美人以喻君子遂為漢魏六朝樂府之祖古人之不得志于君臣朋

友者往往寄遙情于婉孌結深怨于蹇修以序其忠憤無聊纏綿宕往之致唐至太和以後閹人暴橫黨禍蔓延義山阨塞當塗沈淪記室其身危則顯言不可而曲言之其思苦則莊語不可而謾語之計莫若瑤臺璚宇歌筵舞榭之間言之可無罪而聞之足以動其梓州吟云楚雨含情俱有託早已自下箋解矣吾故曰義山之詩乃風人之緒音屈宋之遺響蓋得子美之深而變出之者也豈徒以徵事奥博擷采妍華與飛卿柯古爭霸一時哉學者不察本末類以才人浪子目義山即愛其詩者亦不過以為帷房暱媟之詞而已此不能論世知

人之故也予故博考時事推求至隱因箋成而發之以復于先生且以為世之讀義山集者告焉順治己亥二月朔朱鶴齡書於猗蘭堂

舊唐書文苑傳

李商隱字義山懷州河內人新書或言英國公世勣之裔孫按義山乃宗室辨詳詩集注曾祖叔恒位終安陽令祖俌位終邢州録事參軍父嗣令狐楚鎮河陽以所業文干之年纔及弱冠楚以其少俊深禮之令與諸子遊楚鎮天平汴州從為巡官歲給資裝令隨計上都開成二年方登進士第新書開成二年高鍇知貢舉令狐綯雅善鍇獎譽甚力故擢進士第釋褐秘書省校書郎調補弘農尉新書以活獄忤觀察使孫簡將罷去會姚合代簡諭使還官會昌二年又以書判拔萃王茂元鎮河陽辟為掌書記茂元愛其才以子妻之茂元雖讀書為儒然本將家子李德裕素厚遇之

時德裕秉政用為河陽帥德裕與李宗閔楊嗣復令狐楚大相讐怨商隱既為茂元從事宗閔等大薄之新書茂元善德裕牛李黨人蚩謪商隱以為詭薄無行共排笮之時令狐楚已卒子綯為員外郎以商隱背恩尤惡其無行俄而茂元卒來遊京師久之不調會給事中鄭亞廉察桂州請為觀察判官檢校水部員外郎大中初白敏中秉政令狐綯在内署共排李德裕逐之亞坐德裕黨亦貶循州刺史商隱隨亞在嶺表累載三年入朝新書亞謫循州商隱從之凡三年乃歸亞亦德裕所善綯以為忘家恩放利偷合謝不通按義山在嶺表不一年史文誤也又史云謝不通而隨亞後與綯酬和詩頗多京兆尹盧弘正按弘正是時不為京兆尹史亦誤奏署掾曹令典牋奏明

年令狐綯作相商隱屢啓陳情綯不之省（新書綯當國商隱歸窮自解綯憾不置）弘正鎮徐州又從為掌書記府罷入朝復以文章干綯乃補太學博士會河南尹柳仲郢鎮東蜀辟為節度判官檢校工部郎中（新書作工部員外郎）大中末仲郢坐專殺左遷商隱廢罷還鄭州未幾病卒（新書仲郢辟判官府罷客滎陽卒）

商隱能為古文不喜偶對從事令狐楚幕楚能章奏遂以其道授商隱自是始為今體章奏（新書商隱初為文瑰邁奇古楚工章奏因授其學商隱儷偶長短而繁縟過之）博學強記下筆不能自休尤善為誄奠之辭與太原溫庭筠南郡段成式齊名時號三十六體文思清麗庭筠過之而俱無特操恃才詭激為

當塗者所薄名宦不進坎壈終身弟羲叟亦以進士擢第累爲賓佐商隱有表狀集四十卷新書藝文志李商隱樊南甲集二十卷乙集二十卷玉溪生詩三卷又賦一卷文一卷宋史藝文志李商隱文集八卷四六甲乙集四十卷別集二十卷詩集三卷

附錄諸家詩評

陸魯望集一則

吾聞淫畋漁者謂之暴天物天物且不可暴又可抉摘刻削露其情狀乎使自萌卵至于槁死不能隱伏天能不致罰耶長吉夭東野窮玉溪生官不挂朝籍而死正坐是哉正坐是哉

古今詩話一則

楊大年億錢文僖惟演晏元獻殊劉子儀筠為詩皆宗義山號西崑體後進效之多竊取義山詩句嘗內宴優人有為義山者衣服敗裂告人曰吾為諸館職撏撦至此

聞者大噱

蔡寬夫詩話二則

白樂天晚年極喜義山詩云我死得爲爾子足矣義山生子遂以白老名之既長略無文性溫庭筠嘗戲之曰以爾爲樂天後身不亦忝乎然義山有袞師我嬌兒美秀乃無匹之句不知詩之所稱即此二子否乎不然後何其無聞也

王荆公晚年亦喜義山詩以爲唐人知學老杜而得其藩籬惟義山一人而已每誦其雪嶺未歸天外使松州猶駐殿前軍永憶江湖歸白髮欲迴天地入扁舟與池

光不受月暮氣欲沈山江海三年客乾坤一戰場之類
雖老杜無以過也

石林詩話一則

歐陽公詩始矯崑體專以氣格爲主故其詩多平易疎
暢

楊文公談苑二則

義山爲文多簡閱書冊左右鱗次號獺祭魚
予知制誥日與余恕同考試因出義山詩共讀酷愛一
絕云珠箔輕明覆玉墀披香新殿鬬腰支不須看盡魚
龍戲終遣君王怒偃師嘆古人措辭寓意如此深妙令

人感慨不已

唐詩紀事一則

鹿門先生唐彥謙為詩酷慕玉溪生得其清峭感愴蓋其一體也然警絕之句亦多有

緗素雜記一則

義山錦瑟詩山谷讀之殊不曉其意後以問東坡坡曰此出古今樂志錦瑟之為器也其絃五十其柱如之其聲也適怨清和以中間四句配之一篇之中曲盡其意

劉貢父詩話錦瑟當時貴人愛姬之名唐詩紀事錦瑟令狐楚青衣

范元實詩眼二則

文章貴衆中傑出同賦一事工拙易見子行蜀道過籌筆驛如石曼卿詩意中流水遠愁外舊山青有山水處便可用不必籌筆驛也殷潛之與小杜詩甚健麗亦無高意惟義山詩云猿鳥猶疑畏簡書風雲長爲護儲胥簡書軍中法令約束言號令嚴明雖千百年之後猿鳥猶畏之也儲胥軍中籓籬言忠義貫神明風雲猶爲護其壁壘也誦此二語使人凜然復見孔明風烈至于管樂有才終不忝關張無命復何如屬對親切又有議論他人不及也馬嵬驛唐詩尤多如劉夢得錄野扶風道一篇人頗誦之其淺近乃兒童所能義山云海外徒聞

更九州他生未卜此生休語極親切高雅故不用墮淚愁怨等字而聞者為之深悲空聞虎旅鳴宵柝無復雞人報曉籌如親扈明皇寫出當時物色此日六軍同駐馬他時七夕笑牽牛益奇義山詩世人但知其巧麗與溫筠庭齊名蓋俗學止得其皮膚其高情遠意皆不識也

予舊日常愛劉夢得先主廟詩山谷使予讀義山漢宣帝詩然後知夢得之淺近漢宣帝詩即鄠杜馬上念漢書作也

呂大有詩話一則

義山詩一春夢雨常飄瓦盡日靈風不滿旗東萊公極

愛此聯以為有不盡之味

西谿叢語二則

李商隱有當句對詩密邇平陽接上蘭秦樓鴛瓦漢宮盤池光不定花光亂日氣初涵露氣乾亦有當句對而兩句不對者如陸龜蒙詩云但說漱流并枕石不辭蟬腹與龜腸

唐末館閣諸公泛舟以木蘭為題忽一貧士登舟作詩云洞庭春水綠于雲日日征帆送遠人曾向木蘭洲上過不知元是此花身諸公大驚物色之乃義山之魄時義山下世久矣又嵐齋集載此乃陸龜蒙于蘇守張搏

坐中賦木蘭堂詩未知孰是

北夢瑣言一則

李商隱員外依彭陽令孤楚以箋奏受知相國既歿彭陽之子綯繼有韋平之拜疎隴西未常展分重陽日義山詣宅于廳事上題詩曰曾共山翁把酒時霜天白菊繞堦墀十年泉下無消息九日樽前有所思不學漢臣栽苜蓿空教楚客咏江籬郎君官貴施行馬東閤何因再得窺綯視之慙悵而已乃扃閉此廳終身不處唐詩紀事所載其說與此小異

三山老人語錄一則

義山雜纂以對花啜茶謂之殺風景故荆公寄茶與平甫詩有金谷花開莫漫煎之句

鶴林玉露一則

明皇納太眞宫中與衛宣公納伋妻無異白樂天長恨歌云楊家有女初長成養在深閨人不識天生麗質難自棄一朝選在君王側此爲尊者諱也近時楊誠齋題武惠妃傳云桂折秋風露折蘭千花無朵可天顔壽王不忍金閨冷獨獻君王一玉環詞雖工而意未婉惟李商隱云龍池賜酒敞雲屏羯鼓聲高衆樂停半夜宴歸宫漏永薛王沈醉壽王醒其詞微而顯得風人之體

漫叟詩話一則

嘗見曲中使柳三眠事不知所出後讀玉溪生江之(一作文)嫣賦云豈如河畔牛星隔歲止聞一過不比苑中人柳終朝剩得三眠注云漢苑中有柳狀如人形一日三眠

凡例

玉溪詩用事最多最妙必不可以無註朱氏註出眞為此公功臣予謂尤不可以無解無解亦不能盡知其妙此玉溪生詩意所以作也舊註錄前僭解居後不敢攘取昔人之苦功也

舊註有一事而引數典者不論詩意惟看字句相同耳初學披覽翻滋煩擾今止存切詩意者一則刪其繁蕪以免葛藤

舊註錦瑟五十絃破為二十五絃不過為上五字所出下破為二十五絃乃帶錄之耳解者遂因破瑟而傍

引破鏡則註典反覺多事矣然因哽廢食又不可也
故原註所未及者予亦僭補于後

詩之用解以啓初學然予見唐詩諸解于詩之明白可
不用解者每多刺刺不休其難解者非不置一辭則
含糊囁嚅滋人疑竇英雄欺人不敢蹈彼故轍

古今諸體舊本合刻今各以類分便于觀覽然先後次
序仍依原本惟過聖女祠一首移重過聖女祠詩之
前

凡詩有所寄托有可知者有不可知者如月中霜裡鬬
嬋娟終遺君王怒偃師諸篇寄托明白且屬泛論此

可知者若錦瑟無題玉山諸篇皆男女慕悅之詞知
其有寄托而已若必求其何事何人以實之則鑿矣
今但就詩論詩不敢附會牽扯
玉溪髙妙之作可追少陵間有疵謬亦為評出瑕瑜不
掩庶不貽悮初學
三百篇男女情詩夫子不廢玉溪集中此類多有道學
先生或以淫詞少之此眛思無邪之旨矣若以為必
不可讀則宋朝南子西子子都之名何至載諸論孟
之中乎僭解發明寄托為玉溪生一洗此誣
舊註錄前新解居後此書定例也間有前居新解者此

梓工之誤又此書告成始末僅二十日時既無多行篋又無他本可校知不免錯訛讀者自能正之

金粟老人識

玉溪生詩意卷一目錄

五言古

蒲城屈　復悔翁著

襄平髙士鑰景萊閱

臨潼張　坦吉人叅閱

無題

近知名阿侯住處小江流腰細不勝舞眉長惟是愁黄金堪作屋何不作重樓

樂府十六生兒名阿侯後漢志元嘉中京都婦女作愁眉所謂愁眉者細而曲折古今注梁冀改驚翠爲愁眉既有佳名又居佳地藝復絶妙乃但蒙金屋之寵而不得髙樓之貴何也

無題

八歲偷照鏡長眉已能畫十歲去踏青芙蓉作裙衩十二學彈箏銀甲不曾卸十四藏六親懸知猶未嫁十五泣春風背面鞦韆下

杜甫詩銀甲彈箏用按銀甲繫爪之類荆楚歲時記春節懸長繩于高木女子袨服立其上推引之名曰打鞦韆漢武帝千秋節日以之戲于後庭

十五二句寫聰明女郎省事太早而幽怨隨之才士之少年不遇亦可歎也

春風

春風雖自好春物太昌昌若教春有意惟遣一枝芳我意殊春意先春已斷腸

春風泣愛我則腸斷惟一枝芳耳

代越公房妓嘲徐公主　古今詩話陳太子舍人徐德言尚樂昌公主陳政衰德言謂主曰以君之才容國亡必入豪家倘情緣未斷猶期再見乃破一鏡令執其半約他日以正月望日賣于都市及陳亡主果歸楊素德言訪于都市有蒼頭賣半鏡者大高其價德言引至旅邸言其故出半鏡以合之仍題詩曰鏡與人俱去鏡歸人未歸無復姮娥影空留明月輝主得詩悲泣不食素知之召德言至還其妻因命主賦詩口占曰今日何遷次新官對舊官笑啼俱不敢方信作人難

笑啼俱不敢幾欲是吞聲遽遣離琴怨都由半鏡明應防啼與笑微露淺深情

寓淺深于啼笑是有心者旁觀亦是笑啼者必有之情

代貴公主

芳條得意紅飄落忽西東分逐春風去風迴得故叢明
朝金井一作含新露始看憶春風
別後方憶從何處得看妙筆

房中曲

薔薇泣幽素翠帶花錢小嬌郎痴若雲抱日西簾曉枕
是龍宮石割得秋波色玉簟失柔膚但見蒙羅碧憶得
前年春未語含悲辛歸來已不見錦瑟長於人今日澗
底松明日山頭檗愁到天池一作地翻相看不相識
劉子春花含日似笑秋露泣葉如泣玉堂閒話息壤記云禹堙洪水至荊州見有海眼汜溢無根禹乃鐫石造龍之宮室寘于穴中以塞其水脈○蒙羅是蒙紗綳繡之蒙祖詠詩碧羅蒙天閣說文檗黄木也味苦古樂府

黃檗向春生苦心隨日長又曰高山種芙蓉復經黃檗塢

一段美人如花嬌郎相愛如雲之抱日二段故物猶在而其人已去矣三段回思往時之情不可復見四段言他生不能相識也痴若雲奇句。今日二句比而興也澗底之松可以長壽山頭檗生死之苦也。

甚似長吉

齊梁晴雲效齊梁賦晴雲也

緩逐煙波起如妬柳絲飄故臨飛閣度欲入迴陂銷縈歌憐畫扇敞景弄桑條更奈一作耐天南位牛渚宿殘宵

博物志遥望宮中有織婦見一丈夫牵牛渚次飲之

效徐陵體贈更衣

密帳眞一作珍珠絡溫幃翡翠裝楚腰知便寵宮眉正鬬

强結帶懸梔子繡領刺鴛鴦輕寒衣省夜金斗熨沈香
道源注杜陽雜編同昌公主堂中設連珠之帳招魂翡
翠幃幬飾高堂些本草梔子花六出甚芬香俗說即西
域薝蔔花也漢書廣川王去姬為去刺方領繡晉
灼曰今之婦人直領也繡為方領上刺作黼黻文
漢書武帝幸平陽公主家衛子夫為謳者每欲桃
上上意動起更衣子夫因侍尚衣軒中遂得幸
一二閨房幃帳三四美人佳麗
五六美人粧束七春宵八比也

又效江南曲古今樂錄梁武帝改西曲製江南上雲樂十四曲江南弄七曲

郎船安兩槳儂舸動雙橈掃黛開宮額裁裙約楚腰乖
期方積思臨酒欲拌拚同嬌莫以採菱唱一作曲欲羨秦臺
簫
樂府莫愁樂艇子打兩槳方言南楚江湖船大謂之舸
楫謂之橈飛燕外傳為薄眉號遠山黛煙花記煬帝日

給宮人螺子黛五斛江

南弄七曲五曰採菱

方言楚人凡揮棄物謂之拚此云拚嬌猶諺所云放嬌也○結言莫厭貧賤而慕富貴也

宮中曲

雲母濾呂據切宮月夜夜白於水賺得羊車來低扇遮黃子水精不覺冷自刻鴛鴦翅蠶縷茜音倩香濃正朝纏左臂巴牋兩三幅滿寫承恩字欲得識青天昨夜蒼龍是

宮月逗出雲母窗如濾漉然晉書武帝掖庭殆將萬人並寵者甚衆嘗乘羊車恣其所適宮人取竹葉插户以鹽汁灑地引帝車又南史潘淑妃事同南都賦中黃瑴玉善引博物志石中黃子黃石脂也額黃想用之故曰遮黃子說文茜茅蒐也可染絳色道源注茜草染絳絲如長命縷以繫臂也漢書薄姬曰昨夜夢蒼龍據妾胸上曰此貴徵也吾為汝成之遂幸有身生文帝

此借宮人之蒙寵者以刺小人也當雲窗月白時寂
寥之甚乃千方百計以賺羊車既來則又詆扇佯羞
若貞靜者究之不以水晶為冷而自刻鴛鴦茜縷香
濃而纏左臂百端逢迎及昨夜蒙幸即數幅巴牋滿
寫承恩小人之諂媚以求富
貴猶是也結四句倒敘法

李夫人二首　原集三首七古一首見卷二

一帶不結心兩股方安髻慙愧白茅人月沒教星替

梁武帝詩腰間雙綺帶夢為同心結漢書武帝拜欒大
為五利將軍又刻玉印曰天道將軍使衣羽衣立白茅
上以示弗臣也按史云李夫人卒齊人少翁以方致夫
人天子自帷中望見焉乃拜翁為文成將軍夫文成能
致夫人之神尚以偽書見殺今復尊信五
利是月沒而以星替之也此語驟讀不解
此首方
士之偽

剩結茱萸枝多擘秋蓮的獨自有波光綵囊盛不得

（爾雅）荷芙蕖其實蓮其根藕其中的（詩義疏）青皮裏白子為的（招魂）娭光眇視目曾波些（華山記）鄧紹八月旦入華山見童子執百綵囊盛柏葉上露如珠滿囊紹問之答曰赤松先生取以明目又（述征記）八月一日作五明囊盛百草頭露洗眼眼明

此首死者不可復生

效長吉

長長漢殿眉窄窄楚宮衣鏡好鸞空舞簾疎燕誤飛君王不可問昨夜約黃歸

（後漢馬寥疏）長安語曰城中好廣眉四方且半額。黃額黃也（梁簡文帝詩）約黃能效月裁金巧作星

戊辰會靜中出貽同志二十韻

雲笈七籤正月七日七月七日十月五日為三會日三官考覈功過宜受符籙齋戒上章並須入靜朝禮若其日值戊辰戊戌

戊寅即不須朝禮道家忌此日辰又道家有入靜出靜法此題云云乃會日遇戊辰因出靜而作也

大道諒無外會越自登眞丹元子何索在已莫問隣菁璨玉琳華翺翔九眞君戲擲萬里火聊名六甲旬瑶簡被靈誥持符開一作闕七門金鈴攝羣魔絳節何兟兟音精吟弄東海若笑倚扶桑春三山誠迴一作迴視九州揚一塵我本立元冑一作胤稟華由上津中途鬼道樂浣為下土民託質屬太陰鍊形復為人誓將覆芳六切宮一作官澤安此眞與神竈山有慰薦南眞為彌綸玉管會立圓火棗承天姻科車過故氣侍香傳靈氛一作芬飄飄被青霓

婀娜佩紫溦林洞何其微下仙不與羣丹泥因未挖萬

劫猶逡巡荊蕪既以薙舟一作丹嶝永無湮一作因相期保

妙命騰景侍帝宸

黃庭經心神丹元字守靈道源注內景經眞人在己莫問鄰黃庭經赤珠靈裙華蒨璨眞誥上元夫人腰垂鳳文琳華之綬執流黃揮精之劍太上正法經九眞者九天之陰氣凝而成也度人經擲火萬里流金八衝漢武內傳上元夫人授帝六甲左右靈飛之符可以詔山靈朝地神西谿叢語古以甲子數日故謂之旬如今陰陽家所云甲子旬中甲午旬中之類八素經司命著籍玉簡丹書眞誥許長史云欽願崇榮欣想靈誥黃庭經負甲持符開七門註謂七竅眞誥老君佩神虎之符帶流金之鈴說文兟進也夫子廟堂碑兟兟讓席楚詞令海若兮舞馮夷。海外更有九州揚塵用麻姑語封演見聞記國朝以李氏出自老君故崇道教高宗乾封元年還自岱岳過眞源詣老君廟追尊爲玄元皇帝韻會津氣液也佛經六道中有鬼道漢武內傳帝下席叩頭曰徹下土濁民。神仙傳仙家有太陰鍊形之法，能令日中無影。集仙錄七魄營侍，三魂守宅者，或三十年、二十年、十年、三年，當血肉再生，復質成形，必勝于未死之容，此名鍊形。太陰易貌，三官之仙也。道源注覆，還也。還元辰本宮之澤，以安此眞神也。集仙傳西王母者，九靈太妙龜山金母也。天上天下三界十方女子之登仙者咸隸焉。所居宮闕在龜山春山西那之都。南岳魏夫人傳夫人壯詣上清宮玉闕之下，諸眞君授夫人玉札金文，位爲紫虛元君，領上眞司命南岳夫人，比秩仙公。陶貞白眞誥所呼南眞，即夫人也。大戴禮舜時西王母獻白玉管。十洲記崑崙山三角，其一角正西曰玄圃臺。眞誥紫微王夫人謂許長史曰：交梨火棗，騰飛之藥，不比于金丹也。君心中荊棘相雜，是以二樹不見。道源注王母傳科車天馬，霓旌羽幢，千乘萬騎，光耀宮闕。雲笈七籤存日如雞子在泥丸中，畢乃吐出一氣，存氣爲黑色，名之尸氣；次吐二氣，爲日色，名之故氣；次吐三氣，存氣爲蒼色，名之死氣。眞誥人卧室宇，當令潔盛，則受靈氣，否則受敵氣。注謂塵濁不正之氣。眞誥仙官有侍香之職。說文氤祥氣也。眞誥仙道十七條，在靈書紫文中，並琅玕藥之所變化也。紫紋疑作文。道書有上仙、中仙、下仙。抱

朴子〕李公丹法用眞丹及五石之水各一升和合如泥
〔莊子〕藏舟于壑夜半有力者負之而趨言人心稠濁如
荆榛之蕪穢能剪薙之斯清淨可守永無壑舟之移矣
〔眞誥〕有保命君〔雲笈七籤〕大乙保命固神定生〔道源注〕
〔眞誥〕侍帝宸有八人如世之
侍中王子喬郭子幹皆為之
　黄庭經至道不煩決存
眞泥丸百節皆有神
一段大道在自修二段仙家之靈通妙用
三段身本仙根成道甚易四段貽同志

和鄭愚贈汝陽王孫家箏妓二十韻〔北夢瑣言〕鄭愚廣州
人擢進士第敭歷清要〔舊唐書〕咸通三年充嶺
南西道節度使〔唐書〕讓皇帝子璡開元中封汝
陽
王

冰〔一作水〕霧怨何窮秦絲嬌未已寒空烟霞高白日一萬
里碧嶂愁不行濃翠遥相倚茜袖捧瓊姿皎日丹霞起

狐猿耿幽寂西風吹白芷回首蒼梧深女蘿閉山鬼荒
郊白鱗斷別浦晴霞委長彴職畧切壓河心白道連地尾
秦人昔富家一作貴綠窗聞妙旨鴻驚雁背飛象牀殊故
里因令五十絲中道分宮徵斗粟配新聲娣姪徒纖指
風流大隄上悵望白門裏蠹粉實雌蛺燈光冷如水羌
管促蠻柱從醉吳宮耳滿内不掃眉君王對西子初花
慘朝露冷臂淒愁髓一曲送連錢遠別長於死玉砌銜
紅蘭粧窗結碧綺九門十二關清晨禁桃李

四句言箏妓之麗〔九歌〕辛夷楣兮葯房〔注〕葯白芷也〔九歌山鬼〕被薜荔兮帶女蘿。四句言箏聲之哀〔說文〕彴水上横木所以渡者。地尾地盡處〔集韻〕秦人薄義有父子爭瑟者各入其半故當時名爲箏古以竹爲之漢書〕淮南王長死民作歌曰一尺布尚可縫一斗粟尚可春兄弟二人不相容〔說文〕姊女弟也又姊姒妯娌也姪兄之女也。按箏本父子爭瑟而起此詩上云鴻驚雁背飛下云斗粟配新聲以作兄弟事用豈所傳有不同耶〔清商曲襄陽樂〕朝發襄陽城莫至大堤宿大堤諸女兒花艷驚郎目〔說文〕蠹木中蟲也又衣書中蟲俗呼蠹魚其粉鱗手觸則落碎之如銀〔漢書〕黃帝制十二筩其雄鳴為六雌鳴亦六。羌管笛也〔馬融長笛賦〕近世雙笛從羌起〔晉書〕桓伊令奴吹笛伊撫箏而歌怨詩促鑾柱竹與絲合也〔道源注〕西子擅寵故宮内不復掃眉言箏妓同之〔橫吹曲〕紫騮馬長安美少年金絡飾連錢〔爾雅〕青驪驎曰驒〔注〕色斑駁如魚鱗今連錢驄也。言彈人送遠別離之曲益增憀淒〔道源注〕言箏妓所處華邃桃李之容不可得窺

題是和鄭贈詩未見妓也一段八句箏妓合起一段四句箏聲四句有路難通三段箏之妙他人不能奏笙羌笛皆不及故箏妓能如西子擅寵四段箏曲之妙五段已不得窺寒空二句言不見妓也。徒纖指言徒有纖指不能按箏也故大堤白門皆美女之藪皆不能奏此器故絃實蠹粉久不御也

李肱所遺畫松詩書兩紙得四十韻〔雲溪友議開成元年秋高鍇司貢籍李肱榜元及第肱乃宗室官止于岳齊二牧

萬草已涼露開圖披古松青山徧滄（一作偏蒼）海此樹生何峯孤根邈無倚直立撐鴻濛端如君子身挺若壯士胸樛枝勢夭矯忽欲蟠拏空又如驚螭走默與奔雲逢孫枝擢細葉旖旎狐裘茸鄒顛蓐髮軟麗如眉黛濃視久眩目睛倏忽變輝容竦削正稠直婀娜旋敷（一作數）峯又如洞房冷翠被張穹籠亦若暨羅女平旦粧顔容細疑襲氣母猛若爭神功燕雀固寂寂霧露常衝衝（一作重）香蘭愧傷暮碧竹慚空中可集呈瑞鳳堪藏行雨龍淮山

桂偃蹇蜀郡桑重童枝條一作修亮耿朧靈氣何由同昔
聞咸陽帝近說嵇山儂或著仙一作佳人號或以大夫封
終南與清一作青都煙雨遥相通安知夜夜意不起西南
風美人昔清興重之猶月鐘寶筍十八九香緹千萬重
一旦鬼瞰室稠疊張羉罿音鸞童赤羽中要害是非皆怱
怱生如碧海月死踐霜郊蓬平生握中玩散失隨奴童
我聞照妖鏡及與神劍鋒寓身會有地不為凡物蒙伊
人秉兹圖顧眄擇所從而我何為者開顏捧靈蹤報以
漆鳴琴懸之眞珠櫳是時方暑夏座内若嚴冬憶昔謝
四騎學仙玉陽東千株盡若此路入瓊瑤宮口詠玄雲

歌手把金芙蓉濃謌深霓袖色映琅玕中悲哉墮世網
去之若遺弓形魄天壇上海日高曈曈終騎紫鸞歸持
寄扶桑翁
莊子雲將東遊適遭鴻濛注鴻濛氣也楚詞紛旖旎乎
都房左傳狐裘尨茸說文頭頂也蕁陳草復生又薦也
道源注暨羅女西子也方輿勝覽苧羅山在諸暨縣南
五十里莊子伏羲氏得之以襲母氣謝朓高松賦集五
鳳之光景酉陽雜俎不空三藏塔前多老松歲旱時官
伐其枝為龍骨以祈雨蓋三藏役龍以其樹必有靈也
蜀志先主舍東南角籬上有桑樹高五丈餘遥遥童童
如小車蓋道源注晉法潛隱會稽剡山或問其勝友為
誰指松曰此蒼髯叟也集仙錄女仙魯妙典居山有鐘
一口形如偃月神人所送韻會緹帛丹黃色韻會繇㲋
網也罿捕鳥網也西京雜記宣帝繫獄帶身毒寶鏡如
八銖錢舊傳此鏡照見妖魅佩之為天神所福水經注
劉曜隱居管涔山夜中忽有二童子入跪曰管涔王獻
劍一口背有銘曰神劍服御除衆毒曜遂服之劍遂時

變為五色○美人至靈蹤句言畫松初重嘗室及身名敗後流落奴童然此如寶鏡神劍終非凡物乃令遂以遺我能無興亡之感乎按舊唐書王涯傳涯家法書名畫皆厚為垣竅藏之複壁既誅人破垣取之或剔取函奩金寶之飾與其軸而棄之觀此詩云云豈畫松即涯所藏者歟鮑令暉詩客從遠方來贈我漆鳴琴說文櫳房室之疏徐曰窗也按通典唐武德七年改上大都督為驍騎尉大都督為飛騎尉帥都督為雲騎尉都督為武騎尉後置節度使即都督之任義山嘗為節度巡官此云謝四騎言辭去使府耳通志東玉陽山在懷慶府濟源縣西三十里唐睿宗玉真公主修道于此有西玉陽山亦其棲息之所道源注漢武內傳西王母命侍女安法嬰歌玄雲之曲杜陽雜編滄州有金蓮花研之如泥以間彩繪光輝煥爛與眞金無異爾雅崑崙之墟有璆琳琅玕焉呂氏春秋楚人亡烏號之弓左右請求之王曰楚人亡之楚人得之何求焉一統志天壇山在濟源縣西一百二十里王屋山北其東曰日精西曰月華絕頂有石壇名清虛小有洞天十洲記扶桑在碧海中太真東王君所治處○言此松終當假翼鸞鳥為仙家之玩

沈約高松賦清都之念
方遠姑射之想悠然
一段畫松二段正直三段靈氣獨絕四段從眞到畫
五段暫時沈淪終非凡物六段今爲我有七段就松
生
慨

戲題樞言草閣三十二韻

君家在河北我家在山西百歲本無業陰陰仙李枝尚
書文與武戰罷幕府開君從渭南至我自仙遊來平昔
苦南北動成雲雨乖逮今兩攜手對若牀下鞵（一作鞋）夜
歸碣石館朝上黃金臺我有苦寒調君抱陽春才年顏
各少壯髮綠齒尚齊我雖不能飲君時醉如泥政靜籌
畫簡退食多相攜掃掠走馬路整頓射雉翳春風二三

月柳密鸎正啼清河在門外上與浮雲齊歗冠調玉琴
彈作松風哀又彈明君怨一去怨不迴感激坐者泣起
視雁行低翻憂龍山雪郄雜胡沙飛仲容銅琵琶項直
聲淒淒上貼金捍撥畫爲承（一作水誤）露雞君時臥振觸勸
客白玉盃苦云年光疾不飲將安歸我賞此言是因循
未能諧君言中聖人坐臥莫我違榆莢剎不整楊花飛
相隨上有白日照下有東風吹青樓有美人顏色如玫
瑰歌聲入青雲所痛無良媒少年苦不久顧慕良難哉
徒令眞珠肶（音皮一作脞皮上聲）裛入珊瑚腮（俗題字）君今且少安
聽我苦吟詩古詩何人作老大徒傷悲

義山嘗寄居太原〔神仙傳〕老子生而能言指李樹為姓○尚書謂王茂元〔舊唐書〕太和中茂元撿校工部尚書鎮嶺南會昌中為河南節度使河北諸軍討劉稹茂元亦以本軍屯天井〔唐書〕渭南縣屬京兆府在華州西五十里仙遊縣屬清源郡又〔長安志〕盩厔縣有仙遊澤復有仙遊宮圖經云隋文帝避暑處〔顏延之詩〕朋好雲雨乖〔史記〕鄒衍如燕昭王築碣石宮身往師之〔正義〕宮在幽州薊縣西三十里○言共在幕府〔魏文帝樂府〕有苦寒行〔射雉賦〕爾乃擊揚挂翳〔注〕翳者所以隱射也〔道源注〕〔樂府〕河間新弄二十一章有風入松〔琴操〕昭君在匈奴恨帝始不見遇作怨思之歌後人名為昭君怨〔晉書〕阮咸字仲容〔國史纂異〕元行沖為太常少卿時有于古墓中得銅物似琵琶而身正圓莫有識者元視之曰阮咸所造樂也命匠人改以木其聲清雅今呼為阮咸是也〔江表傳〕南郡獻長鳴承露雞〔廣韻〕振觸也南人以觸物為振〔謝惠連祭古塚文〕以物振撥之〔魏略〕徐邈為尚書郎時禁酒邈私飲沈酣趙達問以曹事曰中聖人〔說文〕膍牛百葉也〔韻會〕一曰五藏總名〔集韻〕或作肶通作脾〔江總詩〕盈盈

扇掩珊瑚脣

一段同姓二段同幕三段同負俊才四段同遊五段憂時同感激六段無媒七段老大傷悲

驕兒詩

衮師我驕兒美秀乃無匹文葆未周晬（祖對切）固已知六七四歲知名姓眼不視梨栗交朋頗窺觀謂是丹穴物前朝尚器（一作氣）貌流品方第一不然神仙姿不爾燕鶴骨安得此相謂欲慰衰朽質青春妍和月朋戲渾甥侄繞堂復穿林沸若（一作石）金鼎溢門有長者來造次請先出客前問所須含意不吐實歸來學客面闒（羽委切）敗秉爺笏或謔張飛胡或笑鄧艾吃豪鷹毛崱（化力切）屴（良直切）猛馬氣佶傈截得青篔簹騎走恣唐突忽復學參軍按

聲喚蒼鶻又復紗燈旁稽首禮夜佛仰鞭罥蛛網俯首飲花蜜欲爭蛺蝶輕未謝柳絮疾偕前逢阿姊六甲頻輸失凝走弄香奩拔脫金屈戍抱持多反側威怒不可律曲躬牽窗網略唾拭琴漆有時看臨書挺立不動膝古錦請裁衣玉軸亦欲乞請爺書春勝春勝宜春日芭蕉斜卷牋辛夷低過筆爺昔好讀書懇苦自著述顦顇欲四十無肉畏蚤虱兒慎勿學爺讀書求甲乙穰苴司馬法張良黃石術便爲帝王師不假一作暇更纖悉況今西與壯羌戎正狂悖誅赦兩未成將養如痼疾兒當速成大探雛入虎穴當爲萬戶侯勿守一經帙一作袠

史記公孫杵臼程嬰謀取他人嬰兒負之衣以文葆韻會稡子生一歲也陶潛責子詩雍端年十三不識六與七通子垂九齡但覓梨與栗○燕頷鶴步皆貴人風骨說文闒闒門也國語闒門而與之言道源注闒敗者敗其門而入秉爺笏以學客面也○胡多鬚也世說鄧艾口吃語稱艾艾杜甫詩代北有豪鷹魯靈光殿賦崱屴嵫嶅杜甫朝獻太清宮賦張猛馬出騰虬異物志篔簹竹生水邊長數丈圍一尺五六寸一節相去六七尺或一丈廬陵界有之○以竹為馬也杜氏幽求子年五歲有鳩車之樂七歲有竹馬之樂樂府雜錄開元中優人黃旛綽張野狐弄參軍始自漢館陶令石耽西谿叢語吳史曰徐知訓怙威驕淫調謔當登樓狎戲荷衣木簡自號參軍令王鬉髻鶉衣為蒼頭以從五代史吳世家云知訓為參軍隆演鶉衣鬉髻為蒼鶻前云蒼頭非也太和正音云副末古謂蒼鶻故可朴靚靚謂狐也如鶻之可擊狐故副末執磕瓜以朴靚也傅粉墨者謂之靚獻笑供諂者也古為參軍書語稱狐為田參軍道源注春勝春旛也書春帖于上以迎新海錄晉武帝分秘書為甲乙丙丁四部秘書郎四人各掌其一史記齊威王追論古司馬兵法附穰苴于其中號曰司馬穰苴兵法

〔張良傳〕黃石公出一編書乃太公兵法

此擬左思驕女詩而作雖不及其曲雅頗有新穎之句然胸中先有末一段感慨方作也

行次西郊作一百韻

蛇年建五月我自梁還秦南下大散關一作嶺北濟渭之濱草木半舒坼不類冰雪晨又若夏苦熱燋卷無芳津高田長檞佳買切櫪下田長荆榛農具棄道旁饑牛死空墩依依過村落十室無一存存者皆面啼無衣可迎賓始若畏人問及門還具陳右輔田疇薄斯民常苦貧伊昔稱樂土所賴牧伯仁官清若冰玉吏善如六親生兒不遠征生女事四鄰濁酒盈瓦缶爛穀堆荆囷健兒庇

旁婦哀翁舐童孫況自貞觀後命官多儒臣例以賢牧
伯徵入司陶鈞降及開元中姦邪撓經綸晉公忌此事
多錄邊將勲因令猛毅輩雜收昇平民中原遂多故除
授非至尊或出倖臣輩或由帝戚恩中原困屠解奴隸
厭肥豚皇子棄不乳椒房抱羌渾重賜竭中國強兵臨
北邊控弦二十萬長臂皆如猿皇都三千里來往同彫
鳶五里一換馬十里一開筵指顧動白日煖熱迴蒼旻
公卿辱嘲叱唾棄如糞丸大朝會萬方天子正臨軒綵
旂轉初旭玉座當祥烟金障既特設珠簾亦高褰捋須
蹇不顧坐在御榻前忤者死艱屨附之升頂顛華侈矜

遞衒豪俊相併吞因失生惠養漸見徵求頻奚寇西當作東壯來揮霍如天翻是時正忘戰重兵多在邊列城遶長河平明插旗幡但聞虜騎入不見漢兵屯大婦抱兒哭小婦攀車轓生小太平年不識夜閉門少壯盡點行疲老守空邨生分作死誓揮淚連秋雲廷臣例麞怯諸軍如羸奔為賊掃上陽捉人送潼關玉輦望南斗未知何日旋誠知開闢久遘此雲雷屯音諄送者問鼎大存者要高官搶攘互間諜孰辨梟與鸞千馬無返轡萬車無還轅城空鼠雀死人去豺狼喧南資竭吳越西費失河源因令左右一作藏庫摧毀惟空垣如人當一身有左無

右邊筋體半淒痺肘腋生瘰𤻤列聖蒙此恥含懷不能
宣謀臣拱手立相戒無敢先萬國困杼軸内庫無金錢
健兒立霜雪腹歉衣裳單饋餉多過時高估銅與鉛山
東望河北爨烟猶相聯朝廷不暇給辛苦無半年行人
推行資居者税屋椽中間遂作梗狼籍用戈鋋臨門送
節制以錫通天班破者以族滅存者尚遷延禮數異君
父羈縻如羌零音憐一作連一直求輸赤誠所望大體全巍巍
政事堂宰相厭八珍敢問下執事今誰掌其權瘡疽幾
十載不敢扶其根國蹙賦更重人稀役彌繁近年牛醫
兒一作師城社更扳援盲目把大旆處此京西藩樂禍忘

怨敵樹黨多狂狷生為人所憚死非人所憐快刀斷其頭列若豬羊懸鳳翔三百里兵馬如黃巾夜半軍牒來屯兵萬五千鄉里駭供億老少相扳牽兒孫生未孩棄之無慘顏不復議所適但求死山間爾來又三載甘澤不及春盜賊亭午起問誰多窮民節使殺亭吏捕之恐無因咫尺不相見旱久多黃塵官健腰佩弓（一作刀）自言為官巡常恐值荒迴此輩還射人愧客問本末願客無因循鄙塢抵陳倉此地忌黃昏我聽此言罷冤憤如相焚昔聞舉一會羣盜為之奔又聞理與亂在（一作繫下同）人不在天我願為此事君前剖心肝叩頭出鮮血滂沱汙

紫宸九重顯已隔涕泗空沾唇使史一云典作尚書厮養

爲將軍愼勿道此言此言未忍聞

開成二年丁巳○梁州漢中郡地理志大散水源在鳳縣東界大散嶺通志渭河在寶雞縣治南玉篇檞松榆木也韻會櫪㯕木也○鳳翔府漢扶風郡地爲右輔漢書元后父禁好酒色多娶旁妻唐書開元二十五年上以幾致刑措推功大臣封李林甫爲晉國公林甫疾儒臣以戰功進尊寵間已乃請上專用蕃將因以安思順代已領節度而擢安祿山高仙芝等爲大將林甫利其虜也無入相之資故祿山得專三道勁兵處十四年不徙○言視民如牛狗屠之解之○林甫讒殺太子瑛鄂王瑤光王琚安祿山事跡祿山生日後三日玄宗召祿山入內貴妃以錦繡綳縛祿山令內人以綵輿舁之玄宗就觀大悅因賜貴妃三日洗兒金銀錢自是宮中皆呼祿山爲祿兒不禁出入按羗渾趂韻祿山實營州雜胡非羗渾種也唐書祿山晚益肥每馳驛入朝半道必易馬號大夫換馬臺不爾馬輒仆格物總論蜣螂噉糞能以土包糞轉成丸唐書帝登勤政樓幄坐之左張金

雞大障前置特榻詔祿山坐褰其幄以示尊寵太子諫
曰陛下寵祿山太過必驕帝曰胡有異相吾欲厭之〔道
源注〕蹇不顧言祿山于御座前捋鬚偃蹇無所顧忌也
〔釋名〕艱根也如物根也艱屨言脚根下之屨〔唐書〕帝為
祿山起第京師服御華僭以金銀為篣篚笊籬○祿山
得阿布思衆兵雄天下又奪張文儼馬牧〔安祿山事跡〕
祿山養同羅奚契丹八千餘名曳落河又畜單于護眞
大馬習戰鬭者數萬匹天寶十四載十一月九日起兵
反〔舊唐書〕祿山以諸蕃馬步十五萬夜半行平明食日
行六十里十二月渡河〔漢書注〕輜車蔽也〔韻會〕麞性善
驚故从章章者慞惶也〔說文繫傳〕六畜多瘦惟羊則羸
〔唐書〕東都上陽宮在禁苑之東東接皇城之西南隅上
元中置高宗之季常居以聽政〔唐書〕祿山反胡虜蠶食
鳳翔以西邠州以北皆為左衽至廣德間吐蕃盡取河
西隴右之地〔道源注〕〔晉書〕有左右藏右納左給〔通鑑〕玄
宗出延秋門細民爭入宮禁焚左藏大盈庫〔唐書〕德宗
時江淮多鉛錫錢以銅盪外不盈斤兩銷千錢為銅六
斤〔唐書〕德宗建中三年搜括富商錢增兩稅鹽榷錢又
千諸道津要置吏稅商貨每貫稅二十文竹木茶漆皆
什稅一四年稅間架錢每屋兩架為間上者稅錢二千

中稅一千下稅五百○謂河北諸鎮朱滔田悅王武俊以及朱泚李懷光李納李希烈等相繼叛亂○節旌節制制書也○羌戎西戎也先零西羌名〔趙充國傳〕先零首為畔逆〔舊唐書〕鄭注始以藥術遊長安本姓魚兼冒鄭氏時號魚鄭兩目不能遠視自言有金丹之術可去瘻弱重腿元和末依李愬為愬煮黃金餌之得效王守澄總樞密薦于文宗深寵異之注天資狂妄日聚京師輕薄子弟方鎮將吏以招權利生平恩讎絲毫必報心所惡者目為李宗閔李德裕之黨朝士相繼斥逐班列為空太和九年與李訓謀誅宦官訓出注為鳳翔節度使欲中外合勢事敗注自鳳翔率親兵五百餘人赴闕監軍使張仲清誘而斬之傳首京師家屬屠滅靡有子遺〔新書〕梟注首光宅坊三日瘞之〔後漢書〕張角聚人三十六萬皆著黃巾謂之黃巾賊〔唐書〕開成二年四月乙卯以旱避正殿〔舊書〕七月乙亥以久旱徙市閉坊門〔通志〕董卓郿塢在郿縣東北一十六里〔唐書〕都督府州各有史典獄

一段敘長安亂後景況二段遺民述亂亡始末三段感慨結

井泥四十韻

皇都依仁里西北有高齋昨日主人氏治井堂西陲工人三五輩輦出土與泥到水不數尺積其庭樹齊他日井甃畢用土益作堤曲隨林掩映繚以池周迴下去冥一作寂窴穴上承雨露滋寄辭別地脈因一作固言謝泉扉昇騰不自意疇昔忽已乖一作垂伊余掉行鞅行行來自西一日下馬到此時芳草萋四面多好樹旦暮雲霞姿晚落花滿地幽鳥鳴何枝蘿幄既已薦山樽亦可開待得孤月上如與佳人來因茲感物理惻愴平生懷茫茫此羣品不定輪與蹄喜得舜可禪不以瞽瞍疑禹竟代

舜立其父吁咈哉嬴氏并六合所來因不韋漢祖把左契自言一布衣當塗佩國璽本乃黃門攜長戟亂中原何妨起戎氏不獨帝王耳臣下亦如斯伊尹佐興王不藉漢父資磻溪老釣叟坐為周之師屠狗與販繒突起定傾危長沙啟封土豈是出程姬帝問主人翁有自賣一作鬻珠兒武昌昔男子老苦為人妻蜀王有遺魄今在林中啼淮南雞舐藥翻向雲中飛大鈞運羣有難以一理推顧一作願於冥冥內為問秉者誰我恐更萬世此事愈云為猛虎與雙翅更以角副之鳳凰不五色聯翼上雞棲我欲秉鈞者揭來與我偕浮雲不相顧寥泬誰為

梯悒怏夜將（一作參）半但歌井中泥

白氏長慶集有宿崔十八依仁新亭詩。老子聖人執左契而不責于人。注契券也。魏志白馬令李雲上言許昌氣見于當塗高當塗高者當昌于許當塗高高魏也象魏兩觀闕是也文帝受禪漢獻帝遣使者送璽綬。陳琳為袁紹檄司空曹操祖父中常侍騰父嵩乞匄攜養因贓假位。魏志注曹瞞傳郭頒世語並云嵩夏侯氏之子。五胡之亂前秦為氐。漢父未詳。尚書大傳文王至磻溪見呂望拜之荅曰望釣得玉璜刻曰周受命呂佐之。十道志櫟陽有釣璜浦。屠狗樊噲販繒灌嬰。漢書長沙定王發母唐姬故程姬侍者帝名程姬程姬有所避飾侍者唐兒使夜進上醉不知以為程姬而幸之遂有身。漢書竇太主寡居年五十餘矣近幸董偃始偃與母以賣珠為事年十三隨母出入主家左右言其佼好主召見曰吾為母養之年十八而冠出則執轡入則侍內主請上幸山林坐未定上曰願謁主人翁主自引董君叩頭謝時董君見尊不名稱為主人翁。道源注搜神記哀帝時豫章有男子化為女子嫁為人婦武昌則未詳。神仙傳八公與安白日升天餘藥器置在中庭雞犬舐豕之盡得升天故雞鳴天上犬吠雲中也（鵩賦）大鈞播物○虎翅猶云虎翼（揚子）或問酷吏揚子曰虎哉虎哉角而翼者也（詩）雞栖于塒（後漢書）諺曰車如雞棲馬如狗（廣韻）寥泬空貌○易云井泥不食故此詩以井泥起興深刺世之沈湊下才而倖居高位者舜禹以下雜言古今升沈變態難以理斷猛虎角翼小人秉權鳳凰雞栖君子失位所以三嘆于浮雲之不可梯也此詩與前史典作尚書厮養為將軍同意必有所指

（左傳）掉鞅而還注掉止也（雲级七籤）元氣論云遊魂為變如武都耆男化為女江氏祖母化為黿云云武昌當作武都（楚辭）車馬駕兮揭而歸注揭去也（呂氏春秋）膠鬲見武王于鮪水曰西伯揭來武王曰將伐殷也膠鬲曰揭至武王曰將以甲子日至注揭何也○一段井泥所出如此二段身至其地因之生感三段人君四段人臣五段自嘆總結

玉溪生詩意卷一

玉溪生詩意卷二目錄

七言古

蒲城屈　復悔翁著

襄平高士鑰景萊閱

臨潼張　坦吉人叅閱

代贈

楊柳路盡處芙蓉湖上頭雖同錦步障獨映一作應鈿箜篌鴛鴦可羨頭俱白飛去飛來煙雨秋

晉書石崇與王愷奢靡相尚愷作紫絲步障四十里崇以錦步障五十里敵之風俗通箜篌一名坎侯漢武帝令樂人侯調作坎侯言其坎坎應節侯以姓冠章也或曰箜篌取其空中以鈿飾之曰鈿箜篌

起四句言咫尺萬里故下致羨鴛鴦之白頭雙飛也

韓碑

元和天子神武姿彼何人哉軒與羲誓將上雪列聖恥
坐法宮中朝四夸淮西有賊五十載封狼生貙音樞貙生
羆不據山河據平地長戈利矛日可麾帝得聖相相曰
度賊斫不死神扶持腰懸相印作都統陰風慘淡天王
旗愬武古通作牙爪儀曹外郎載筆隨行軍司馬智且
勇十四萬衆猶虎貔入蔡縛賊獻太廟功無與讓恩不
訾帝曰汝度功第一汝從事愈宜爲辭愈拜稽首蹈且
舞金石刻畫臣能爲古者世稱大手筆此事不繫于職
司當仁自古有不讓言訖屢頷天子頤公退齋戒坐小

閤濡染大筆何淋漓點竄堯典舜典字塗改清廟生民
詩文成破體書在紙清晨再拜鋪丹墀表曰臣愈昧死
上詠神聖功書之碑碑高三一作二丈字如斗一作手負以
靈鼇蟠以螭句奇語重喻者少讒之天子言其私長繩
百尺拽碑倒麤砂大石相磨治公之斯文若元氣先時
已入人肝脾湯盤孔鼎有述作今無其器存其辭嗚呼
聖皇及聖相相與烜赫流淳熙公之斯文不示後曷與
三五相攀追願書萬本誦萬過口角流沫右手胝傳之
七十有二代以為封禪玉檢明堂基
按史肅宗寶應初以李忠臣鎮蔡州大曆末為軍中所
逐歷李希烈陳仙奇吳少誠吳少陽元濟據有淮西凡

五十餘年〔思立賦〕射嶓冢之封狼〔注〕封大也〔說文〕貙似
貙能捕獸〔爾雅〕貙如熊黃白文〔舊唐書〕吳少誠阻兵三
十餘年王師未嘗及其城下嘗走韓全義敗于頓騎悍
無所顧忌又恃陂浸阻迴故以天下兵環攻三年所得
者一縣而已〔晏子春秋〕仲尼聖相也〔唐書〕元和十年六
月上名裴度入對拜中書侍郎同平章事李師道遣客
殺武元衡擊裴度傷首墮溝中度氈帽厚得不死元和
十二年七月度請自往督戰上悅以度充淮西宣慰招
討處置使元和十一年十二月李愬為唐鄧隋節度使
十年九月韓弘為淮西都統弘請使子公武以兵萬三
千會蔡下十一年李道古為鄂岳觀察使十年二月李
文通為壽州團練使〔碑文〕光顏重胤公武合攻其北道
古攻其東南文通戰其東愬入其西〔舊唐書〕以司勳員
外李正封都官員外郎馮宿禮部員外郎李宗閔皆兼
侍御從度出征○度奏右庶子韓愈兼御史中丞充彰
義軍行軍司馬○十二年十月己卯李愬執吳元濟送
長安帝御興安門受俘以元濟獻廟社徇于市斬之○
度策勛進金紫光祿大夫上柱國封晉國公户三千〔舊
書韓愈傳〕淮蔡平十二月隨度還朝以功授刑部侍郎
乃詔撰平淮西碑〔道源注〕破體破當時為文之體〔舊書

韓愈傳碑辭多敘裴度事時入蔡擒吳元濟李愬功第一愬不平之愬妻唐安公主女也出入禁中因訴碑辭不實詔令磨去愈文命翰林學士段文昌重撰文勒石史記古者封太山禪梁父者七十二家封禪儀玉牒長一尺三寸廣厚五寸玉檢如之厚減三尺其印齒如璽纏以金繩五周
禮記衛莊公賜孔悝鼎銘○碑文不敘李愬之首功昌黎不得無過今段文不大傳而韓文家絃户誦不無議者好而不知其惡可嘆也○生硬中饒有古意甚似昌黎而清新過之

七月二十八日夜與王鄭二秀才聽雨夢後作

初夢龍宮寶𤏲然瑞霞明麗滿晴天旋成醉倚蓬萊樹有箇仙人拍我肩少頃遠聞吹細管一作笛聞聲不見隔飛煙逡巡又過瀟湘雨雨打都領切又都歷切湘靈五十絃瞥見馮夷殊悵望鮫綃休賣海為田亦逢毛女無憀音聊極

龍伯擎將華嶽蓮恍惚無倪明又暗低迷不已斷還連

覺來正是平階雨獨（一作未）背寒燈枕手眠

郭璞詩右拍洪崖肩楚詞使湘靈鼓瑟兮山海經冰夷人面乘兩龍冰夷馮夷也搜神記馮夷潼鄉隄首人八月上庚日死上帝署為河伯博物志鮫人水居如魚不廢織績時出人家賣綃說文綃生絲繒也列仙傳毛女字玉姜在華陰山中形體生毛自言始皇宮人也秦亡入山道士敎食松葉遂不飢寒韻會憀悲恨也按唐人用無憀皆與無聊同通鑑注無憀無聊賴也河圖玉版崑崙以北九萬里龍伯國人長三十丈萬八千歲

一段仙會甚明二段雲雨分飛三段又換一境四段上二句結夢下二句以階雨結夢雨不惟夢中仙人馮夷毛女龍伯不見並二秀才亦去也

無題

何處哀箏隨急管櫻花永巷垂楊岸東家老女嫁不售

白石當天三月半溧陽公主年十四清明煖後同牆看歸來展轉到五更梁間燕子聞長嘆

（樂府捉搦歌）老女不嫁只生口（梁書）溧陽公主簡文帝女也年十四有美色侯景納而嬖之大寶元年三月請簡文禊飲于樂遊苑上還宮景與公主據御床南面坐

貧家之女老猶不售貴家之女少小已嫁故展轉長嘆無人知者惟燕子獨聞也

贈荷花

世間花葉不相倫花入金盆葉作塵惟有綠荷紅菡萏卷舒開合任天真此花此葉常相映翠減紅衰愁殺人

人不如花之長久也

無愁果有愁曲北齊歌

東有青龍西白虎中含福星包世度玉壺渭水笑清潭鑿天不到牵牛處騏驎一作麒麟踏雲天馬獰牛山撼碎珊瑚聲秋娥點滴不成淚十二玉樓無故釘推煙唾月抛千里十番去聲紅桐一行音杭死白楊別屋鬼迷人空留暗記如蠶紙日暮西風牵短絲血凝血散今誰是

禮記行前朱雀而後玄武左青龍而右白虎道源注雲笈七籤包括世度璇璣照明○渭水本清玉壺納之○開鑿天荒無所不至特不及河漢耳山海經馬成之山有獸焉狀如白犬而黑頭見人則飛名曰天馬括地志牛山在臨淄縣南十里即齊景公所遊按史齊文宣造三臺窮極靡侈故以十二玉樓擬之道源注酉陽雜俎南中桐花有深紅色者道源注何延之蘭亭記羲之遊山陰蘭亭修禊揮毫製序興樂而書用蠶繭紙○短絲鬓絲也李賀詩寒綠幽風生短絲

〔天文志〕歲星所在其國多福可伐人人不可伐一段無愁二段有愁三段又到無愁四段同歸于盡果有愁○東西例南北也中有福星包涵萬物玉壺之明注渭水笑清潭不如言其人心無所不至但不能至河漢耳騏驎天馬蹈空而來如齊景公牛山憂生撼碎珊瑚一旦秋娥滴淚而玉樓已無故釘矣烟月一抛紅桐俱疤白楊蕭蕭徒記生平於蠹紙謂青史也日暮髮短疤生相乘果不能無愁也○題曰壯齊歌則曲名起齊可知然則詩亦剌高齊之作

射魚曲

〔始皇本紀〕徐市等入海求神仙數歲不得乃詐曰蓬萊藥可得然常為大鮫魚所苦故不得至願請善射與俱見則以連弩射之自瑯琊北至榮成山弗見至之罘見巨魚射殺一魚遂並海西至平原津而病

思牢弩箭磨青石繡額蠻渠三虎力尋潮背日伺泗鱗貝闕夜移鯨失色纖纖粉簳笴同馨香餌綠鴨迴塘養龍

水舍冰漢語遠於天何由廻作金盤宛

異物志南方思牢國產竹韻會此竹皮利可為刀魏志挹婁在扶餘東北千餘里弓長四尺如弩括長八寸青石為鏃。繡額猶云雕題蠻渠南蠻渠魁也詩有力如虎。夜移失色懼為所射也遁甲開山圖絳北有神龍池帝王歷代養龍之處。言大魚不可得見于是懸餌箭竹以求之鴨綠養龍之水焉。二語未詳。或曰漢武射蛟因于禮祠與始皇射魚總之求長生耳宜乎舍冰漢語遠在天上何為金盤承露卒不免于宛乎此詩亦諷求仙

綠鴨俗言綠頭鴨也古詩用者甚多迴塘池塘也注鴨綠江非養龍水猶言養魚池也唐六典大明宮在禁苑東南內有麟德凝霜三清舍冰水香紫蘭等殿後漢書荀爽傳集漢事成敗可為鑒戒者謂之漢語金盤承露漢武求仙事此借射魚而諷唐武宗之求仙也言射大魚大海而不得而射小魚於池塘猶不為始皇之求仙於海上而為漢武之求仙於方士也不敢明言天子而言殿名遠於天不以漢語之成敗

為鑒戒也言若以成敗為
鑒安得免于方士之藥乎

日高

鍍鐶故錦縻輕拖一作袘唐左切玉笢一作筱非不動便門鎖水精眠夢是何人欄藥日高紅髮鬖飛香上雲春訴天一作哀雲梯十二門九關一作開輕身滅影何可望粉蛾帖免屏風上

〔廣韻〕鐶指鐶也以金鍍之曰鍍鐶〔黃庭經〕黃庭為不死之道受者盟以玄雲之錦九十丈〔韻會〕縻繫也袘衣裾也〔道源注〕〔黃庭內景經〕玉笢金鑰長完堅〔注〕道經云善閉者無關揵不可開按笢字字書不載或謂即匙也○水精眠夢謂眠夢于水精宮也○欄藥即藥欄〔說文〕髮鬖也按鬖字字書亦不載〔甘泉賦〕崇丘陵之駊騀兮〔注〕駊騀高大貌髮鬖當亦此意〔招魂〕君無上天些虎豹九關啄害下人些○言雲天之高門關之邃非輕身滅影

者不能到徒如粉蛾
之帖宛于屏風耳
美人日高尚眠于水晶之宮而天高門邃我既不能
輕身滅影將如粉蛾之帖宛屏風終身不得相見也

海上謡

桂水寒於江玉兎秋冷咽海底覔仙人香桃如瘦骨紫
鸞不肯舞滿翅蓬山雪借得龍堂寛曉出揲雲髮劉郎
舊香炷立見茂陵樹雲孫帖帖卧秋煙上元細字如蠶
眠

〔傅玄擬天問〕月中何有玉兎擣藥〔漢郊祀志〕自威宣燕
昭使人入海求蓬萊方丈瀛洲諸仙人及不死之藥皆
在焉未至望之如雲及到三神山反居水下〔楚詞〕魚鱗
屋兮龍堂〔道源注〕揲〔集韻〕作抴〔說文〕閱持也〔詩〕鬒髮如
雲〔漢武內傳〕七月七日燔百和之香以待王母○武帝
葬茂陵言其死之速〔爾雅〕昆孫之子為仍孫仍孫之子

為雲孫〔漢武内傳〕帝以上元夫人所授諸經圖皆以金箱玉函珊瑚為軸紫錦為囊安著柏梁臺上〔海錄碎事〕〔書斷叠〕秋胡玩蠶作蠶書。言武帝雲孫皆盡此上元蠶書亦安在哉

當水寒秋冷時求仙海上而仙不可得不過于龍堂中歡娛美色而已安得不速死乎此刺世之好求仙者非刺漢武也

李夫人 原集五古二首見卷一

蠻絲繫條脫妍眼和香屑壽宮不惜鑄南人柔腸早被秋眸割清澄有餘幽素香鰥魚渴鳳眞珠房不知瘦骨類冰井更許夜簾通曉霜土花漠漠一作漠漠碧雲茫茫黃河欲盡天蒼蒼

〔殷芸小説〕金條脫為臂飾即今釧也。香屑百和香屑也〔漢郊祀志〕上起幸甘泉病良已大赦置壽宮神君〔注〕

壽宮奉神之宮也〔李夫人傳〕夫人少而早卒上憐憫焉圖畫其形于甘泉宮鑄南人無解或南金之訛言不惜以金鑄其像也〔釋名〕愁悒不能寐目常鰥鰥然字從魚魚目恒不寐其目之妍如和香眉所以不惜金鑄者其柔腸已被香屑之目所割也心如秋水之清明如幽素之香潔而鰥魚渴鳳究不能雙殊不自知一身已成冰井而尚愁思不忘同歸于死也

景陽宮井雙桐〔南史〕隋軍克臺城張貴妃與後主俱入井隋軍出之晉王廣命斬之于青溪〔金陵志〕景陽井在臺城內陳後主與張麗華孔貴嬪投其中以避隋兵舊傳欄有石脉以帛拭之作臙脂痕名臙脂井一名辱井在法華寺

秋港菱花乾玉盤明月蝕血滲兩枯心情多去未得徒經白門伴不見丹山客未待刻作人愁多有魂魄誰將玉盤與不死翻相誤天更潤於江孫枝覓郎主昔妬鄰

宮槐道類雙眉斂今日繁紅櫻桃一作抛人占長簟翠襦不禁綻留淚啼天眼寒灰劫盡問方知石羊不去誰相絆伴一作

宋書建康宣陽門謂之白門文帝以白門為不祥諱之○丹山客鳳也言桐枯而鳳亦不來漢書武帝以江充治巫蠱遂掘蠱于太子宮得桐木人風俗通梧桐生嶧陽山巖石上採東南孫枝為琴聲甚雅爾雅守宮槐葉晝聶宵炕注槐葉晝日聶合而夜炕布者名曰守宮槐王筠寓直詩霜被守宮槐風驚護門草列仙傳修羊公化石羊漢景帝置之靈臺上後去不知所在○言此桐生于宮井故鄰宮之槐猶以類顰眉也而妬之今惟見紅櫻之繁任人攜簟其下焉當日深宮之綻衣啼淚者竟安往哉灰劫之餘石羊誰絆亦可以極今古興亡之痛也

已

一段言井水已乾血痕猶在二段言我經白門止見雙桐其人惟有魂魄耳三段言誰能與此玉盤假使

不免終亦何益桐當另覓主人猶云天之所慶誰能興之四段昔日斂眉而妬鄰槐今日露桃繁紅遊人賞玩而此桐翠葉零落露如啼眼而已五段言江山已去石羊誰絆哉同歸于盡也

燕臺四首

風光冉冉東西陌幾日嬌魂尋不得密房羽客類芳心冶葉倡條徧相識暖藹輝遲桃樹西高鬟立共一作共立桃鬟齊雄龍雌鳳杳何許絮亂絲繁天亦迷醉起微陽若初曙映簾夢斷聞殘語愁將鐵網罥珊瑚海闊天翻迷處所衣帶無情有寬窄春煙自碧秋霜白研丹擘石天不知願得天牢鎖冤魄夾羅委篋單綃起香肌一作冷眠襯琤琤珮今日東風自不勝化作幽光入西海

蜜房蜂房也〔郭璞蜂賦〕亦托名于羽族○花叢無所不入○春心如絮亂絲縈天若有情亦當迷矣○微陽夕陽也〔高唐賦〕雲無處所〔呂氏春秋〕石可破也而不可奪堅丹可磨也而不可奪赤〔漢書〕戴匡六星六曰司災在魁中貴人之牢〔孟康曰〕貴人牢曰天理即天牢也情不得伸故曰寃魄○寃魄鎖天牢幽光入西海皆所謂幽憶怨斷之音也

一段無處不尋到二段可望不可即三段夕陽在地酒醒夢斷而終迷處所四段相思之誠無可告語五段幽魂飄蕩不勝東風而相隨直入西海無已時也

右春

前閣雨簾愁不卷後堂芳樹陰陰見石城景物類黃泉

夜半行郎空柘彈綾扇喚風閶闔天輕幃翠幕波淵旋

蜀魂（一作魄）寂寞有伴未幾夜瘴花開木棉桂宮留影光

難取嫣薰蘭破輕輕語直教銀漢墮懷中未遣星妃鎮
來去濁水清波何異源濟河水清黃河渾安得薄霧起
緗裙手接雲軿呼太君

〔宋玉諷賦〕君不御兮妾誰怨兮日將至兮下黃泉〔文選注〕古史考云柘樹枝長而勁烏集之將飛柘起彈烏烏乃呼號因名烏號弓〔南部烟花記〕陳宮人喜于春林放柘彈〔漢書注〕閶闔天門也〔道源注〕帷幕風動如旋波之有文〔蜀都賦〕烏生杜宇之魄○桂宮謂月宮〔洛神賦〕含辭未吐氣若幽蘭○星妃謂織女〔說文〕妃匹也〔梁范靜妻沈氏竹火籠詩〕氤氳擁翠被出入隨緗裙〔眞誥〕駕風騁雲軿道書有太極道君太虛上眞元君

一段無聊景況二段風光迅速三段想其來而畱之四段冀其忽然從雲中降也○水源之清濁既異流亦不同比其終不相合也○安得駕雲而來著薄霧之緗裙得手接而呼方遂此願

右夏

月浪衡一作衝天天宇濕涼蟾落盡疎星入雲屏不動掩
孤嚬西樓一夜風箏急欲織一作識相思花寄遠終日相
思却相怨但聞北斗聲迴環不見長河水清淺金魚鎖
斷紅桂春古時塵滿鴛鴦茵堪悲小苑作長道玉樹未
憐亡國人瑤琴一作瑟愔愔藏楚弄越羅冷薄金泥重簾
鈎鸚䴊夜驚霜喚起南雲繞雲夢雙璫丁丁聯尺素内
記湘川相識處歌唇一世衘雨看可惜馨香手中故
古詩河漢清且淺道源注金魚即魚鑰也一品集平泉
莊有剡溪之紅桂○茵褥也西京雜記飛燕為皇后其
女弟上遺鴛鴦褥南史文惠太子求東田起小苑嵇康
琴賦亂曰愔愔琴德不可測兮藝文類聚後漢蔡邕好
琴道每一曲製一弄琴歷曰琴曲有蔡氏五弄又有九
引九曰楚引錦裙記惆悵金泥簇蝶裙陸機賦指南雲

以寄欽高唐賦序昔者楚襄王與宋玉遊于雲夢之臺望高唐之觀○即前詩玉璫緘札一段夜長不寐二段相思不相見三段空房寂寞四段夢寤無聊五段惟展玩書札而已○南雲繞雲夢謂方在高唐夢中乃鸚鵡驚霜而動簾鉤遂驚醒也

右秋

天東日出天西下雌鳳孤飛女龍寡青溪白石不相望堂中遠甚蒼梧野凍壁霜華交隱起芳根中斷香心死浪乘畫舸憶蟾蜍月娥未必嬋娟子楚管蠻絃愁一槩空城舞罷腰支在當時歡向掌中銷桃葉桃根雙姊妹破鬟矮一作倭墮凌朝寒白玉燕釵黄金蟬風車雨馬不持去蠟燭啼紅怨天曙

矮墮註見中卷

一段咫尺千里二段天上所無之色三段況是雙美四段物是人非○四首詞太盛意太淺味太薄四句一解格不變化全無盛唐諸公之起伏頓挫讀者望其雲霧人人為絕不可解可嘆可嘆

右冬

河内詩二首

鼉鼓沈沈虯水咽秦絲不上蠻絃絕常娥衣薄不禁寒蟾蜍夜豔秋河月碧城冷落空蒙一作濛烟簾輕幙重金鉤欄靈香不下兩皇子孤星直上相風竿八桂林邊九芝草短襟小鬟相逢道入門暗數一千春願去閏年留月小梔子交加香蓼音了繁停辛佇苦留待君

孫綽刻漏銘〕靈虬吐注陰蟲承寫。秦絲秦箏也〔通典〕
秦蒙恬始作箏〔古今注〕漢顧成廟槐樹悉設扶老鉤欄
〔眞誥〕周靈王有子三十八人子晉太子也是爲王子喬
靈王第三女名觀靈字衆愛又有妹觀香子喬兄弟得
道者七人其眉壽是觀香之同生兄亦得道〔晉令〕車駕
出入相風前引〔先賢傳〕太僕寺丞高岱立一竹竿于前
庭其上有樞機標以雞尾相風色以驗吉凶〔漢舊儀〕元
豐六年甘泉宮產芝九莖金色綠葉朱實夜有光乃作
芝房之歌〔本草〕梔子味辛蔘味苦。仙家相逢以
千歲爲期惟留待之切故欲去閏年而留月小也
一段所思長夜獨居二段所思不來此三段
昔日相逢之地情好之篤四段今昔總結

右一曲樓上

閶門日下吳歌遠陂路綠菱香滿滿後溪暗起鯉魚風
船旗閃斷芙蓉榦輕一作傾 身奉君畏身輕雙橈兩槳樽
酒清莫因風雨罷團扇此曲斷腸惟壯聲低樓小徑城

南道猶自金鞍對芳草

〔通典〕吴歌雜曲並出江東晉宋以來稍有增廣梁內人王金珠善歌吴聲西曲〔提要錄〕鯉魚風九月風也〔古今樂錄〕團扇郎歌者晉中書令王珉好捉白團扇與嫂婢謝芳姿有情好嫂捶撻婢過苦王東亭聞而止之芳姿素善歌嫂令歌一曲當赦之芳姿應聲而歌白團扇辛苦五流連是郎親所見珉聞更問汝歌何道芳姿即改歌云白團扇顦悴非昔容羞與郎相見後人因而歌焉〔呂氏春秋〕有娀氏二佚女帝令燕遺二卵北飛不返二女作歌始為北音〔文心雕龍〕塗山歌于候人始為南音有娀謠乎飛燕始為北聲

一段昔日湖中風景二段湖中情事轉到今日腸斷三段今日不再過結湖中

右一曲湖中

河陽詩 舊唐書王茂元會昌中為河陽節度使玉溪為王公婿則此詩悼亡作也

黄河摇溶〔一作落〕天上來玉樓影近中天臺龍頭瀉酒客

壽杯主人淺笑紅玫瑰梓澤東來七十里長溝複塹埋雲子可惜秋眸一臠光漢陵走馬黃塵起南浦老魚腥古涎眞珠密字芙蓉篇湘中寄到夢不到衰容自去拋涼天憶得蛟（當作鮫）絲裁小卓（一作棹非）蛺蝶飛迴木棉薄綠繡笙囊不見人一口紅霞夜深嚼幽蘭泣露新香死畫圖淺縹松溪水楚絲微覺竹枝高半曲新辭寫緜紙巴陵夜市紅守宮後房點臂斑斑紅堤南渴雁自飛久蘆花一夜吹西風曉籠串斷蜻蜓翼羅屏但有空青色玉灣不釣三千年蓮房暗被蛟龍惜濕銀注鏡井口平鸞釵映月寒錚錚不知桂樹在何處仙人不下雙金莖百

尺相風插重屋側近嫣紅伴柔綠百勞不識對月郎湘竹千條為一束

李賀詩龍頭瀉酒邀酒星子虛賦其石則赤玉玫瑰晉灼曰玫瑰火齊珠也戴廷之西征記梓澤去洛陽六十里梓澤金谷也中朝賢達所集賦詩猶存是石崇居處○此雲子似謂如雲之女子與杜詩所用不同○南浦二句暗用雙魚寄書事○淺縹畫圖之色○楚絲猶云楚弄劉禹錫竹枝詞序建平里中兒聯歌竹枝吹短笛擊鼓以赴節歌者揚袂雜舞含思宛轉有淇澳之豔音漢書守宮蠱名術家云以器養之食以丹砂滿七斤擣治萬杵以點女人體終身不滅若有房室之事即脫言可防閑淫逸故謂之守宮圖經云長者一尺今出山南襄州安州申州以三月四月八月採去腹中物火乾之按詩云巴陵巴陵正屬山南道也○玉彎猶云玉川玉溪○鏡如井口之平道源注杜陽雜編唐同昌公主有九鸞之釵爾雅鶻伯勞也通卦驗伯勞性好單棲

太平御覽眞誥云華山尹受子受仙人管城子蒸霞餌术法又受蘇門周壽陵服丹霞之法○一段河陽

昔日同醉二段重來美人已死夢亦難尋三段因今日之寂寞想昔日之綿纏自恨重來之晚四段今日之淒涼情景

有垂淚而已

河陽黃河所經之地玉樓天臺就婚時所居比也況茂元之宅無限美人皆埋溝塹而化馬頭塵矣魚書密字猶在而夢亦難尋衰容涼天淒慘如此鮫綵木棉服色憶得而人已不見紅霞夜嚼孤獨堪傷乃蘭宛圖存新辭未沫故後房不御而渴雁蘆花益增悽愴曉簾以下今日之情黃泉月殿兩處茫茫惟對相風花鳥揮淚而已

偶成轉韻七十二句贈四同舍

沛國東風吹大澤蒲青柳碧春一色我來不見隆準人瀝酒空餘廟中客征東同舍鴛與鸞酒酣勸我懸征鞍藍山寶肆不可入玉中（一作山）仍是青琅玕武威將軍使

中俠少年箭道驚楊葉戰功高後數文章憐我秋齋夢
蝴蝶詰旦九門傳奏章高車大馬來煌煌路逢鄒枚不
暇揖臘月大雪過大梁憶昔公為會昌宰我時入謁虛
懷待衆中賞我賦高唐迴看屈宋由年輩公事武皇為
鐵冠歷廳請我相所難我時顛頷在書閣卧枕芸香春
夜闌明年赴辟下昭桂東郊慟哭辭兄弟韓公堆上跋
馬時迴望秦川樹如薺依稀南指陽臺雲鯉（一作紅）魚食
鈎猿失羣湘妃廟下（一作中）已春（一作春江）盡虞帝城前初日
曛謝遊橋上澄江館下望山城如一彈鷓鴣聲苦曉驚
眠朱槿花嬌晚相伴項之失職辭南風破帆壞槳荊江

中斬蛟斷（一作破）壁不無意平生自許非忩忩歸來寂寞
靈臺下著破藍衫出無馬天官補吏府中趨玉骨瘦來
無一把手封狴牢屯制囚直廳印鎖黃昏愁平明赤帖
使修表上賀嫖姚收賊州舊山萬仞青霞外望見扶桑
出東海愛君憂國去未能白道青松了然在此時聞有
燕昭臺挺身東望心眼開且吟王粲從軍樂不賦淵明
歸去來彭門十萬皆雄勇首戴公恩若山重廷評日下
握靈蛇書記眠時吞綵鳳之子夫君鄭與裴何甥（一作生）
謝舅當世才青袍白簡風流極碧沼紅蓮傾倒開我生
麤疎不足數梁父哀吟鴝鵒舞橫行闊視倚公憐狂來

筆力如牛弩借酒祝公千萬年吾徒禮分常周旋收旗

臥鼓相天子相門出相光青史

〔後漢書〕沛國故秦泗水郡高帝改沛郡〔漢書〕高祖為人隆準而龍顏。沛郡有高祖廟〔本草〕琅玕一名青珠〔蜀都賦〕所云青珠黃環也〔蘇恭曰〕琅玕有數種以青者為勝火齊寶也出嶲州以西烏白蠻中及于闐國〔舊唐書本傳〕茂元雖讀書為儒本將家子〔戰國策〕養由基去楊葉百步射之百發百中〔本傳〕茂元愛其才以女妻之〔漢書〕陳留郡浚儀縣故大梁〔唐書〕天寶二載分新豐萬年置會昌縣七載省新豐改會昌為昭應縣。據此語盧弘正嘗為會昌令二史俱失書〔通典〕侍御史一名柱後史謂冠以鐵為柱〔唐書〕盧弘正初佐劉悟府累擢監察御史沈傳師表為江西團練副使入為侍御史〔本集樊南甲集序〕兩為秘省房中官恣展古籍〔唐書〕昭州平樂郡桂州始安郡俱屬嶺南道鄭亞觀察桂管辟義山為判官〔道源注〕〔長安志〕韓公堆驛名在藍田縣南二十五里又有桓公堆亦曰韓公堆也〔梁戴暠詩〕長安樹如薺〔方輿勝覽〕黃陵廟在湘陰縣北四十里〔按〕謝朓集有黍役湘州與吏民別詩謝遊橋澄江館必亦在長沙也時義山自桂林奉使江陵因歸朝（博物志）澹臺子羽齎河齎千金之璧陽侯浪起兩蛟夾船子羽左操璧右操劍擊蛟皆死既渡以璧投于河河泊躍而歸之子羽毀璧而去（通志）靈臺在鄠縣東（三輔決錄）第五頡倫之小子洛陽無故人鄉里無田宅寄止靈臺中或十日不炊（崔峒詩）靈臺暮宿意多違（古樂府）冉冉府中趨義山歸朝選盩厔尉（本傳）京兆尹盧弘正奏署掾曹令典章奏按（弘正傳）不言嘗為京兆尹必史誤辨詳詩譜（舊唐書）大中三年正月吐蕃宰相論恐熱以秦原安樂三州及石門等七關軍民歸國詔靈武節度使朱叔明邠寧節度使張景緒等各出兵應接十二月以河湟收復追冊順宗憲宗廟號（通鑑）大中三年五月寧武軍亂逐其節度李廓詔以弘正代之時義山從為掌書記（舊唐書）徐方自王智興之後軍士驕怠有銀刀都尤甚前後屢逐主帥弘正在鎮期年去其首惡諭以忠義訖于受代軍旅無譁（曹植書）人人自謂握靈蛇之珠（傳玄靈蛇銘）嘉茲靈蛇斷而能續飛不須翼行不假足進此明珠預身龍族（道源注）晉書王導補謝尚為掾導謂之曰聞君能作鴝鵒舞一座傾想尚更著衣幘而舞令座下擊節為應

旁若無人。鍾繇弟子宋翼每作一戈如千鈞弩又漢軍有八牛弩（漢書）相門出相將門出將

義山生平游歷畧見于此篇

一段生不逢時同舍勸之出遊二段受知王公三段應盧公招四段赴昭桂五段自桂林奉使江陵因歸朝選縣尉六段又為弘正典章奏七段總收知遇八段贈同舍

燒香曲

鈿雲蟠蟠牙比魚孔雀翅尾蛟龍鬚漳宮舊樣博山鑪
楚嬌捧笑開芙蕖八蠶繭緜分小炷獸焰微紅隔雲母
白天月澤寒未冰金虎含秋向東吐玉珮呵光銅照昏
簾波日暮衝（一作依）斜門西來欲上茂陵樹柏梁已失栽
桃魂露庭月井大紅氣輕衫薄細當君意蜀殿瓊人伴

夜深金鑾一作鸞不問殘燈事何當巧吹君懷度襟灰為
土塡清露

王琰冥祥記費崇先嘗以雀尾香鑪置厀前道源注西京雜記丁諼作九層博山香鑪鏤以奇禽怪獸自然能動鄴中記石季龍冬月為複帳四角安純金銀鑿鏤香鑪吳都賦鄉貢八蠶之綿善曰劉欣期交州記蠶一歲八育出日南晉朝雜記洛下少炭羊琇擣小炭為屑以物和之作獸形用以温酒陸機詩望舒離金虎善曰漢書西方金也○言鑪烟之暖金虎亦回其秋令○銅照謂鏡也西京雜記漢陵寢皆以竹為簾簾皆水文及龍鳳之像簾波水文也或曰香烟拂簾如波斜門宮內角門也王母傳帝食桃輒收其核母問帝帝曰欲種之母曰中夏地薄種之不生帝乃止道源注殿前廣庭曰露庭四周有屋中空曰月井拾遺記蜀先主甘后玉質柔肌先主置于白紗帳中如月下聚雪河南獻玉人置后側晝則講說軍謀夕則擁后而玩玉人后與玉人潔白齊潤寵者非惟妬后亦妬玉人也

牙比魚言魚龍孔雀如牙之排比形鏤錯成文鑪樣故下句云舊樣楚嬌二句燒也白天二句言烟之暖玉珮二句言烟之大西來二句言烟之久露庭四句燒香後事結二句即生生世世願為夫婦意西來二句言香烟西來欲上茂陵之樹可以返栽桃之魂無如武帝亡久其魂已失遂不能返也大紅氣日已出也美人既當君意則晝夜相伴故不問殘燈事猶言無晝無夜也

安平公詩〔原注〕故贈尚書諱氏○崔戎也注別見

丈人博陵王名家憐我總角稱才華華州留語曉至暮高聲喝吏放兩衙明朝騎馬出城外送我習業南山阿仲子延一作廷岳年十六面如白玉欹烏紗其弟炳章猶兩丱瑤林瓊樹含奇花陳留阮家諸姪秀一作瑠璃並列諸姪秀邐迤出拜何騈羅府中從事杜與李麟角虎翅相過摩清

詞孤韻有歌響擊觸鐘磬鳴環珂三月石堤凍銷釋東風開花滿陽坡時禽得伴戲新木其聲尖咽如鳴梭公時載酒領從事踴躍鞍馬來相過仰看樓殿撮清漢坐視世界如恒沙面熱脚掉互登陟青雲表柱白雲崖一百八句在貝葉三十二天長雨花長者子來輒獻蓋辟支佛去空留鞾公時受詔鎮東魯遣我草詔（疑作奏）隨車牙顧我下筆即千字疑我讀書傾五車嗚嘑（呼同）太賢苦不壽時世方士無靈砂五月至止六月病遽頹泰山驚逝波明年徙步弔京國宅破子毀哀如何西風衝户捲素帳隟光斜照舊燕窠古人常嘆知己少況我淪賤艱

虞多如公之德世一二豈得無淚如黃河瀝膽兕願天

有眼君子之澤方滂沱

舊唐書戎高伯祖玄暐神龍初有大功封博陵郡王○戎拜給事中駁奏為當時所稱太和七年七月改華州刺史○延茁或云崔雍也按唐書雍字順中○炳章崔哀也晉書阮籍陳留尉氏人也父瑀魏丞相掾子渾侄咸咸子瞻瞻弟孚咸從子修孚族弟放放弟裕皆知名唐書世系表戎姪有庾序福裕原朗諸人○杜勝李潘別見○陽坡坡之向日者水經注康泰扶南傳曰恒水之源出崑崙山中有五大源諸水分流皆由此枝扈大江出山西北流東南注大海枝扈黎即恒水也故西域志有恒曲之目楞嚴經恒河從阿耨達沙師子口流出周圍四十里其中沙細如麪亦云金沙河也維摩經取三千大千世界如陶家輪著右掌中擲過恒沙世界之外道源注楞伽經有不生句生句等一百八句佛言大慧是百八句先佛所說汝及諸菩薩摩阿薩應當修學道源注三十三天欲天也天主曰忉利居須彌山頂四方各八獨帝釋忉利居中楞嚴經世尊座天雨百寶蓮

花青黃赤白間雜粉糅〔道源注〕維摩經毘耶離城有長者子名曰寶積與五百長者子俱持七寶蓋來詣佛所佛之威力令諸寶蓋合成一蓋徧覆三千大千世界而此世界廣長之相悉于中現〔道源注〕釋氏要覽辟支梵云辟勒支底迦唐言獨行此有二謂部行麟喻也〔水經注〕于闐國城一十五里有利刹寺中有石鞾石上有足跡彼俗言是辟支佛跡〔酉陽雜俎〕于闐國贊摩寺有辟支佛鞾非皮非綵歲久不爛〔舊唐書〕太和八年三月丙子戎遷兗海沂密都團練觀察等使華民戀惜遮道至有解靴斷鐙者○建牙旗于車前故曰車牙〔莊子〕惠子多方其書五車〔本草〕有太清服鍊靈砂法〔舊唐書〕戎理兗一年太和八年五月卒〔新書〕年五十五按舊紀戎以八年六月卒與此詩合本傳誤○子毀是哀毀之毀有謂戎子雍賜死宣州者非也雍賜死在咸通九年〔世說〕顧長康哭桓宣武聲如震雷破山淚如傾河注海〔楞嚴經〕時心懷歡喜謂得天眼

一段傾蓋相識二段友其子孫三段躋之上客之列四段點時五段載酒相過六段文章知己七段安平亡八段痛哭結

玉溪生詩意卷三目錄

五言律

北歸經分水嶺　深樹見一顆櫻桃尚在　小
桃園　和張秀才落花有感　昭肅皇帝挽歌
辭三首　所居　高松　訪秋　昭州　哭劉
司户蕡　裴明府居止　陸發荊南始至商洛
陳後宫　樂遊原　贈子直花下　小園獨
酌　思歸　獻寄舊府開封公　向晚　春游
離席　俳諧　細雨　商於新開路　題鄭
大有隱居　夜飲　江上　涼思　鸞鳳　因
書　奉寄安國大師兼簡子蒙　閑遊　題李
上謩壁　江村題壁　即日　秋日晚思　春

懷在蒙飛卿　春深脫衣　懷求古翁　五月

十五夜憶往歲秋與徹師同宿　城上　如有

朱槿花二首　晉昌晚歸馬上贈　清夜怨

王漁洋詩話卷三目錄

玉溪生詩意卷三　五言律

蒲城屈　復悔翁著

襄平高士鑰景萊閱

臨潼張　坦吉人參閱

寄羅劭興一作輿。逸詩棠棣之華偏其反而豈不爾思室是遠而

棠棣黃花發忘憂碧葉齊人間微病酒燕重遠兼泥混沌何由鑿青冥未有梯高陽舊徒侶時復一相攜

博物志合歡蠲忿萱草忘憂莊子鑿七日而混沌死楚詞據青冥而攄虹兮注青冥雲也史記酈生叱使者曰入言沛公吾高陽酒徒也

一思劭也二不能忘也三總承一二四所見惟此而已五六不遇於時七八寄劭也。五世界何時清明

六一時致身無路

令狐舍人說昨夜西掖玩月因戲贈（唐書令狐楚之子大中三年拜中書舍人襲封平陽男（初學記）中書省在右因謂中書為右曹又稱西掖

昨夜玉輪明（一作門誤）傳聞近太清涼波銜碧瓦曉暈落金莖露索秦宮井風絃漢殿箏幾時緜竹頌擬薦子虛名

（漢郊祀志）月穆穆以金波（廣韻）暈日月旁氣也（西都賦）擢雙立之金莖（注）金莖銅柱也（廣韻）綆井索（古樂府）桃生露井上（曹植述行賦）濯予身于秦井（丹鉛錄）古人殿閣簷稜間有風琴風箏皆因風動成音自叶宮商（漢書）綿竹縣屬廣漢郡（揚雄甘泉賦序）孝成帝時客有薦雄文似相如者（翰注）雄嘗作綿竹頌成帝時直宿郎楊莊誦此文帝曰似相如之文莊曰非也此臣邑人楊子雲帝即名見拜黃門侍郎按子雲答劉歆書云先作縣邸銘王佴頌階闥銘及成都四隅銘蜀人楊莊為郎誦之于成帝帝以為似相如後又作繡補靈節龍骨之銘詩

三章成帝好之遂得盡意不及緜竹須翰注云云不知何本五臣注極為東坡所譏然間有可采者如此事義山亦引用之矣

一昨夜月二說西掖中四玩結望其薦○二舍人已近天子可以薦我矣故末言何時可薦乎

崔處士

眞人塞其內夫子入於機未肯投竿起惟歡負米歸雪中東郭履堂上老萊衣讀遍先賢傳如君事者稀

莊子萬物出乎機入乎機家語昔者由也為親百里負米史記東郭先生行雪中履有上無下足盡履地列士傳老萊子行年七十作嬰兒娛親著五采褊襴衣

莊子愼汝內閉汝外注固塞其精神也未肯投漁竿起而仕也

自喜

自喜蝸牛舍兼容燕子巢綠筠遺粉籜紅藥綻香苞虎過遥知穽魚來且佐庖慢行成酩酊鄰壁有松醪古今注蝸牛陵螺也野人為圓舍如其殼曰蝸舍魏志焦先自作一蝸牛廬淨掃其中本草松葉松節松膠皆可為酒能已疾

異俗二首原注時從事嶺南本傳給事中鄭亞廉察桂州請為觀察判官檢校水部員外郎

鬼瘧朝朝避春寒夜夜添未驚雷破柱不報水齊簷虎箭侵膚毒魚鈎刺骨銛鳥言成諜訴一作詐多是恨彤幨一作襜後漢禮儀志注顓頊氏有三子生而亡去為疫鬼一居江水為瘧鬼賓退錄高力士流巫州李輔國授謫制力

上方逃瘧功臣閣下【世說】夏侯太初嘗倚柱作書時大雨霹靂破柱衣服焦然神色不變【桂海虞衡志】蠻箭以毒藥濡箭鋒中者立死藥以蛇毒草為之【嶺表志】鱷魚大如船牙如鋸齒尾有三鉤極利遇鹿豕即以尾戟之【韓愈文】小吏十餘家皆鳥言夷面【北山移文】牒訴倥傯裝其懷【注】牒文牒也訴告也【周禮】巾車有容蓋【鄭司農云】容謂襜車山東謂之裳幃以幃幛車旁如裳為容飾其上有蓋四旁垂而下謂之襜【職原】皂蓋分輝彤襜昭彩

朝朝夜夜未驚不報户盡家多未曾只是言習俗也○雷破柱水齊簷皆常有者故未驚不報

户盡懸秦網家多事越巫未曾容獺祭只是縱猪都點對連鰲餌搜求縛虎符賈生兼事鬼不信有洪爐

【漢地理志】桂林郡本秦置網罟之利開于秦故曰秦網【漢郊祀志】命越巫立越祝祠安臺無壇亦祠天神帝百鬼而以雞卜【月令】孟春之月獺祭魚然後虞人入澤梁【酉陽雜俎】伍相奴或擾人許于伍相廟多已舊說一姓姚

二姓王三姓汪昔值洪水食都樹皮餓死化為鳥都皮
骨為猪都婦女為人都在樹根居者名猪都在樹半可
攀及者名人都在樹尾者名鳥都南中多食其巢味如
木芝窠表可為履屧治脚氣〔列子〕龍伯之國有大人一
釣而連六鼇〔眞誥〕道家有制虎豹符南中多虎故求符
禁之〔漢賈誼傳〕上方受釐坐宣室因感鬼神事問以鬼
神之本誼具道所以然之故
〔莊子〕今一以天地為大鑪

歸墅

行李踰南極旬時到舊鄉楚芝應徧紫鄧橘未全黃渠
濁村舂急旗高社酒香故山歸夢喜先入讀書堂

〔十道志〕商洛山在商州東南九十里亦名楚山〔高士傳〕
四皓避秦入商洛山作歌曰曄曄紫芝可以療飢〔唐書
地理志〕鄧州南陽郡屬山南
東道〔廣韻〕青帘謂之酒旗

一二歸墅三四時景
五六情事七八歸情

楚澤

夕陽歸路後霜野物聲乾集鳥翔漁艇殘虹一作紅拂馬鞍劉楨元抱病虞寄數辭官白袷經年卷西來及一作又早寒

劉楨詩余嬰沈痼疾竄身清漳濱南史虞寄字次安性沖靜有棲遁志大同中閉門稱疾惟以書籍自娛陳寶應既擒文帝敕章昭達發遣還朝衡陽王出閣手敕用為掌書記後除東中郎建安王諮議加昭戎將軍寄辭以疾王於是命長停公事其有疑議就以決之眞誥許長史著葛幨單衣白袷

霜夜早寒安得有虹紅是

蟬

本以高難飽徒勞恨費聲五更疎欲斷一樹碧無情薄

宦梗猶汎故園蕪已平煩君最相警我亦舉家清

通首自喻清高三四承恨費聲五六又應難飽七結前四八結五六本言其費聲而翻寫不鳴益除却五更欲斷此外無不鳴時也高即清也○本以居高終身難飽鳴以傳恨徒勞費聲惟至五更樹碧無情乃不鳴耳費聲如此梗泛園蕪吾之遭逢如此故煩君相警而舉家亦清也

江亭散席循柳路吟歸官舍

春詠敢輕裁銜辭入半杯已遭江映柳更被雪藏梅寡和真徒爾殷勤動即來從詩得何報惟感一作看二毛催

哭劉司户二首蕡卒於所貶

離居星歲易失望死生分酒甕凝餘桂書籤冷舊芸江風吹鴈急山木帶蟬曛一叫千迴首天高不為聞

〔楚詞〕奠桂酒兮椒漿〔魚豢魏畧〕芸香辟紙魚蠹故藏書臺曰芸臺

有美扶皇運無誰薦直言已為秦逐客復作楚寃魂湓浦應分派荊江有會源并將添恨淚一灑問乾坤

杜甫詩應共寃魂語投詩贈汨羅〔廬山記〕江州有青盆山故其城曰湓城浦曰湓浦〔一統志〕湓浦在今九江府城西〔禹貢〕導江北會為滙

二詩雖淺顯却大有眞情血淚不是乾號

街西池館

杜牧有街西詩〔鼓吹注〕長安領街西五十四坊及西市多王公貴戚之家

白閣他年別朱門此夜過疎簾留月魄珍簟接烟波太守三刀夢將軍一箭歌國租容客旅香熟玉山禾

〔通志〕紫閣白閣黃閣三峯俱在圭峯東〔晉書〕王濬夢懸三刀於梁上須臾又益一刀李毅曰三刀為州又益者

明府其臨益州乎果遷益州刺史〔唐詩紀事〕楊巨源〔詩
三刀夢益州一箭取遼城由是知名〔山海經〕崑崙之上
有木禾長五
尋大五圍
中四皆朱門此夜
景物結到過字

鄠杜馬上念漢書一云五陵懷古〔漢書〕宣帝尤
樂鄠杜之間〔注〕杜屬京兆鄠
屬扶
風

世上蒼龍種人間武帝孫小來惟射獵興罷得乾坤渭
水天開苑咸陽地獻原英靈殊未已丁傅漸華軒
漢書宣帝武帝曾孫戾太子孫也高材好學然亦喜游
俠鬬雞走狗上下諸陵周徧三輔昌邑王廢霍光與諸
大臣迎即皇帝位〔三輔黄圖〕漢有三十六苑〔羽獵賦序〕
武帝廣開上林北繞黄山濱渭而東〔長安志〕長安萬年
二縣之外有畢原白鹿原少陵原高陽原細柳原〔吳融
詩〕咸陽一火便成原〔漢書〕哀帝時帝舅丁明封陽安侯

皇后父傳晏封孔鄉侯〔說文〕軒曲輈轓車也

言宣帝自閭閻嬉遊興罷而後得天下知民間疾苦力致太平及末幾而丁傳復興以致于亂為可惜也

柳

動春何限葉撼曉幾多枝解有相思苦應無不舞時絮飛藏皓蝶帶弱露黃鸝傾國宜通體誰來英華作家獨賞眉

〔道源注〕〔梁〕劉邈折楊柳詩春來誰不思相思君自知〔北史〕柳昂傳楊素嘗于朝堂見昂子調因獨言曰柳條通體弱獨搖不須風〔梁元帝詩〕柳葉生眉上

踰世無知已也一二枝葉三四情思五六能容物七結上八無賞者

聞著明凶問哭寄飛卿

〔舊唐書〕溫庭筠字飛卿大中初應進士累年不第徐商鎮襄陽往依之署為巡官咸通初遷隋縣令卒

昔歎讒銷骨今傷淚滿膺空餘雙玉劍無復一壺冰江
勢翻銀礫漢一作天文露玉繩何因攜庾信同去哭徐陵
劍有雌雄故言雙也〔鮑照詩〕清如玉壺冰〔說文〕
礫小石也〔春秋元命苞〕玉衡北兩星為玉繩

桂林〔山海經〕桂林八樹在賁隅東〔注〕八桂成林
言其大也〔舊唐書〕江源多桂不生雜木故
秦時立為桂林郡武德四年置桂州總
管府後置桂管經畧觀察使治桂州

城窄山將壓江寬地共浮東南通絕域西北有高樓神
護青楓岸龍移白石湫殊鄉竟何禱簫鼓不曾休
〔柳宗元記〕桂州多靈山發地峭豎林立四野〔方輿勝覽〕
桂州有湘灕二江荔江陽江〔方輿勝覽〕桂州東接諸溪
南浮瓊崖〔桂海虞衡志〕靈川興安之間有嚴關朔雪至
此輙止大盛則度關至桂州城下不復南矣北城舊有
樓曰雪觀所以夸南州也〔道源注〕〔南方草木狀〕五領之
間多楓木歲久則生瘤癭一夕遇暴雷驟雨其樹贅暗

長三五尺謂之楓人越巫取之作術有通神之驗取之不以法則能飛去〔述異記〕南中有楓子鬼楓木之老者人形亦呼為靈楓焉〔一統志〕白石湫在桂林府城北七十里俗名白石潭〔宋李彥弼八桂堂記〕民俗篤信陰陽多尚巫卜病不求醫藥

首句狀難狀之景三四高亮雄壯五六殊鄉靈怪即下簫鼓所禱者結句怪異之詞自傷留滯于此渾涵不露

陳後宮

茂苑城如畫閶門瓦欲流還依水光殿更起月華樓侵夜鸞開鏡迎冬雉獻裘從臣皆半醉天子正無愁

〔吳都賦〕帶長洲之茂苑〔虞世南詩〕高臺臨茂苑按茂苑非必吳也始可稱〔南史〕宋有樂遊苑齊起新林芳樂等苑皆在臺城內所謂茂苑城如畫也若吳地記之茂苑其名立於貞觀中有引此者非是〔宋書〕元嘉十二年新

作閶闔廣莫二門〔陳書〕後主盛修宮室無時休止〔范泰鸞鳥詩序〕昔罽賓王結罝峻卯之山獲一鸞鳥王甚愛之三年不鳴其夫人曰嘗聞鳥見其類而後鳴何不懸鏡以映之王從其言鸞睹影悲鳴冲霄一奮而絕〔晉咸寧起居注〕太醫司馬程據上雉頭裘一領詔于殿前焚之〔北齊書〕後主好彈琵琶自為無愁之曲民間謂之無愁天子

一二城郭之壯麗三四宮殿之華美五女色之妍六衣服之駼○臣醉而君無愁荒淫如此安得不亡深戒後來也

屬疾

許靖猶羈宦安仁復悼亡茲辰聊屬疾何日免殊方秋蝶無端麗寒花只暫一作更不香多情真命薄容易即迴腸

〔蜀志〕許靖字文休避難走交州與相隨中外同其飢寒後因劉璋招入蜀先主即尊號以靖為司徒〔潘岳集〕有

悼亡詩二首

明日

天上參旗過人間燭焰銷誰言整雙履便是隔三橋知處黃金鏁鏁門一作鏁也曾來求碧綺寮凭欄明日意池潤雨蕭蕭

〔史天官書〕參為白虎其西有句曲九星一曰天旗〔正義〕曰參旗九星在參西天旗也過即所謂參橫三橋三渭橋也〔三輔黃圖〕渭水貫都以象天漢橫橋南渡以法牽牛〔史記索隱〕今渭橋有三所一在城西北咸陽路曰西渭橋一在東北高陵邑曰東渭橋其中渭橋在古城之北〔唐書〕德宗至自興元李晟戎服謁見于三橋〔魏都賦〕皎日籠光於綺寮〔注〕寮窗也

一二夜已深三四方整雙履便成遠別熟知金鏁之住處曾來獨居之綺寮明日之意必當如此其如今

夜凭欄風雨蕭蕭難乎為情矣

西溪

近郭西溪好誰堪共酒壺苦吟防㮄惲多淚怯楊朱野鶴隨君子寒松揖大夫天涯常病意岑寂勝歡娛

〔梁書〕㮄惲字文暢河東解人少工篇什為詩曰亭皐木葉下隴首秋雲飛瑯琊王融書之齋壁入梁為秘書監終吴興太守〔淮南子〕楊朱見岐路而哭之為其可以南可以北〔抱朴子〕周穆王南征一軍盡化君子為猿鶴小人為沙蟲〔漢官儀〕秦始皇上封泰山風雨暴至休于松下因封其樹為五大夫〔漢書注〕五大夫秦第九爵名

西溪最佳奈是獨遊遊人雖多無堪共酒盃者惟覺防㮄惲之苦吟怯楊朱之多淚耳幸有野鶴相隨寒松堪揖所以如此者天涯病客以岑寂為佳耳

贈㮄

章臺從掩映郢路更參差見說風流極來當婀娜時橋

迴行音杭欲斷堤遠意相隨忍放花如雪青樓撲酒旗

漢書張敞為京兆尹時罷朝會走馬章臺街唐人詩有章臺柳史記注楚都于郢今江陵縣北紀南城是至平王更城郢在江陵東北故郢城是南史劉悛之為益州刺史獻蜀柳數株枝條狀如絲縷武帝植于靈和殿前嘗賞玩咨嗟曰此楊柳風流可愛似張緒當年魏文帝柳賦柔條婀娜而蛇伸晉伍輯之柳賦楊零花而雪飛齊書武帝與光樓上施青漆謂之青樓

此首有惜之之意以如此風流而花撲酒旗何也寓意深矣

詠柳

已帶黃金縷仍飛白玉花長時須拂馬密處少藏鴉眉細從他斂腰輕莫自斜玳梁誰道好偏擬映盧家

劉禹錫楊柳枝詞千條金縷萬條絲杜甫詩隔户楊柳弱嫋嫋恰似十五女兒腰沈佺期古意盧家少婦鬱金堂海燕雙飛玳瑁梁

句句皆有謔意參差出之故不至複結句似刺小人之媚權貴者

北禽

為戀巴江好無辭瘴霧蒸縱能朝杜宇可得值治去聲蒼鷹石小虛填海盧銛未破矰知來有乾鵲何不向雕陵

山海經赤帝之女名女娃遊于東海溺而不返化為精衛鳥常取西山木石以填東海淮南子雁銜蘆而飛以避矰繳埤雅鵲取木杪枝不取墮地枝名乾鵲淮南子乾鵲知來而不知往此修短之分也莊子莊周遊雕陵之樊睹一異鵲自南來翼廣七尺目大運寸感周之顙而集于栗林周執彈而留之

蒼鷹喻酷吏見史記○通篇自喻不辭瘴霧而來巴江者以其能朝杜宇也然其如蒼鷹何哉空懷填海

之心而有矰繳之憂乾鵲知
來何不向雕陵以避之乎

楚宮

風賦楚襄王遊于蘭臺之宮

複壁交青瑣重簾挂紫繩如何一柱觀不礙九枝燈扇
薄常規月釵斜只鏤冰歌成猶未唱秦火入夷陵

漢書注青瑣户邊刻為連瑣文以青塗之渚宮故事宋
臨川王義慶鎮江陵于羅公洲立觀甚大而惟一柱一
統志一柱觀在松滋縣東邱家湖中王筠燈檠詩百花
曜九枝班婕妤怨歌行裁為合歡扇團團似明月道源
注刻水玉作釵如鏤冰然史記秦昭襄二十一年白
起伐楚拔郢燒夷陵唐書峽州夷陵郡屬山南東道

此與陳後宮
一首同意

石城

石城誇窈窕花縣更風流簟冰將飄枕簾烘不隱鉤玉

童收夜鑰金狄守更籌共笑鴛鴦綺鴛鴦兩白頭

〔樂府莫愁樂〕莫愁在何處莫愁石城西〔唐書樂志〕石城在竟陵有女子名莫愁善歌謠〔白帖〕潘岳為河陽令遍樹桃李〔唐韋思謙傳〕涕泗冰須冰謂涕著須而凝也讀去聲〔陸倕新漏刻銘〕銅史司刻金徒抱箭〔注〕張衡渾儀制鑄金人居壺之左金胥徒居壺之右以左手把箭右手指刻別天時早晚〔西京賦〕列坐金狄〔善曰〕金狄金人也〔道源注〕籌即漏箭也

簟紋如水正與飄字相應舊注冰作去聲非○前二言兩美相合中四永夜之歡結言今已俱老矣

離思

氣盡前溪舞心酸子夜歌峽雲尋不得溝水欲如何朔鴈傳書絕湘篁染淚多無由見顏色還自託微波

〔寰宇記〕前溪在烏程縣南東入太湖謂之風渚夾溪悉生箭箬晉車騎將軍沈玩家于此樂府有前溪曲玩所

制樂府解題前溪舞曲也唐書樂志子夜歌者晉曲也晉有女子名子夜造此歌聲過哀苦文君白頭吟今日斗酒會明旦溝水頭躞蹀御溝上溝水東西流漢蘇武傳天子射上林中得雁足有繫帛書言武等在某澤中洛神賦托微波而通辭

一二思三四離五離六思結言無由一見故作此詩也

風雨

淒涼寶劍篇羈泊欲窮年黃葉仍風雨青樓自管絃新知遭薄俗舊好隔良緣心斷新豐酒銷愁斗幾千

唐書武后索郭元振所為文章上寶劍篇王維詩新豐美酒斗十千

當淒涼羈泊時風雨之夕聽青樓管絃因感新知舊好而思斗酒銷愁情甚難堪

槿花二首

說文舜木槿也朝華暮落廣志日及木槿也

燕體傷風力雞香積露文殷烏閑切鮮一相雜啼笑兩難
分月裏寧無姊雲中亦有君三清與仙島何事亦離羣
雞香雞舌香也〔夢溪筆談〕按〔齊民要術〕云雞舌香世以
其似丁子故一名丁子香即今丁香是也燕體比其條
之輕雞香比其色之艷〔廣韻〕殷赤黑色〔羅浮山記〕木槿
一名赤槿花甚丹四時敷榮〔江總木槿賦〕啼裝梁冀婦
紅妝蕩子家若持花竝笑宜笑不勝花〔春秋感精符〕人
君父天母地兄日姊月〔宋均注〕兄日于東郊姊月于西
郊〔九歌〕有雲中君○三清注見前仙島蓬萊三山也○
言雲月之質宜在三清仙島之間何為亦離羣在此耶
〔江淹別賦〕露下地而騰文○一比其條之輕二比其
朝開三賦其色四賦其情五六比其仙品合在上界
而今乃離羣人世○寧
亦字有人已離羣之感
珠館薰燃久玉房梳掃餘燒蘭才作燭襞錦不成書本
以亭亭遠翻嫌脈脈疎迴頭問殘照殘照更空虛

楚詞紫貝闕兮珠宮或曰江賦鮫人構館于懸流鮫人能泣珠故曰珠館漢郊祀歌神之出排玉房三夢記唐末宮中髻為鬧掃裝猶盤鴉墮馬之類唐人詩還梳鬧掃學宮粧招魂蘭膏明燭逸曰以蘭香練膏也晉書竇滔妻蘇若蘭織錦為廻文璇璣圖詩以贈滔辞甚凄惋爾雅脈相視也古詩脈脈不得語

一花色二花情三花態四花光皆比也五枝高六花稀七八暮落皆賦也○結言暮落筆意高妙

蜨

葉葉復翻翻斜橋對側門蘆花惟有白柳絮一作葉可能溫西子尋遺殿昭君覓故村年年芳物盡來別敗蘭蓀

方輿勝覽歸州東北四十里有昭君村

一二蝶遊之所蘆花惟白非百花紅紫之可戀柳絮不溫無芳香之可採而乃如西子之尋遺殿昭君之覓故村者何也蓋風物已盡運際搖落故來別敗蘭蓀耳

蠅蝶雞麝鸞鳳等成篇

韓蝶翻羅幙曹蠅拂綺窗鬬雞廻玉勒融麝暖金釭瑇玳同瑁明書閣琉璃冰去聲酒釭畫樓多有主鸞鳳各雙雙

彤管新編韓憑為宋康王舍人妻何氏美王欲之捕王築青陵臺何氏作烏鵲歌以見志遂自縊死韓亦死列異傳宋康王埋韓憑夫妻宿昔文梓生有鴛鴦雌雄各一恒棲樹上音聲感人或云化為蝴蝶吳錄曹不興畫屏誤筆點汚因就改為蠅孫權謂是眞以手彈之說文勒馬頭絡銜也有銜曰勒無銜曰羈漢書趙昭儀居昭陽舍壁帶往往為黃金釭注壁帶壁之橫木露出如帶者以金為釭若車釭之形說文俗謂燈為釭

一二閨中三四春遊五六閨中之樂七八總結言外見飄泊之孤單也

韓翃舍人即事唐書韓翃字君平南陽人侯希逸表佐淄青幕府李勉在宣武復辟之俄以駕部郎中知制誥終中書舍人

萱草含丹粉荷花抱緑房鳥應悲蜀帝蟬是怨齊王通

内藏珠府應官解玉坊橋南荀令過十里送衣香

魯靈光殿賦圓淵方井反植荷蕖緑房紫菂窋咤垂珠銑曰緑房蓮子也古今注牛亨問董仲舒曰蟬名齊女何也荅曰昔齊王之后怨王而死屍變為蟬登庭樹嘒唳而鳴王悔恨之故名齊女梁四公記東海龍王第七女掌龍王珠藏通志解玉溪在成都華陽縣大慈寺南唐韋皋所鑿用其砂解玉則易為功○言其通内則藏珠之府也應官則解玉之坊也因韓官中書舍人故云然習鑿齒襄陽記劉季和性愛香謂張坦曰荀令君至人家坐幙三日香氣不歇為我何如坦曰醜婦效顰見者必走也晉荀最為尚書令故云令君

言舍人當花開鳥鳴時通内應官一過橋南衣香十里風流獨絕也

公子

一盞新羅酒凌晨英華作霜恐易消歸應衝鼓半去不待笙

調歌好惟愁和香濃英華作多豈惜飄春場鋪艾帳下馬雉媒嬌

通典新羅國其先本辰韓種在百濟國東南五百餘里按五代唐時新羅國併于高麗通考云高麗土無秫以秔為酒新羅酒當即此也鮑昭雉朝飛專場挾雌恃強力道源注艾帳雉翳也射雉賦注媒者少養雉子長而狎人能招引野雉

凌晨飲酒歸必半夜忽然而去不待笙調性情無常也歌愁和不學無才也香不惜飄驕奢也七八禽荒也通篇寫其醉生夢死一無所知也

子初全溪作

全溪不可到況復盡餘醅漢苑生春水昆池換刼灰戰蒲知雁唼皺月覺魚來清興恭聞命言詩未敢迴

曹毘志怪漢武鑿昆明池極深悉是灰墨無復土以問
東方朔朔曰試問西域胡至明帝時外國道人入洛時
有憶朔言問之胡人曰經云天地
大刼將盡則刼燒此刼燒之餘
不可到言勝地不可輕易得到故緊接況復字以見
今日晏飲之樂也中四全溪之佳景故見招而來不
敢遽
歸也

楊本勝說於長安見小男阿衮（本集樊南乙集序）大中七年十一月弘農楊本勝始來軍中懇索所有四六時義山在東川

聞君來日下見我最嬌兒漸大啼應數長貧學恐遲寄人龍種瘦失母鳳雛癡語罷休邊角青燈兩鬢絲

（世說）舉頭見日不見長安（義山詩云）我系本王孫此故稱龍種新書或云英國公世勣之後考英公孫敬業則天時起義事敗被誅復姓徐氏新史所云不足信也

一二破題中四情七八情景合結應恐二字想當然耳五六定然之詞雖皆寫情意亦有淺深之別語罷結上六句休邊角夜深也八句更悲慘○一二破題太直率題畧者詩詳之題詳者詩畧之題已詳甚復述二句有何意味

越燕二首〔酉陽雜俎〕紫胸輕小者是越燕胸斑黑聲大者是胡燕〔格物總論〕胡燕作巢喜長越燕作巢如椀

上國社方見此鄉秋不歸為矜皇后舞猶著羽人衣拂水斜紋亂銜花片影微盧家文杏好試近莫愁飛

〔文昌雜錄〕燕以春社來秋社去謂之社燕〔拾遺記〕周昭王晝而假寐有人衣服皆羽毛因名羽人〔長門賦〕飾文杏以為梁〔容齋隨筆〕莫愁郢州石城人莫愁樂所云莫愁石城西是也梁武河中之水歌洛陽女兒名莫愁者洛陽人也近世周美成西湖一闋專詠金陵有莫愁艇子曾繫之語豈非誤指石頭城為石城乎

玩上國此篇起意似在越中見燕而作非詠越燕也一二見燕三自恃其才四猶飛飛不去拂水對花流落如此何不覓文杏而近莫愁之為妙也

將泥紅蓼岸得草綠楊村命侶添新意安巢復舊痕去應逢阿母來莫害王孫記取丹山鳳今為百鳥尊

說文蓼辛菜薔虞也爾雅翼蓼有紫赤青等種最大者名龍有花原注樂府詩東飛百勞西飛燕黃姑阿母時相見按今本作黃姑織女漢書成帝時童謠云燕飛來啄王孫山海經丹穴之山有鳥名曰鳳凰自歌自舞

結句似勸其忠君之意

少將

族亞齊安陸風高漢武威烟波別墅醉花月後門歸青海聞傳箭天山報合圍一朝攜劍起上馬即如飛

蕭子顯齊書安陸昭王緬字景乘宣皇帝之孫也太祖受禪封安陸侯累遷雍州刺史加都督永明九年薨贈司徒漢書武威郡故匈奴休屠王地武帝太初四年開道源注神仙感應錄漢武威太守劉子南從道士尹公授務成子螢火丸佩之隱形辟疫鬼及五兵白刃盜賊凶害永平間與虜戰矢下如雨未至子南馬數尺輒墮地終不能傷十三洲記允吾縣西有卑禾羌海代謂之青海史記索隱祁連山一曰天山亦曰白山在張掖酒泉二郡界

上半平日事下半邊警時事

無題

含情春晼（紆逸切）晚暫見夜闌干樓響將登怯簾烘欲過難多羞斂上燕真愧鏡中鸞歸去橫塘晚華星送寶鞍

楚詞白日晼晚其將入兮古樂府月沒參橫北斗闌干闌干橫斜貌洞冥記元鼎元年起招靈閣有神女留

玉釵帝以賜趙婕妤元鳳中宮人謀欲碎之視釵匣惟見白燕升天宮人因作玉燕釵

桂林路（一作道）中作

地暖無秋色江晴有暮暉空餘蟬嘒嘒猶向客依依村小犬相護沙平僧獨歸欲成西北望又見鷓鴣飛禽經子規啼必北向鷓鴣飛必南翔

無題

照梁初有情出水舊知名裙衩楚懈切芙蓉小釵茸翡翠輕錦長書鄭重眉細恨分明莫近彈棊局中心最不平釋名裙下裳也婦人蔽膝曰香衩楚詞集芙蓉以為裳宋玉諷賦以其翡翠之釵挂臣冠纓後漢梁冀傳注執經曰彈棊兩人對局白黑棊各六後先列棊相當更相彈也其局以石為之魏丁廙彈棊賦文石為局金碧齊

精陰中夷外
緻理肌平
宋玉賦灼乎若白日之照梁○以分明抱恨之人
而近中心不平之局則恨愈深矣故云莫近也

蝶

古樂府蛺蝶行蛺蝶之遨遊東園奈何猝
逢三月養子燕接我苜蓿間結用此意

初來小苑中稍與瑣闈通遠恐芳塵斷輕憂艷雪融只
知防皓一作灝露不覺逆尖風迴首雙飛燕乘時入綺櫳

拾遺記石虎大極殿樓高四十丈舂雜寶異香
為屑使數百人于樓上吹散之名曰芳塵臺
初來小苑已通瑣闈遠恐塵斷輕憂雪融其情深如
此然但知皓露之濕翅而難飛不覺尖風之逆吹而
忽退況回首雙燕咫尺相侵能不避入綺櫳
耶此亦有托意二三首即無題詩非咏蝶也

無題

幽人不倦賞秋暑貴招邀竹碧轉悵望池清尤寂寥露

花終裛濕風蝶强嬌饒此地如攜手兼君不自聊 以不倦賞之幽人當秋暑之愁時最貴招邀而實無人招邀也中四秋暑景物七此地二字緊接中四言此時此景如能攜手兼君無聊時定當極歡也結倒句法言當我不倦之頃兼君無聊之時如能此地攜手其歡何如乎兼字從首句來

落花

高閣客竟去小園花亂飛參差連曲陌迢遞送斜暉腸斷未忍掃眼穿仍欲歸一作稀 芳心向春盡所得是沾衣 一二倒法故警策若順之則平庸芳心盡緊承五六是進一步法

月 文苑英華作秋月

池上與橋邊一作樓上與池邊 難忘復可憐簾開最明夜簟卷

已涼天流處水花急吐時雲葉鮮姮一作嫦娥無粉黛只是逞嬋娟

贈宗魯筇竹枝

大夏資輕策全溪問所思靜憐穿樹遠滑想過苔遲鶴怨朝還望僧閑暮有期風流眞底事常欲傍清羸

漢書曰張騫至大夏見筇竹杖問之云賈人市之身毒國北山移文蕙帳空兮夜鶴怨四倒敘法言與僧暮期拄杖而去樹遠苔滑至朝不返故鶴怨而望還也

垂柳

娉婷小苑中婀娜曲池東朝佩皆垂地仙衣盡帶風七賢寧占竹三品且饒松腸斷靈和殿先皇玉座空

（晉書）阮籍嵇康山濤向秀劉伶王戎阮咸共為竹林之遊（白居易詩）九龍潭月落杯酒三品松風飄管絃

玩朝佩仙衣與先皇玉座等句亦非徒作

李花

李徑獨來數愁情相與懸自明無月夜強笑欲風天減粉與園籜分香沾活一作

渚蓮徐妃久已嫁猶自玉為鈿

道源注李開不與蓮同時此只彷彿其時耳（南史）元帝徐妃諱昭佩天監十六年十二月拜湘東王妃與瑶光寺智遠道人及帝左右暨季江淫通帝逼令自殺初妃嫁夕車至西州疾風大起發屋折木無何雪霰交下帷簾皆白帝以為不祥後果不終婦道

獨來既數情與花相似三寂寞獨開之時四臨風吹落之態五六才能濟物結傷之也嫁人已久夫復何望通自比

壬申七夕

已駕七香車心心待曉霞風輕惟響珮日薄不嫣花桂嫩傳香遠榆高送影斜成都過卜肆曾妬識靈槎

古詩天上何所有歷歷種白榆博物志舊說天河與海通有人居海上年年八月見浮槎去來不失期多齎糧乘槎而往十餘日至一處遥望宮中多織婦一丈夫牽牛渚次飲之其人還至蜀問嚴君平曰某年某月有客星犯牽牛宿計年月正此人到天河時也

一言已渡河矣二惟恐其曉三四是初渡景五六一夕之内所見嫩桂白榆之外更無人知乃成都卜肆偏有識者良可疑也題以壬申二字便非泛咏七夕必有寄托看贈烏鵲自知

雨

摵摵度瓜園依依傍竹軒秋池不自冷風葉共成喧窗

迴有時見簷高相續翻侵宵送書雁應為稻粱恩

〔盧諶詩〕摵摵芳葉零〔廣絕交論〕分雁鶩之稻粱

瓜園竹軒雨易聞也三因雨而冷也四因雨而成喧也五六雨不止也當此夜雨時雁猶送書者感稻糧恩也秋池句佳甚結句出人意外○程嬰之死易存難武侯之鞠躬盡悴昌黎之晨入暮出皆為稻粱恩也讀之墮淚

菊

暗暗淡淡紫融融冶冶黃陶令籬邊色羅含宅裏香幾時禁重露實是怯殘陽願泛金鸚鵡升君白玉堂

〔陶潛詩〕采菊東籬下〔晉羅含賦〕忽蘭菊叢生以為德行之感〔道源注〕〔嶺表錄異〕鸚鵡螺旋尖處屈而朱如鸚鵡觜故以名殼裝為酒杯奇而可玩亦有範金為其形者

以如此之黃紫而冷落于陶籬羅宅重露殘陽安能禁此不情乎泛金盃升玉堂無可奈何之情也

壯樓

春物豈相干人生只强歡花猶曾斂夕酒竟不知寒異域東風濕中華上象寬此樓堪壯望輕命倚危欄

三承一四承二細絲十八合結五六○望鄉之切至于輕命○猶字輕花一步竟字重酒一步言花之夕猶斂若與人共愁者而酒竟不知安能强歡乎

擬沈下賢（唐詩紀事）沈亞之字下賢吳興人登進士第太和初李同捷反授柏耆行營計會使亞之以殿中侍御史為判官諭旨耆誅同捷諸將嫉其功譖之耆貶循州司户參軍亞之貶南康尉有集九卷

千二百輕鸞春衫瘦著寬倚風行稍急含雪語應寒帯

火遺金斗兼珠碎玉盤河陽看花過曾不問潘安

（道源注）金斗熨斗也（隋書）李穆奉熨斗于高祖曰願以此熨安天下

此首亦無題詩前四皆想像近時情況五六思往事金斗帶火熱也碎珠而兼碎玉盤嬌嗔也往日之情如此花為潘所栽乃今日看花已過而不問潘安往日之情何在

蝶

飛來繡户陰穿過畫樓深重傅秦臺粉輕塗漢殿金相兼惟柳絮所得是花心可要凌孤客邀為子夜吟

（古今注）蕭史與秦穆公鍊飛雪丹第一轉與美玉塗之今水銀膩粉是也（道書）蝶交則粉退（漢書）趙昭儀居昭陽舍殿上髹漆切皆銅沓冒黃金塗（注）切門限也沓冒其頭也塗以金塗銅上也

凌孤客反詞也孤客邀吟咏而言歎凌可乎

牡丹

壓逕復緣溝當窗又映樓終銷一國破不啻萬金求鸞鳳戲三島神仙居十洲應憐萱草淡却得號忘憂 比其艷于佳人之傾國（唐國史補）長安貴遊尚牡丹每春暮車馬若狂人種以求利一本有數萬者（史封禪書）海中有三神山曰蓬萊方丈瀛洲（十洲記）四方巨海之中有祖洲瀛洲元洲炎洲長洲充洲鳳麟洲聚窟洲流洲生洲 以三島十洲之仙品而不及萱草之忘憂可歎

曉坐 一云後閤

後閤一作閣罷朝眠前墀思黯然梅應未假雪柳自不勝煙涙續淺深纏腸危高下弦紅顏無定所得失在當年

道源注弦急則絶以此愁腸易斷苦思苦調。壯不如人老大傷悲言得失只在此時耳

十一月中旬至扶風界見梅花〔唐書〕鳳翔府扶風郡屬關內道至德二載號西京

匝一作雨路亭亭艷非時裛裛香素娥惟與月青女不饒霜贈遠虛盈手傷離適斷腸為誰成早秀不待作年芳〔説苑〕越使諸發執一枝梅遺梁王〔荊州記〕陸凱自江南寄梅花一枝詣長安與范曄贈詩云云香艷非時賞之者少四言全無益處乃不待年芳而早秀香艷非時果誰為哉

判春

一桃復一李井上占年芳笑處如臨鏡窺時不隱墻敢

言西子短誰覺宓妃長珠玉終相類同名作夜光

古樂府桃生露井上李樹生道旁江總李花詩當知露井上復與夭桃隣登徒子好色賦此女子登墻窺臣三年神女賦穠不短纖不長搜神記隋珠盈徑寸夜有光明可以燭室十洲記周穆王時西胡獻玉盃是百玉之精明夜照夕

李桃之無高下猶珠玉之同光

荷花

都無色可並不奈此香何瑤席乘涼設金羈落晚英華作曉過廻英華作覆衾燈照綺渡轖水沾羅預想前秋英華作別愁前離居夢櫂歌

楚詞瑤席兮玉瑱曹植樂府白馬飾金羈雪賦援綺衾兮坐芳縟漢武帝秋風辭簫鼓鳴兮發櫂歌

金羈晚過而設席乘涼倒敘法

曉起

擬杯當曉起呵鏡可微寒隔箔山櫻熟褰帷桂燭殘書長為報晚夢好更尋難影響輸雙蝶偏過舊畹蘭

庾信對燭賦刺取燈花持桂燭 前四往事五六今事結情

清河

舟小迴仍數樓危凭亦頻燕來從及社蝶舞太侵晨絳雪除煩後一作俊霜梅取味新年華無一事只是自傷春

漢武內傳上藥有立霜絳雪

壽安公主出降（舊唐書）開成二年六月丁酉以成德軍節度使王元逵為駙馬都尉尚壽安公主（新書）鎮冀自李惟岳以來拒天子命至王庭湊恣凶悖不臣不仁雖夷狄不若也庭湊死其次子元逵襲節度識禮法歲時貢獻如職帝悅之詔尚絳王悟女壽安公主元逵遣人納聘闕下進千盤食良馬主粧澤奩具奴婢議者嘉其恭

潙水聞貞（貞一作媛）常山索銳師昔憂迷帝力今分送王姬事等和强虜恩殊睦本枝四郊多壘在此禮恐無時

（書）釐降二女于潙汭（唐書）鎮州常山郡屬河北道本恒州恒山郡成德節度使治恒州

此題唐人詩多甚佳甚玉溪浅露如此可以不作

明禪師院酬從兄見寄

貞吝嫌茲世會心馳本原人非四禪縛地絶一塵豈霜

露歌高木星河壓墮一作故園斯遊儻為勝九折幸迴軒

貞吝見易大寶積經菩薩至于空處修習四禪維摩經貪著禪味是菩薩縛漢書王陽為益州刺史行部至卭崍九折坂嘆曰奈何以先人遺體乘此險乎遂以病歸

前半禪院後半諷其歸也

寄裴衡

別地蕭條極如何更獨來秋應為黃葉雨不厭青苔沈約只能瘦潘仁豈是才離情堪底寄惟有冷於灰

沈約與徐勉書百日數旬革帶常應移孔以手握臂卒計月小半分晉書潘岳少以才穎見稱

一二悔自已不當重來昔日別離之地三四搖落之景五六飄零之人所以致有此冷灰也

即日

小苑試春衣高樓倚暮暉夭桃惟是笑舞蝶不空飛赤嶺久無耗鴻門猶合圍幾家緣錦字含淚坐鴛機

唐書鄯州鄯城縣有天威軍故石堡城天寶八載更名又西二十里至赤嶺其西吐蕃有開元中分界碑漢書志鴻門在新豐東十七里舊大道北下坂口名項羽屯兵處

一事二時三四比也五六時事可憂七八征人婦之愁恨○三比小人惟耽逸樂四比小人惟私是營

淮陽路 漢書淮陽國高帝十一年置明帝改為陳國唐書陳州淮陽郡屬河南道

荒村倚廢營投宿旅魂驚斷鴈高仍急寒溪曉更清昔年嘗聚盜此日頗分兵猜貳誰先致三朝事始平

按地志陳州與蔡州接壤吳少誠據蔡傳至元濟歷德順憲三朝始討平之

前四今日情景後今昔國事

晚晴

深居俯夾城，春去夏猶清。天意憐幽草，人間重晚晴。併添高閣迥，微注小窗明。越鳥巢乾後，歸飛體更輕。

當良時而深居，索寞之況，三四自解自慰意。五六晚晴景，七八亦自喻。

迎寄韓魯州瞻同年

積雨晚騷騷，相思正鬱陶。不知人萬里，時有燕雙高。寇盜纏三輔，莓苔滑百牢。聖朝推衛霍（一作索），歸日動仙曹。

〔原注〕時興元賊起，三川兵出。○按興元為山南西道治所。〔通鑑〕大中五年十月，蓬果羣盜依阻雞山，寇掠三川，果州刺史王贄弘討平之。胡三省注：東西川及山南西道謂之三川。〔圖經〕百牢關故基在今興元西縣，兩壁山相對六十里不斷，漢江水流其間，乃入金牛益昌路也。〔寰宇記〕在漢中郡西縣西南，隋開皇中置，以入蜀路險

號曰百牢關一云置在百牢谷〔晉書〕尚書令衛瓘尚書郎索靖俱善草書時人號為一臺二妙〔白帖〕諸曹郎稱為仙郎故曰仙曹

風

廻拂來鴻急斜催別燕高已寒休慘淡更遠尚呼號楚色分西塞夷音接下牢歸舟天外有一為戒波濤

〔沈約詠風〕送歸鴻于碣石〔庾肩吾風詩〕湘川燕起餘〔荊州記〕郡西泝江六十里南岸有山名荊門北岸有山名虎牙二山楚西塞〔元和郡國志〕下牢鎮在夷陵縣西二十八里隋于此置峽州貞觀九年移于步闡壘其舊城因置鎮

洞庭魚

洞庭魚可拾不假更垂罾鬧若雨前蟻多於秋後蠅豈

思鱗作簟仍計腹為燈浩蕩天池路翺翔欲化鵬

杜陽雜編咸通末上迎佛骨入內道場設龍鱗之席史記始皇冢中以人魚膏為燈博物志蟻知將雨杜詩況乃秋後轉多蠅

庸愚妄思富貴也

喜舍弟義叟及第上禮部魏公

本集樊南甲集序仲弟聖僕義叟時善古文舉會昌中進士為第一舊唐書大中元年二月禮部侍郎魏扶奏臣所放進士三十三人其封彥卿等三人以父兄見居重位不令中選詔翰林學士韋琮重考覆唐詩紀事大中初扶知禮闈入貢院題詩云梧桐葉落滿庭陰鎖閉朱門試院深曾是當年辛苦地不將今日負前心榜出無名子削為五言詩以譏之李義叟義山弟也是歲登第義山因上魏公詩云云

國以斯文重公仍內署一作相來風標森太華星象逼中
台朝滿遷鸎侶門多吐鳳才寧向曾司寇惟紀事作只鑄一
顏回

山海經太華之山削成而四方高五千仞漢書上台司命為太尉中台司中為司徒下台司祿為司空劉賓客嘉話錄今謂登第為遷鸎蓋本毛詩伐木丁丁鳥鳴嚶嚶出自幽谷遷于喬木然並無鸎字頃試早鸎求友及鸎出谷詩別無証據豈非誤歟愚按唐人陽楨詩軒樹已遷鸎蘇味道詩遷鸎遠聽聞後來遂承襲用之西京雜記楊雄著太玄經夢吐白鳳皇集于玄上頃而滅楊子或曰人可鑄與曰孔子鑄顏回矣

以大聖人為比且不可況過聖人乎唐士無識如此

哀箏禮記絲聲哀哀以立廉侯瑾箏賦朱絃微而慷慨哀氣切而懷傷哀箏為題與錦瑟

同錦瑟便有許多亂道不知此首又作何解

延頸全同鶴柔腸素怯猿湘波無限淚蜀魄有餘冤輕憶長無道哀箏不出門何由問香炷翠幕自黄昏〔格物論〕猿性急而腸狹哀鳴則腸俱斷而死〔籍田賦〕微風生于輕憶兮　一望之切也二恨之深也三四哀之甚也五無路可尋六獨居深閉哀箏之聲門外不聞又安得問當時盟誓之香炷惟有坐度黄昏而已

自南山壯歸經分水嶺南山終南山也〔水經注〕〔漢中記〕曰嶓冢以東水皆東流嶓冢以西水皆西流故俗以嶓冢為分水嶺〔通志〕分水嶺在漢中府畧陽縣東南八十里嶺下水分東西流

水急愁無地山深故有雲那通極目望又作斷腸分一作聲誤鄭驛來雖及燕臺哭不聞猶餘遺意在許刻鎮南勲

漢書鄭當時嘗置驛馬長安諸郊請謝賓客夜以繼日寰宇記燕昭王金臺在易州易縣東南三十里又有西金臺俗呼此為東金臺又有小金臺在縣東南十五里即郭隗臺也哭不聞言死者不聞其哭晉書杜預為鎮南將軍都督荊州諸軍事預平吳後刻二碑紀績一立萬山之上一沈萬山下潭中曰焉知此後不為陵谷乎○按史開成初令狐楚為南山節度使卒于鎮山南治漢中題云壯歸分水嶺而詩有燕臺哭不聞之句知必為令狐楚作也義山嘗為楚撰誌文故末曰許刻鎮南勳史云楚沒前一日自草遺表名從事李商隱助成之可証彭陽沒時義山正在其幕也

深樹見一顆櫻桃尚在

高桃留晚實尋得小庭南矮墮綠雲髻欹危紅玉簪惜堪克鳳食痛已被鸎含越鳥誇香荔齊名亦未甘

古今注墮馬髻今無復作者倭墮髻一云墮馬之餘形也古樂府頭上倭墮髻

櫻桃一顆又在隱處非尋下可見也三四比其色樣五六惜其不遇本是鳳食即與世所貴重者齊名亦未肯甘心況為小鳥所含高妙

小桃園

竟日小桃園休寒亦未暄坐鸎當酒重送客出牆繁啼久艷粉薄舞多香雪翻猶憐未圓月先出照黃昏

輕寒輕暖竟日相賞坐鸎送客情致可玩

和張秀才落花有感

晴暖感餘芳紅苞雜絳房落時猶自舞掃後更聞香夢罷收羅薦仙歸勑玉箱迴腸九迴後猶有剩迴腸

眞誥侍女皆青綾衣捧赤玉箱二枚青帶束絡之

三四花落餘芳五六猶令人貴重結有感

昭肅皇帝挽歌辭三首〔唐書〕武宗會昌六年崩謚至道昭肅孝皇帝葬端陵

九縣懷雄武三靈仰睿文周王傳叔父漢后重神君玉律朝驚露金莖夜切雲茄簫淒欲斷無復咏橫汾

〔後漢書〕九縣飇回〔唐書〕武宗諱瀍始封潁王開成五年立為皇太弟廢太子成美為陳王〔漢郊祀志〕上求神君舍之上林中磃氏館神君者長陵女子以乳死見神于先後宛若宛若祠之其室及上即位置祠內中聞其言不見其人云按〔通鑑〕會昌三年築望仙觀于禁中五年又築望仙臺于南郊故用此事〔後漢律歷志〕候氣之法殿中用玉律十二惟二至乃候靈臺用竹律六十〇金莖注見上卷〔楚詞〕冠切雲之崔嵬〔漢武秋風詞〕泛樓船兮濟汾河橫中流兮揚素波

王塞驚宵柝金橋罷舉烽始巢阿閣鳳旋駕鼎湖龍門咽通神鼓樓凝警夜鐘小臣觀吉從猶誤欲東封

出塞從玉門關故曰玉塞〔王勃賦〕金山之斷鶴玉塞之驚鴻〔唐書〕會昌三年正月河東節度使劉沔大破回鶻于殺胡山迎太和公主以歸故曰驚宵柝○按此語謂平劉稹之叛〔義山李衛公集序〕天井雄關金橋故地跨摇河壯倚脅山東適有軍書果聞戎捷可証金橋在上黨吳融有金橋感事詩即此地也鼓吹注乃云洛陽橋名大誤〔樂志〕凡天神之類皆以雷鼓人鬼之類皆以路鼓〔陳后主詩〕願上東封書

莫驗昭華琯虛傳甲帳神海迷求藥使雪隔獻桃人桂寢青雲斷松扉白露新萬方同象鳥舉慟滿秋塵一作淨

〔西京雜記〕高祖初入咸陽宮周行府庫有玉笛長二尺三寸二十六孔吹之則見車馬山林隱鱗相次吹息亦不復見銘曰昭華之琯〔史記〕始皇使徐市等入海求諸仙人及不死之藥〔漢書〕武帝遣方士入海求蓬萊安期

生之屬而事化丹砂諸藥齊爲黃金拾遺記西王母進穆王嵰州甜雪嵰州去玉門二千里地多寒雪獻桃注見前漢書上令長安作飛廉桂館使公孫卿持節設具而候神人符子堯曰余坐華殿之上森然而松生于棟立欂櫨之內霏然而雲生于牖帝王世紀舜葬蒼梧下有羣象當爲之耕水經注禹崩于會稽因葬之有鳥來爲之耘春拔其根秋啄其穢

所居

窗下尋書細溪邊坐石平水風醒酒病霜日曝衣輕雞黍隨人設蒲魚得地生前賢無不一作不無謂容易即遺名

前賢之容易遺名皆以所居之勝非無謂也

高松

高松出衆木伴我向天涯客散初晴候僧來不語時有

風傳雅韻無雪試幽姿上藥終相待他年訪伏龜嵩山記嵩山有大松樹或百歲或千歲其精變為青牛為伏龜採食其實得長年三四是伴我時五六天涯結承五六終字著意○有風無雪寫天涯令人不覺

訪秋

酒薄吹還醒樓危望已窮江皐當落日帆席見歸風烟帶龍潭白霞分鳥道紅殷勤報秋意只是有丹楓有渾厚之氣逈出尋常言秋至而未能歸也見字好

昭州 唐書昭州平樂郡屬嶺南道

桂水春猶早昭川英華作州日正西虎當官道英華作路鬬猿上驛樓啼繩爛金沙井松乾乳洞梯鄉音殊英華作吁可駭仍

有醉如泥

[楚詞]桂水兮潺湲[水經注]桂水出桂陽縣北界山北逕南平縣而東北流右會鍾水故應劭曰桂水出桂陽東北入湘[通志]昭潭在平樂府城東二里下有十六灘[道源注][方輿勝覽]金沙井在平樂府治東乳洞在興安縣西南洞有三上曰飛霞中曰駐雲下曰噴雷下洞泉流石壁間田壟溝塍如鑿中洞有三石柱及石室石牀左盤至上洞行八十步得平地有五色石橫亘其上然平樂恭城皆出鍾乳蓋洞亦非一大率昭潭多有之

明白之極不用詮解詩如此已乎近日作者死學此一路

哭劉司户賁

路有論寃譎言皆在中張仲切興空聞遷賈誼不待相孫弘江潤惟廻首天高但撫膺去年相送地春雪滿黃陵

[漢書]公孫弘對賢良策武帝擢第一後為相封平津侯[水經注]湖水西流逕二妃廟南世謂之黃陵廟[方輿勝

覽廟在潭州湘陰縣北九十里

前四言以直諫而遷謫之速五六哭結憶往事字中有淚

裴明府居止

愛君茅屋下向晚水溶溶試墨書新竹張琴和古松坐來閒好鳥歸去虔踈鐘明日還相見橋南貰酒醲

陸發荊南始至商洛

昔去真無奈今還豈自知青辭木奴橘紫見地仙芝四海秋風濶千巖暮景遲向來憂際會猶有五湖期

水經注龍陽縣氾洲長二十里吳丹陽太守李衡植橘于其上臨死敕其子曰吾氾洲木奴千頭不責衣食有絹千匹道源注酉陽雜俎凡學道三十年不倦天下金翅鳥銜芝至羅門山生石芝得地仙

一二身不自主中四並未發揮套話可厭結言向來雖憂際會之難然猶為功成身退不甚難也含蓄

陳後宮

立武開新苑龍舟讌幸頻渚蓮參法駕沙鳥犯勾陳壽獻金莖露歌翻玉樹塵夜來江令醉別詔宿臨春

應劭漢宮儀天子法駕所乘曰金根車星經勾陳六星為六宮亦主六軍晉天文志勾陳六星在紫宮中勾陳後宮也王者法勾陳設環列陳書后主作新曲有玉樹後庭花

樂遊原

春夢亂不記春原登已重青門弄烟柳紫閣舞雲松拂硯輕冰散開樽綠酎音宙一作酒濃無悰託詩遺吟罷更無悰

三輔黃圖長安城東出南頭第一門曰霸城門其色青
門張禮遊城南記圭峯紫閣在終南山四皓祠之西圭
峯下有草堂寺紫閣之陰即渼陂漢書廣陵
王歌曰出入無悰為樂亟韋昭曰悰樂也

起甚佳下
皆套話

贈子直花下

池光忽隱墻花氣亂侵房屛緣倪甸切蝶留粉窗油蜂印
黃官書推小吏侍史從清郎並馬更吟去尋思有底忙

唐書諸部郎有令史書令史杜氏通典
漢尚書郎給侍史一人女侍史二人
北史邢劭為兗州刺史時袁聿修出使劭送白紬為
別聿修不受劭報書云弟昔為清郎今日復作清郎
矣按選舉以清望為重故前四花下
後四贈子直省郎曰清郎又曰望郎

小園獨酌

柳帶誰能結花房未肯開空餘雙蝶舞竟絕一人來半展龍鬚席輕斟瑪一作馬瑙杯年年春不定虛信歲前梅唐書秦州丹州皆土貢龍鬚席洛陽伽藍記元琛酒器有瑪瑙盌

思歸

固有樓堪倚能無酒可傾嶺雲春沮洳江月夜晴明魚亂書何託猿哀夢易驚舊居連上苑時節正遷鶯

獻寄舊府開封公按開封公即令狐楚也楚鎮汴州義山從為巡官

幕府三年遠春秋一字褒書論秦逐客賦續楚離騷地理一作里南溟闊天文北極高酬恩撫身世未覺勝鴻毛

向晚

當風橫去幰臨水卷空帷圵土鞦韆罷南朝祓禊歸花情羞脈脈栁意悵微微莫嘆佳期晩佳期自古稀

春游

橋峻斑騅疾川長白鳥高烟輕惟潤栁風濫欲吹桃徙倚三層閣摩挲七一作八寶刀庾郎年最少青草妬春袍

古瑯琊王歌詞新買五尺刀懸著中梁柱一日三摩挲劇于十五女古詩青袍似春草

離席

出宿金樽掩從公玉帳新依依向餘照遠遠隔芳塵細草翻驚雁殘花伴醉人楊朱不用勸只是更沾巾

俳諧 杜詩有俳諧體

短顧何由遂遲光且莫驚鸎能歌子夜蝶解舞宮城柳訝眉雙淺桃猜粉太輕年華有情狀吾豈怯生平一作吾敢怯平生

道源注唐六典都城三重外一重名京城內一重名重城又內一重名宮城

細雨

瀟灑傍迴汀依微過短亭氣涼先動竹點細未開萍稍促高高燕微疎的的螢故園煙草色仍近五門青

鄭玄禮記注天子五門皋雉庫應路也

八句俱寫雨景俱寫細字而層次井然雖無杜之沈鬱頓挫雄渾悲壯其雅靜亦自可誦結言不能事朝廷也

商於新開路（唐書商州上洛郡貞元七年刺史李西華自藍田至內鄉開新道七百餘里迴山取塗人不病涉行旅便之）

六百商於路，崎嶇古共聞。蜂房春欲暮，虎穽日初曛。路向泉間辨，人從樹杪分。更誰開捷徑，速擬上青雲。

結句用意

題鄭大有隱居

結構何峯是，喧閑此地分。石梁高瀉月，樵路細侵雲。偃臥蛟螭室，希夷鳥獸羣。近知西嶺上，玉管有時聞。（原注：君居近子晉鵷鶴臺）

一二隱居，三四景，五六鄭大有，七八題外結。玉溪五律酷學少陵，此首領結俱有意。

夜飲

卜夜容衰鬢開筵屬異方燭分歌扇泪雨送酒船香江海三年客乾坤百戰場誰能辭酩酊淹臥劇清漳

大業拾遺作小舸子長八尺七艘木人長二尺許乘船行酒每一船一人槃酒杯一人捧酒鉢一人撐船二人蕩槳遶曲水池隨岸而行疾于水飾水飾遶池一匝酒船得三遍每到坐客處即停住擎酒木人于船頭伸手酒客取酒飲訖還杯木人受杯迴向捧酒鉢人取杓斟酒滿杯船依式自行

似杜

江上

萬里風來地清江北望樓雲通梁苑路月帶楚城秋刺字從漫滅歸途尚阻修前程更煙水吾道豈淹留

典略禰衡自荊州北遊許都書一刺懷之漫滅無所適

前景後情杜詩多如此一二高亮有神

涼思

客去波平檻蟬休露滿枝永懷當此節倚立自移時北斗兼春遠南陵寓使遲天涯占夢數疑誤有新知

舊唐書梁置南陵縣武德七年屬池州後屬宣州

鸞鳳

舊鏡鸞何處衰桐鳳不棲金錢饒孔雀錦段落山雞王子調清管天人降紫泥豈無雲路分相望不應迷

南州異物志孔雀自背及尾皆作圓文五色

因書（因寄書故國而作也）

絶徼南通棧孤城壯梳（去聲）江猿聲連月檻鳥影落天窗海（一作錦）石分棊子郫筒當酒缸生歸話辛苦別夜對凝缸

（魯靈光殿賦）爾乃懸棟結阿天窗綺疎（張載注）天窗高窗也（道源注）（杜陽雜編）日本東三萬里有集眞島島上有凝霞臺臺上有手談池池中出玉棊子不由製度自然黑白分明冬溫夏冷謂之冷暖玉更產楸玉狀如楸木琢之為棊局光潔可鑑（華陽風俗錄）郫縣有郫筒池池旁有大竹郫人刳其節傾春釀于筒包以藕絲蔽以蕉葉信宿香聞于林外然後斷之以獻俗號郫筒酒

前六句皆絶徼景物結言何日得生歸故里夜燈之下話此辛苦也耶

奉寄安國大師兼簡子蒙（道源注）（佛祖通載）安國寺賜紫大達法師

端甫為左街僧錄內供奉裴休撰碑今立秘殿碑是也愚按安國大師即前知玄法師也高僧傳云知玄與弟子僧錄僧徹住上都大安國寺號安國大師又按元氏長慶集有寄盧評事子蒙作疑即此子蒙

憶奉蓮花座兼聞貝葉經巖光分蠟屐澗響入銅缾日下徒推鶴天涯正對螢魚山羨曹植眷屬有文星

文殊傳世尊之座高七尺名曰七寶蓮花臺晉書阮孚好蠟屐嘆曰未知一生當著幾兩屐道源注寄歸傳軍持有二若甆瓦者是淨用若銅錫者是觸用晉書陸雲與荀隱素未相識嘗會張華座雲抗手曰雲間陸士龍隱曰日下荀鳴鶴鳴鶴隱字也晉書車胤家貧不嘗得油夏月則以練囊盛數十螢火炤書讀以夜繼日焉異苑陳思王植嘗登魚山忽聞嵒岫裏有誦經聲清遒深亮遠谷流響不覺斂襟祇敬便效而則之今梵唱皆植依擬所造晉天文志文昌六星在北斗魁前道源注子蒙必安國俗家眷屬故以曹植擬之

〔世說〕註荀氏家傳云荀鳴鶴與陸士龍在張公座語互有反伏陸連屈鳴鶴辭皆美麗張公稱美之

閑遊

危亭題竹粉曲沼嗅荷花數日同攜酒平明不在家尋幽殊未極得句總（一作已）堪誇強下西樓去西樓倚暮霞

題李上謩壁

舊著思玄賦新編雜擬詩江庭猶近別山舍得幽期嫩割周顒韭肥烹鮑照葵飽聞南燭酒仍及撥醅時

〔文選〕注張衡為侍中諸常侍皆惡直醜正危衡故作思玄賦以升時俗〔文選〕有雜擬詩〔南史〕文惠太子問周顒菜食何味最勝顒曰春初早韭秋末晚菘〔道源注〕鮑炤園葵賦乃美乃瀹堆咼盈筐甘旨蒨脆柔滑芬芳〔本草〕南燭草木葉煮汁浸米蒸作飯謂之青飢〔或云〕亦可釀酒飲之延年〔韻會〕醅酒未熟者〔庾信春賦〕石榴聊汎蒲

蒟醆
醅

江村題壁

沙岸竹森森維艄聽越禽數家同老壽一徑自陰深喜
客嘗留橘應官說採金傾壺眞得地愛日靜霜砧

即日 一作目

桂林聞舊說曾不異炎方山響匡牀語花飄度臘香幾
時逢鴈足著處斷猿腸獨撫青青桂臨城憶雪霜
原注宋考功有小長安之句莊
子麗姬與王同筐牀食芻豢
舊說桂林
無雁無雪

秋日晚思

桐槿日零落雨餘方寂寥枕寒莊蝶去窗冷亂螢銷取適琴將酒忘名牧與樵平生有遊舊一一在烟霄

春宵自遣

地勝遺塵事身閑念歲華晚晴風過竹深夜月當花石亂知泉咽苔荒任逕斜陶然恃琴酒忘却在山家

七夕偶題

寶婺搖珠佩常娥照玉輪靈歸天上匹巧遺世間人花果香千户笙竽濫（一作溢）四鄰明朝曬犢鼻方信阮家（一作郎）貧

寶婺　婺女星也（左傳注）婺女為已嫁之女織女為處女（徐陵玉臺新咏序）金星與婺女爭華（謝惠連牛女詩）雲

漢有靈匹竹林七賢論阮咸好酒而貧舊俗七月七日
曬衣諸阮庭中爛然莫非絺錦咸乃豎長竿以大布犢
鼻褌曝于庭中曰未
能免俗聊復爾爾

幽居冬暮

羽翼摧殘日郊園寂寞時曉鷄驚樹雪寒鶩守冰池急
景忽云暮頹年寖已衰如何匡國分不與夙心期

一罷官二幽居三四
冬五六暮結應起句

過姚孝子廬偶書

拱木臨周道荒廬積古苔魚因感姜出鶴為弔陶來兩
鬚蓬常亂雙眸血不開聖朝敦爾類非獨路人哀

華陽國志姜詩事母至孝妻龐氏奉順尤篤姑嗜魚鱠
又不能獨食夫婦嘗力作供鱠呼鄰母共之舍側忽有

涌泉每旦輙出雙鯉魚常以供母膳〔晉書〕陶侃丁母艱在墓下忽有二客來弔不哭而退儀服鮮潔知非常人隨而看之但見雙鶴飛而冲天

寒食行次泠泉驛

驛途仍近節旅宿倍思家獨夜三更月空庭一樹花介山當驛秀汾水遶關斜自怯春寒苦那堪禁火賒

〔水經注〕袁崧郡國志曰介休縣有介山有綿上聚有之推廟〔寰宇記〕介山在汾州靈石縣東三十里昔介子推隱于此因名〔水經〕汾水出太原汾陽縣北管涔山南至汾陰縣北西注于河〔唐書〕汾州靈石縣有陰地關〔琴操〕晉文公出亡子綏割股以啖之文公復國忘其賞子綏作龍蛇之歌而隱文公求之不出乃燔左右木子綏抱木而死文公哀之令人是日不得舉火即寒食節也

倍思家三字殊欠發揮結稍得之

寄華嶽孫逸人（一作山人）

靈嶽幾千仞老松逾百尋攀崖仍躡壁啖葉復眠陰海上呼三島（一作鳥）齋中戲五禽唯應逢阮籍長嘯作鸞音

魏方伎傳華陀曉養性術名五禽之戲謂虎鹿熊猿鳥也體中不快起作一禽之戲晉書阮籍嘗于蘇門山遇孫登與商畧終古及棲神導氣之術登皆不應籍因長嘯而退至半嶺聞有聲若鸞鳳之音響動巖谷乃登之嘯也

一二華岳三登岳四餐松五六得道前六句皆逸人七以阮自比八結逸人典切極

撰彭陽公誌文畢有感

舊唐書令狐楚臨沒謂其子曰吾生無益于人勿請謚號葬日勿請鼓吹誌銘但誌宗門秉筆者無擇高位卒年七十二

延陵留表墓峴首送沈碑敢伐不加點猶當無愧辭百

生終莫報九死諒難追待得生金後川原亦幾移

〔道源注〕〔方輿勝覽〕延陵季子墓在晉陵縣北七十里申浦之西孔子嘗題曰嗚呼有吳延陵季子之墓舊石湮滅唐玄宗命殷仲容摹以傳〔後漢書〕郭泰卒刻石立碑蔡邕為文謂盧植曰吾為碑銘多矣皆有慚德惟郭有道無愧色耳〔道源注〕〔王隱晉書〕永嘉初陳國項縣賈逵石碑中生金人鑿取賣賣已復生此江東之瑞也

玉溪本艷麗手筆一遇此等題便無意味理固然也

北青蘿

殘陽西入崦於檢切茅屋訪孤僧落葉人何在寒雲路幾層獨敲初夜磬閑倚一枝藤世界微塵裏吾寧愛與憎

〔山海經〕崦嵫山下有虞泉日所入

幽人

丹竈三年火蒼崖萬歲藤樵歸説逢虎棊罷正留僧星斗同秦分人烟接漢陵東流清渭苦不盡照衰興

晉天文志自井十六度至栁八度為鶉首之次秦分野漢帝十一陵在長安

一二人三四幽五六地七八清渭照興衰于無盡幽人亦然結上萬歲意

過故崔兗海宅與崔明秀才話舊因寄舊僚杜趙李三掾

崔兗海崔戎也杜趙李三掾即杜勝趙皙李潘也

絳帳恩一作思如昨烏衣事莫尋諸生空會葬舊掾已華簪共入留賓驛俱分市駿金莫憑無鬼論終負託孤心

方輿勝覽烏衣巷在秦淮南去朱雀橋邊不遠王謝子弟所居後漢書郭泰卒四方之士千餘人皆來會葬戰國策涓人為君求千里馬馬已死買其骨五百金幽冥錄阮瞻素秉無鬼論有一鬼通姓名作客詣之客甚有

才情未及鬼神事反覆甚苦客作色曰鬼神古今聖賢所共傳君何獨謂無即變為鬼形須臾便滅阮年餘病死

淺浮無沈著處

故番禺侯以贓罪致不辜事覺母者他日過其門〔舊唐書〕廣州南海縣即漢番禺地有番禺山

飲鴆非君命茲身亦厚亡江陵從種橘交廣合投香不見千金子空餘數仞牆殺人須顯戮誰舉漢三章〔襄陽耆舊傳〕吴丹陽太守李衡每欲治家事妻輒不聽後密遣人往武陵龍陽泛洲上作宅種甘橘千株衡亡後甘橘成歲得絹數千匹〔晉書〕吴隱之隆安中為廣州刺史歸自番禺其妻劉氏齎沈香一觔隱之見之遂投于湖亭之水〔寰宇記〕取投石門内水中後人謂之沈香浦亦曰投香浦

此因番禺侯以贓罪誣枉無辜人無知者自恐事覺
飲鴆而死故曰殺人須顯戮也當日徒種江陵之橘
而不投交廣之香者欲長享富貴也
今則不見其人空餘壁立何益之有
詳詩意題當為毋覺者
此本誤刻侯善本証之

咏雲

捧月三更斷藏星七夕明纔聞飄迥路旋見隔重城潭
暮隨龍起河秋壓雁聲只應惟宋玉知是楚神名

夜出西溪

東府憂春盡西溪許日曛月澄新漲水星見欲消雲柳
好休傷別松高莫出羣軍書雖倚馬猶未當能文

山謙之丹陽記東府城池晉簡文為會稽王時第也東
則丞相會稽王道子府道子領揚州故俗稱東府晉書

桓溫壯征鮮卑喚袁虎倚馬前作露布文手
不輟筆○時義山在河東公幕府故云然
五六比也末承六兼結首句○首句云憂春盡五六
云休傷別莫出羣結又云云似有不能安於幕府者

九月於東逢雪 於東商於東也

舉家忻共報秋雪墮前峯嶺外他年憶於東此日逢粒
輕還自亂花薄未成重豈是驚離鬢應來洗病容
久客嶺外逢雪
而喜可以愈病

僧院牡丹

葉薄風才倚枝輕露不勝開先如避客色淺為依僧粉
壁正蕩水緗幃初卷燈傾城惟待笑要裂幾多繒
韻會緗淺色○蕩水言花影卷燈言花光帝王世
紀妹喜好聞裂繒之聲桀為發繒裂之以適其意

送豐都李尉〔唐書豐都縣屬忠州義寧二年析臨江置〕

萬古商於地憑君泣路岐固難尋綺季可得信張儀雨氣蕪先覺葉陰蟬遽知望鄉尤忌晚山晚更參差

泣路岐言飄泊無定三四承一二言欲隱不得欲仕不能五六別景七八欲歸不得也

訪隱

路到層峯斷門依老樹開月從平楚轉泉自上方來薤白羅朝饌松黃暖夜盃相留笑孫綽空解賦天台

謝脁詩平楚正蒼然〔注平楚叢木廣遠也〕〔維摩經〕汝往上方界分度四十二恒河沙佛土〔潘岳閑居賦〕綠葵含露白薤負霜〔唐本草〕薤是韭類有赤白二種白者肥而美〔本草〕松花曰松黃〔裴硎傳奇〕酒有松醪春〔文選注〕孫綽聞天台山神秀可以長往因使圖其狀遙為之賦

前四訪隱五六隱者享客結言孫綽但能作賦而
不能如隱者之受用以自嘲也相留字承五六

寓興

薄宦仍多病從知竟遠遊談諧叨客禮休澣接冥搜樹
好頻移榻雲奇不下樓豈關無景物自是有鄉愁

休澣即休沐（鮑昭詩）休澣自公日（天台賦序）遠寄冥搜叨客禮亦有公務故必休澣方得冥搜此之謂薄宦

歸來

舊隱無何別歸來始更悲難尋白道士不見惠禪師草
徑蟲鳴急沙渠水上遲却將波浪眼清曉對紅梨

按集内有贈白道者絶句一首此詩白道士即其人也
又李洞有贈三惠禪師韓退之有送惠上人詩亦與義

山同時人有引晉釋
白遠及惠遠者非是
歸來之後絕無好處惟宦海波浪
之眼清曉即對紅梨差強人意耳

子直晉昌李花〔長安志〕酉陽雜俎載令狐宅在開化坊牡丹最盛而李商隱詩多言晉昌里第未詳按令狐綯字子直以此詩考之晉昌乃綯之居也

吳館何時熨秦台幾夜熏綃輕誰解卷香異自先聞月裏誰無姊雲中亦有君罇前見飄蕩愁極客襟分

吳越春秋闔閭城西硯石山上有館娃宮

通套語

五六比

河清與趙氏昆季讌集得擬杜工部〔舊唐書〕河清縣屬河南府咸亨四年置大基縣先天元年改為河清

勝槩殊江右佳名逼渭川虹收青嶂雨鳥沒夕陽天客
髩行如此滄波坐渺然此中真得地漂蕩釣魚船

甚似
少陵

寓目

園桂懸心碧池蓮飫眼紅此生真遠客幾別即衰翁小
幌風烟入高窗霧雨通新知他日好錦瑟傍朱櫳

道源注廣韻飫飽也厭
也佛書眼以色為食

一二景三四情五六景七八情新知猶方知也
以今日之衰翁方知他日錦瑟朱櫳之好也

登霍山驛樓（唐書義寧元年以霍邑趙城汾西靈石置霍山郡有霍山祠）

廟列前峯迥樓開四望窮嶺䕫嵐色外陂雁夕陽中弱

柳千條露衰荷一面一作向非風壺關有狂孽速繼老生功（水經注）河東霍太山有嶽廟甚靈鳥雀不棲其林猛虎常守其庭（說文）鼷小鼠也（爾雅）有螫毒者或謂之甘口鼠（漢書）上黨郡有壺口關有壺關縣應劭曰黎侯國也（寰宇記）壺關在潞州城東二十五里因山似壺故名狂孽謂劉稹（唐書）高祖兵發太原次靈石縣隋將宋老生屯霍邑以拒義師太宗與段志玄自南原引兵馳下衝老生陣出其背老生兵敗投塹劉弘基就斬之遂取霍邑

寄和水部馬郎中題興德驛（原注）時昭義已平

仙郎倦去心鄭驛暫登臨水色瀟湘闊沙程朔漠深鷁舟時往復鷗鳥恣浮沈更想逢歸馬悠悠嶽樹陰

思賢頓即望賢宮也（舊唐書）天寶十五載六月乙未上至咸陽望賢驛置頓官吏駭散無復儲供上憩于宮門之樹下津陽門詩註望賢宮在咸陽東數里

内殿張弦管中原絶鼓鼙舞成青海馬鬬殺汝南雞不見華胥夢空聞下蔡迷宸襟他日淚薄暮望賢西

唐書樂志玄宗嘗以馬百疋盛飾分左右施三重榻舞傾盃樂數十曲每千秋節舞于勤政樓下漢舊儀汝南出長鳴雞古雞鳴歌東方欲明星爛爛汝南晨雞登壇喚陳鴻祖東城父老傳玄宗樂民間清明鬬雞戲立雞坊于兩宮間索長安雄雞金毫鐵距高冠昂尾千數養于雞坊選六軍小兒五百人使馴擾教飼之列子黃帝晝寢而夢遊華胥華胥國人入水不濡入火不熱乘空如履實寢虛如處林帝既寤怡然自得又二十八年天下大治幾如華胥國矣

前四昔日之太平五六已成陳迹結感歎

有懷在蒙飛卿

薄宦頻移疾當年久索居哀回庾開府瘦極沈尚書城

綠新陰遠江清返照虛所思惟翰墨從古待雙魚

春深脫衣

睥睨江鵶集堂皇海燕過減衣憐蕙若展帳動烟波日
烈憂花甚風長柰柳何陳遵容易學身世醉時多

釋名城上垣謂之睥睨漢胡廣傳列坐堂皇上注堂無四壁曰皇本草杜若一名杜蘅香草也漢書陳遵字孟公嗜酒每大飲賓客滿堂輒取客車轄投井中雖有急終不得去

一二春深三四脫衣五六春情七八欲醉以遣之

懷求古翁

何時粉署仙傲兀逐戎旃關塞猶傳箭江湖莫繫船欲
收棊子醉竟把釣車眠謝朓眞堪憶多才不忌前

前半求古翁後半懷

五月十五夜憶往歲秋與徹師同宿按徹師乃知立法師弟子僧徹見高僧傳非越州靈徹也

紫閣相逢處丹巖議宿時墮蟬翻敗葉棲鳥定寒枝萬里飄流遠三年問訊遲炎方憶初地頻夢碧琉璃法華經諸佛皆遣侍者問訊釋迦牟尼佛楞嚴經於大菩提善得通達覺通如來盡佛境界名歡喜地即初地也觀經下有金剛七寶金幢擎琉璃地琉璃地上以黃金繩雜廁間錯通源注臨濟曰龍生金鳳子衝破碧琉璃

一二同宿三四往歲秋夜五六五月十五夜七八憶

城上

有客虛投筆無憀獨上城沙禽失侶遠江樹著陰輕邊遽一作伐字非稽天討軍須竭地征賈生游刃極作賦又論兵

說文遽傳也徐曰傳驛車左傳子產乘遽而至賈誼傳屠牛坦一朝解十二牛而芒刃不頓所排擊剝割皆中理解也誼作弔屈原賦鵩賦又欲施五餌三表以繫單于是論兵也

如有

如有瑤臺客相難復索歸芭蕉開綠扇菡萏薦紅衣浦外傳光遠煙中結響微良宵一寸焰一作豔回首是重幃

本無其人意中如有紅衣綠扇之人索歸難我浦外光遠煙中響微實無其人惟良宵燭下獨坐重幃而已

朱槿花二首

蓮後紅何患梅先白莫誇纔飛建章火又落赤城霞不卷錦步障未登油壁車日西相對罷休澣向天涯

漢書太初元年柏梁殿災越巫勇之曰越俗有火災復起屋必以大用勝服之于是作建章宮西京賦柏梁既災越巫陳方建章是經用厭火祥樂府蘇小小歌妾乘油壁車郎騎青驄馬

西壮朝天路登臨思上才城間煙草徧村暗雨雲迴人豈無端別猿應有意哀征南予更遠吟斷望鄉臺

成都記望鄉臺隋蜀王秀所築寰宇記盈州記云昇仙亭夾路有二台一名望鄉台

此首是懷人之作誤刻朱槿花下

晉昌晚歸馬上贈

勇多侵路去恨有礙燈還嗅自微微白看成沓沓殷烏闕

切坐來疑一作疑忘物外歸去有簾間君問傷春句千辭不

可刪

楞嚴經觀鼻中氣出入如烟烟相漸銷鼻息成白

帝都日暮轂擊肩磨非有力者不能得路故礙燈還而有恨看白成沓緊承起二句五六歸後情況七八承五六

清夜怨

含淚坐春宵聞君欲度遼綠池荷葉嫩紅砌杏花嬌曙月當窗滿征雲出塞遙畫樓終日閉清管為誰調

玉溪生詩意卷三

玉溪生詩意卷四目錄

七言律

玉溪生詩意卷四　七言律

蒲城屈　復悔翁著
襄平高士鑰景萊閱
臨潼張　坦吉人參閱

錦瑟

錦瑟無端五十絃一絃一柱思華年莊生曉夢迷蝴蝶
望帝春心託杜鵑滄海月明珠有淚藍田日暖玉生煙
此情可待成追憶只是當時已惘然

漢書郊祀志泰帝使素女鼓五十絃瑟悲帝禁不止故破其瑟為二十五絃莊子昔者莊周夢為蝴蝶栩栩然蝶也水經注來敏本蜀論望帝者杜宇也王於蜀號曰望帝成都記望帝死其魂化為鳥名曰杜鵑亦曰子規

文選注月滿則珠全月虧則珠闕博物志南海外有鮫人水居如魚不廢績織其眼泣則能出珠長安志藍田山在長安縣東南三十里其山產玉亦名玉山

按義山房中曲歸來已不見錦瑟長於人此詩寓意畧同是以錦瑟起興非專賦錦瑟也緗素雜記引東坡適怨清和之說吾不謂然恐是僞託耳劉貢父詩話云錦瑟當時貴人愛姬之名或遂實以令狐楚青衣說尤誣妄當亟正之

此詩解者紛紛有言悼亡者有言憂國者有言自比文才者有言思侍兒錦瑟者不可悉數凡詩無自序後之讀者就詩論詩而已其寄托或在君臣朋友夫婦昆弟間或實有其事俱不可知自三百篇漢魏三唐男女慕悅之詞皆寄托也若必强牽其人其事以解之作者固未嘗語人解者其誰曾起九原而問之哉○以無端吊動思華年中四緊承七此情緊收可待字只是字遥應無端字○一興也二一篇主句中四皆承思華年七八總結○此即錦瑟以起興也注五十柱亦五十蓋言無端而忽已行年五十因年五

十而思華年之事三四言情厚也莊生即蝴蝶蝴蝶即莊生望帝即杜鵑杜鵑即望帝猶夫與君雙棲共一身猶司馬溫公云我與景仁但異姓耳其情之厚如此五別離之淚六可望而不可親別離之情七此情即指中四言當時已是惘然今日可待追憶乎其惘然更何如耶○詩面與無題同其意或在君臣朋友間不可知也凡毛詩漢魏古詩男女悦慕之詞皆寄托也毛詩不可無小序者以此月明而珠有淚則月虧珠闕可知矣故曰別離之淚

聖女祠 水經注武都秦岡山懸崖之側列壁之上有神像狀婦人之容其形上白下赤世名之曰聖女按武都今漢中府畧陽縣也

松篁臺殿蕙香幃英華作花闈龍護瑶窗鳳掩扉無質易迷三里霧不寒長著五一作六銖衣人間定有崔羅什天上應無劉武威寄問釵頭雙白燕每朝珠館幾時歸

〔謝承後漢書〕張楷有道術居華山谷中能為五里霧時關西人裴優亦能作三里霧博異志貞觀中岑文本于山亭避暑有叩門云上清童子文本問曰衣服皆輕細何土所出對曰此上清五銖服又問曰比聞六銖者天人衣何五銖之異對曰尤細者則五銖也出門忽不見惟得古錢一枚道源注酉陽雜俎長白山有夫人墓魏孝昭之世清河崔羅什被徵夜過此忽見朱門粉壁一青衣出遇什曰女郎須見崔郎什恍然下馬入兩重門青衣引曰女郎乃平陵劉府君之妻侍中吴質之女府君先行故欲相見什遂前入就牀坐其女在户東立與什敘溫涼女曰比見崔郎息駕庭樹嘉君吟嘯故欲一敘玉顔什與論漢魏時事悉與魏史符合什曰貴夫劉氏願告其名女曰狂夫劉孔才之第二子名瑶字仲璋比有罪被攝乃去不返什下牀辭出女曰從此十年當更相逢什留玳瑁簪女以指上玉環贈什什上馬行數十步回顧乃一大冢後十年什在園中食杏忽云報女郎信餓即去食一杏未盡而卒

一二祠三四聖女五六開七八總結一二臺殿窗扉如此三聖女之神雲霧迷離四聖女之像常著銖衣

二一〇

五六聖女應在天上今在人間者人間定有羅什而天上應無劉郎耶自喻也故寄問釵頭雙燕每朝珠館何時可歸而一會也後言長律與此意同劉夢得和白樂天失婢詩不逐張公子定隨劉武威義山蓋用此

重過聖女祠

白石巖扉碧蘚滋上清淪謫得歸遲一春夢雨常飄瓦
盡日靈風不滿旗萼綠華來無定所杜蘭香去未移時
玉郎會此通仙籍憶向天階問紫芝

靈寶本元經四人天外曰三清境玉清太清上清亦名三天〇夢雨用巫山神女事〇不滿旗寂寞之意眞誥萼綠華者自云是南山人女子年可二十許以晉穆帝昇平三年十一月夜降於羊權家授權尸解藥亦隱影化形而去墉城仙錄杜蘭香者有漁父于湘江之岸見啼聲憐而舉之十餘歲天姿奇偉靈顏姝瑩天人也臨

升天謂漁父曰我仙女也有過謫人間今去矣其後降於洞庭包山張碩家。天階猶今俗言天井即祠中之階前所過處

一祠二聖女三四順承一二五六開七八重過。前過此祠松篁蕙香今則碧蘚已滋者淪謫未歸故神女夢雨一春飄瓦山鬼靈風日不滿旗猶留此不去也萼綠華來杜蘭香去雖有伴侶來去無常惟有玉郎會此可通仙籍追憶日前曾向天階問紫芝也玉郎與崔劉意同皆自喻也。此聖女祠與錦瑟無題皆自寄托不必認眞。起以碧蘚滋弔動歸遲下一春盡日正應歸遲五六以萼綠華杜蘭香逼出玉郎以無定所未移時逼出通仙籍以憶向遥應首句言所會皆女仙且不能長也。太平御覽金根莖云青宮有仙格格上有學仙簿錄及玄名年月深淺有十萬篇領仙玉郎所掌也

題僧壁

捨生求道有前蹤乞腦剜身結願重大去便應欺粟顆

小來兼可隱針鋒蚌胎未永一作滿思新桂琥珀初成憶

舊松若信貝多眞實語三生同聽一樓鐘

道源注知玄三昧懺捨頭目髓腦如棄涕唾陳敬源曰佛偈一粒粟中藏世界道源注涅槃經尖頭針鋒受無量衆呂氏春秋月望則蚌蛤實羣陰盈月晦則蚌蛤虛羣陰缺虞喜安天論俗傳月中有仙人桂樹今視其初生見仙人之足漸已成形桂樹後生陳藏器本草舊說松脂入地千年化爲琥珀○按新桂舊松即未來過去之喻酉陽雜俎貝多出摩伽陀國西土用以寫經般若經如來是眞語者實語者道源注過未現爲三生

一二求佛法之誠三四佛法之妙五六佛法在妙悟七八言果能信心自然成道

潭州唐書潭州長沙郡屬江南西道元和郡國志隋平陳改湘州曰潭州取昭潭爲名

潭州官舍暮樓空今古無端入望中湘淚淺深滋竹色

楚歌重疊怨蘭叢陶公戰艦空灘雨賈傅承塵破廟風

目斷故園人不至松醪一醉與誰同

博物志舜二妃曰湘夫人舜崩二妃啼以淚揮竹竹盡斑楚詞九歌稱澧蘭秋蘭者不一故曰重叠怨蘭叢晉陶侃傳劉弘為荆州刺史以侃為江夏太守又加督護使與諸軍併力拒陳恢侃乃以運船為戰艦所向必破後討杜弢進克長沙封長沙公西京雜記賈誼在長沙鵩鳥集其承塵俗以鵩鳥至人家主人死誼作鵩鳥賦釋名承塵施于上以承塵土也寰宇記賈誼廟在長沙縣南六十里廟即誼宅宅中有井上圓下方

一潭州暮望二望中之感中四皆承二湘淚楚歌陶賈古也蘭竹風雨今也七八自傷流滯于此

贈劉司户

蕢唐書劉蕢字去華昌平人太和二年策試賢良蕢切論黃門太横將危宗社考官不敢留蕢在籍中人讀其文至有相對垂泣者令狐楚在興元牛僧孺在襄陽皆辟為從事中人嫉之誣以罪貶栁州司户

江風吹浪動雲根重碇危檣白日昏已斷燕鴻初起勢

更驚騷客後歸魂漢廷急詔誰先入楚路高歌自欲翻
萬里相逢歡復泣鳳巢西隔九重門

張協詩雲根臨八極注雲根石也雲觸石而生故曰雲根帝王世紀黄帝時鳳凰止帝東園或巢于阿閣九辯君之門兮九重

一二寫時景以風喻中人以日喻朝廷三比初對策被放四比被貶五賢良無出其右者彼先登高第果何人哉猶言劉蕡下第我輩登科也六相逢柳州七八總結上六句言君門萬里無可訴寃也

南朝

玄武湖中玉漏催雞鳴埭口繡襦迴誰言瓊樹朝朝見
不及金蓮步步來敵國軍營漂木柹前朝神廟鎖煙煤
滿宮學士皆顔一作蓮色江令當年只費才

宋書元嘉二十三年築北隄立玄武湖於樂遊苑北張衡渾天制以玉虬吐漏水入兩壺南史齊武帝數幸瑯琊城宮人常從早發至湖北埭雞始鳴故呼為雞鳴埭一統志在青溪西南潮溝之上陳書後主製新曲有玉樹後庭花其畧云璧月夜夜滿瓊樹朝朝新大抵美張貴妃孔貴嬪之容色齊書東昏侯鑿金為蓮花貼地令潘妃行其上曰此步步生蓮花也隋書文帝將伐陳命大作戰船或請密之文帝使投柹于江曰若彼能改吾又何求陳書後主于郭內大皇佛寺起七層塔未畢火從中起飛至石頭燒死者甚衆陳書後主起臨春結綺望仙等閣珠簾寶帳服玩瑰麗近古未有上自居臨春張貴妃居結綺孔龔二貴嬪居望仙複道往來以宮人袁大捨等為女學士陳書江總字總持後主授尚書令總為宰輔不親政務侍宴後庭謂之狎客只費才可惜空費其才也

起二句寫時地下以誰言不及四字調笑之五六寫亡國七八又追寫未亡事以見安得不亡意○此寫陳氏事而題總云南朝者以地言也詩中雖用宋齊事却只言陳亡不為宋齊而發玩結句可知

送崔珏往西川（唐書藝文志崔珏字夢之大中進士有詩一卷）

年少因何有旅愁欲為東下更西遊一條雪浪吼巫峽
千里火雲燒益州卜肆至今多寂寞酒壚從古擅風流
浣花牋紙桃花色好好題詩詠玉鈎

（高士傳）嚴君平賣卜成都市中日閱數人得百錢足自養則閉肆下簾而講老子（史記）相如與文君俱之臨卬買酒舍令文君當壚（寰宇記）浣花溪在成都西郭外屬犀浦縣也名百花潭薛濤家在旁以潭水造紙為十色牋（鮑昭玩月詩）始見西南樓纖纖如玉鈎

一不應有旅愁二漂泊無定旅愁之故三路險四炎暑五六言君平相如皆可尚友桃花牋紙詩咏玉鈎弔古尋遊足消旅愁也○漂流旅愁時無知已也尚友古人不必求知已于當世慨寄甚深

飲席戲贈同舍

洞中屐響省分攜不是花迷客自迷珠樹重行音杭憐翡翠玉樓雙舞羨鶡雞蘭迴舊蕋緣屏綠一作屏綠椒綴新香和壁泥唱盡陽關無限疊半杯松葉凍頗黎

山海經三珠樹在厭火國北生赤水上樹如柏葉皆為珠十洲記崑崙山有玉樓十二楚詞注鶡雞似鶴黃白色世說石崇以椒為泥塗室道源注本草松葉六十觔細剉㕮咀水四石煮取四斗九升以釀五斗米如常法煮松葉汁浸米并饙飯泥釀封頭七日發飲之得此酒力者甚衆韻會玻璃寶玉名本草作頗黎云西國寶或云是水玉千歲氷為之

一二同舍與美人分攜遂迷而不捨三四洞中佳麗重重五六洞中佳境種種末言陽關唱盡杯酒已闌而同舍猶不忍去也

令狐八拾遺綯見招送裴十四歸華州唐書令狐綯傳

太和四年登進士第開成初爲左拾遺〔地理志〕華州華陰郡屬關内道

二十中郎未足希驪駒先自有光輝蘭亭譙罷方回去
雪夜詩成道韞歸漢苑風烟吹客夢雲臺洞穴接郊扉
嗟予久抱臨卭渴便欲因君問釣磯

〔世説〕謝中郎萬是王藍田女婿〔古樂府〕何以識夫婿白馬從驪駒〔海録〕山陰縣西南二十里有蘭渚渚有亭曰蘭亭羲之舊跡〔何延之蘭亭記〕永和九年三月三日瑯琊王羲之與太原孫統等四十有二人會于會稽山陰之蘭亭修祓禊之禮〔晉書〕王凝之妻謝氏字道韞安西將軍奕之女也嘗内集俄而雪驟下叔父安曰何所似也安兄子朗曰撒鹽空中差可擬道韞曰未若柳絮因風起〔晉書〕王羲之娶郗鑒女愔又羲之姊夫裴十四必令狐氏之婿時攜内歸華州故有此二語耳〔華山志〕嶽東北有雲臺峯上冠景雲下通地脉嶷然獨秀有若雲臺下有穴昔有人入此穴出東方山行云經黄河底上聞流水聲〔西京雜記〕相如素有消渴疾

一裴十四二歸三四姻
婭五六華州結自已

寄令狐學士〔令狐綯傳〕大中二年名拜考功郎中尋知制誥充翰林學士

秘殿崔嵬拂彩霓曹司今在殿東西賡歌太液翻黃鵠
從獵陳倉獲碧雞曉飲豈知金掌迥夜吟應訝玉繩低
鈞天雖許人間聽閶闔門多夢自迷

〔西京雜記〕始元元年黃鵠下太液池帝為歌曰黃鵠飛兮下建章〔晉太康地志〕秦文公時陳倉人獵得獸如彘不知名牽以獻之逢二童子童子曰此名為媦常在地中食死人腦即欲殺之拍捶其首媦亦語曰二童名陳寶得雄者王得雌者霸陳倉人乃逐之化為雉雌上陳倉北阪為石秦祀之〔水經注〕昔秦文公感伯王之言遊獵陳倉遇之于此阪得若石焉其色如肝歸而寶祠之故曰陳寶〔三輔舊事〕仙人掌在甘泉宮〔長安志〕仙人掌大十圍以銅為之〔謝朓詩〕玉繩低建章〔史記〕趙簡子疾寤語大夫曰吾之帝所甚樂與百神遊于鈞天廣樂九

奏萬舞不類三代
之樂其聲動人心
一宮殿森嚴二學士親近入則賡歌太液出則從獵
陳倉飲則從曉至暮吟則自夜達明如此得君分當
薦士奈何鈞天之樂雖許人
間遥聽而不令入門何也

哭劉蕡

上帝深宮（一作居）閉九閽巫咸不下問銜寃廣陵別後春
濤隔湓浦書來秋雨翻只有安仁能作誄何曾宋玉解
招魂平生風義兼師友不敢同君哭寢門

王逸注巫陽受天帝之命因下招屈原之魂（潘岳傳）岳
詞藻絕麗尤善為哀誄之文（招魂注）宋玉憐屈原魂魄
放佚厥命將落故作招魂（檀弓）孔子曰
師吾哭諸寢朋友吾哭之寢門之外

上帝深居已不可見又閉九閽更難通矣巫陽下問
猶可鳴寃今又不然寃死宜矣憶昔廣陵相別遠隔

春濤及今溢浦書來已翻秋雨言已死也身似安仁
但能作誄才如宋玉不解招魂言不能使之復生也
七八終不敢改
平日之交情

荊門西下盛弘之荊州記郡西泝江六十里南岸有山曰荊門水經注荊門在南上合下開狀似門

一夕南風一葉危荊雲疑作門迴望夏雲時人生豈得輕
離別天意何曾忌嶮巇骨肉書題安絕徼蕙蘭蹊徑失
佳期洞庭湖濶蛟龍惡却羨楊朱泣路岐

一點時二荊門回首三四順承一二嶮巇指荊門天意不忌嶮巇人生豈得輕視別離今日骨肉絕徼蘭遥失期別離如此湖濶龍惡其險如此羨者岐路尤在平地也○一葉舟也夏雲江夏之雲也

少年

外戚平羌第一功生平二十有重封直登宣室螭頭上
橫過甘泉豹尾中別館覺來雲雨夢後門歸去蕙蘭叢
灞陵夜獵隨田竇不識寒郊自轉蓬
漢書注宣室未央前殿正室又曰丹墀上之階曰螭頭唐會要唐左右二史分立殿下直第二螭首抝處號曰螭頭關輔記甘泉宮一曰雲陽宮一曰林光宮在今池陽縣西甘泉山本秦造漢武建元中增廣之揚雄傳每上甘泉常法從在屬車間豹尾中漢書文帝葬灞陵注在長安東南武安侯田蚡魏其侯竇嬰皆外戚
一祖父功高二少小襲封三四驕傲無知五六漁色七惟事田獵逐貴遊八剌其不識儒士也

藥轉

神仙傳藥之上者有九轉還丹太乙金液

鬱金堂北畫樓東換骨神方上藥通露氣暗連青桂苑
風聲偏獵紫蘭叢長籌未必輸孫皓香棗何勞問石崇

憶事懷人兼得句翠衾歸臥繡簾中

說文鬱金香草也樂府盧家蘭室桂為梁中有鬱金蘇合香漢武內傳王母謂帝曰子但愛精握固閉氣吞液一年易氣二年易脈四年易肉五年易髓六年易筋七年易骨八年易髮九年易形洞冥記西王母駕立鸞之輿至壇所四面列軟條青桂風至自拂堦上游塵道源注長籌廁籌也法苑珠林吳時于建業後園平地獲金像一軀孫皓素未有信置于廁處令執屏籌遂尿頭上尋即通腫懺謝隱痛漸愈道源注白帖石崇廁中嘗令婢數十人曳羅縠置漆箱中盛乾棗奉以塞鼻大將軍王敦至取箱棗食羣婢笑之

堂北樓東便有換骨神藥露連青桂風獵蘭叢聲可聞氣可通而人不可見也五六往事七緊承五六翠衾歸臥無聊之思也○未必輸言懺悔之誠何勞問往來已久也第七句已說明

杜一作薛非工部蜀中離席此擬杜工部體也

人生何處不離羣世路干戈惜暫分雪嶺未歸天外使

松州猶駐殿前軍座中醉客延醒客江上晴雲雜雨雲美酒成都堪送老當壚仍是卓文君

元和郡國志雪山在松州嘉城縣東八十里春夏常有積雪故名唐書松州交川郡屬劍南道取界内甘松嶺為名又曰廣德元年魚朝恩以神策軍歸禁中永泰元年又以神策屯苑中自是勢居北軍右數出征伐有功唐語林蜀之士子莫不沽酒慕相如滌器之風陳會郎中家以當壚為業元和元年及第

何處二字暗提蜀中干戈二字明點時事雪嶺之天使未歸松州之禁軍猶駐承干戈句座中之客忽醉忽醒離席也江上之景忽雨忽晴喻干戈也時事如此惟有文君之酒差堪送老而已雖無工部之深厚曲折而聲調頗似之

隋宫

紫泉宫殿鎖煙霞欲取蕪城作帝家玉璽不緣歸日角

錦帆應是到天涯于今腐草無螢火終古垂楊有暮鴉地下若逢陳後主豈宜重問後庭花

〔上林賦〕左蒼梧右西極丹水更其南紫淵徑其北〔文穎〕曰西河穀羅縣有紫澤長安為在北按唐人避高祖諱故淵作泉○鮑昭有蕪城賦隋書大業元年發民十萬開邗溝入江自長安至江都置離宮四十餘所〔冊府元龜〕太宗為秦王于宮西造宅初成高祖送玉璽以至于帝所〔舊唐書〕太宗年四歲有書生相之曰龍鳳之姿天日之表〔開河記〕煬帝御龍舟幸江都舳艫相繼自大堤至淮口聯綿不絕錦帆過處香聞十里〔隋書〕大業末帝于景華宮徵求螢火數斛夜出游山放之光照山谷〔隋書〕煬帝自板渚引河作街道植以楊柳名曰隋堤一千三百里〔隋遺錄〕煬帝在江都昏湎滋深嘗遊吳公宅雞臺恍惚與陳後主相遇尚喚帝為殿下後主舞女數十中一人迥美帝屢目之後主云即麗華也乃以海蠡酌紅粱新醞勸帝帝飲之甚歡因請麗華舞玉樹後庭花麗華徐起終一曲後主問帝蕭妃何如此人帝曰春蘭秋菊各一時之秀也

一破題二幸江都三四承二五六承一七八總結今
日宫殿空鎖烟霞當時蕪城欲作帝家若天下不亡
于唐則錦帆之遊應遍天涯豈但至蕪城而已哉今
日隋宫螢火已無垂楊猶在而煬帝已往矣陳後主
以荒淫而亡于隋隋煬亦以荒淫而亡于唐是以
暴易暴也若地下相逢後庭之荒淫豈宜重問耶

二月二日

二月二日江上行東風日暖聞吹笙花鬚柳眼各無賴
紫蝶黃蜂俱有情萬里憶歸元亮井三年從事亞夫營
新灘莫悟遊人意更作風簷夜雨聲

陶潛歸園田詩井竈有遺處桑竹殘朽株
漢書注長安有細柳聚周亞夫屯兵處
偶行江上日暖聞笙花柳蜂蝶皆呈春色獨客遊萬
里從軍數載覩此春光能不懷鄉故囑令今夜新灘
莫作風雨之聲令
人思家不寐也

籌筆驛〔方輿勝覽〕籌筆驛在綿州綿谷縣北九十九里蜀諸葛武侯出師嘗駐軍籌畫于此〔杜牧詩〕永安宮受詔籌筆驛沈思畫地乾坤在濡毫勝負知

猿(一作魚)鳥猶疑畏簡書風雲常爲護儲胥徒令上將揮神筆終見降王走傳車管樂有才終不忝關張無命欲何如他年錦里經祠廟梁父吟成恨有餘

〔長楊賦〕木擁槍纍以爲儲胥〔蜀志〕鄧艾破蜀後主銜璧輿櫬降遂送洛陽〔寰宇記〕諸葛武侯祠在先主廟西府城西有故宅〔盛弘之荆州記〕鄧城西七里有獨樂山諸葛亮當登此作梁父吟

一二壯麗稱題意亦超脫下四句是武侯論非籌筆驛詩七八猶有餘意四六二句與題無涉律以初盛之法背謬極矣而范元實稱之甚矣眞知之難也一二既言英靈至今猶存三四法當誦忠武之神機鬼神莫測五六仍寫驛景方是乃作輕薄之詞將鞠窮盡瘁之純忠反若多事者不惟詩法皆謬議論如此

識見何等

即日

一歲林花即日休江間亭下悵淹留重吟細把眞無奈已落猶開未放愁山色正來銜小苑春陰只欲傍高樓金鞍忽散銀壺漏更醉誰家白玉鉤江亭花發春光已晚山色春陰日亦將暮乃金鞍忽散銀壺下漏更醉誰家以遣此情乎

九成宮唐書九成宮在鳳翔麟遊縣西五里本隋仁壽宮貞觀閒修之以避暑因更名焉

十二層城閬苑西平時避暑拂虹霓雲隨夏后雙龍尾風逐周王八駿一作馬蹄吳岳曉光連翠巘甘泉晚景上

丹梯荔枝盧橘沾恩幸鸞鵲天書濕紫泥

按十洲記水經注俱言崑崙天墉城有金臺五所玉樓十二郊祀志亦言五城十二樓西王母傳王母所居在崑崙之圃閬風之苑山海經太樂之野夏后啓于此舞九代馬乘兩龍穆天子傳八駿之乘曰赤驥盜驪白義踰輪山子渠黃騂騮騄耳周禮雍州鎮曰嶽山注吳岳也漢志吳山在汧縣西秦都咸陽以為西岳元和郡國志吳岳在汧陽縣西南五十里郝天挺注荔枝盧橘皆當夏而熟故貢于九成宮漢舊儀天子信璽六皆以武都紫泥封之青囊白素裏兩端無縫西京雜記漢以武都紫泥為璽室加綠綈其上

一比九成二太宗避暑三四夏后周王指太宗風雲承避暑五六九成宮山水七八言當此時荔橘恩澤天書紫泥何等氣象以見今日之不然也

詠史

歷覽前賢國與家成由勤儉破由奢何須琥珀方為枕

豈得眞一作侍珍珠始是車運去不逢青海馬力窮難拔蜀山蛇幾人曾預南薰曲終古蒼梧哭翠華

西京雜記趙飛燕為皇后其女弟在昭陽殿上遺三十五條中有琥珀枕龜文枕史記梁惠王謂齊宣王曰寡人國小尚有徑寸之珠照車前後各十二乘者十枚隋書吐谷渾青海中有小山其俗至冬輒放牝馬于其上言得龍種有波斯草馬放入海因生驄駒日行千里故時稱青海驄馬蜀王本紀蜀五丁力士能徙山秦獻美女于蜀王蜀王遣五丁迎之還至梓潼見一大蛇入山穴中五丁共引蛇山崩五丁皆化為石上林賦建翠華之旗注以翠羽為旗上葆也

韓非子秦繆公問余曰願聞古之明王得國失國何以余對曰常以儉得之以奢失之○一二總起三四單承奢五六單言敗七八以盛世難逢結

無題

昨夜星辰昨夜風畫樓一作堂西畔桂堂東身無綵鳳雙飛翼心有靈犀一點通隔座送鈎春酒暖分曹射覆蠟燈紅嗟余聽鼓應官去走馬蘭臺類斷一作轉蓬

如淳曰通犀謂中央色白通兩頭道源注漢武故事鈎弋夫人少時手拳帝披其手得一玉鈎手得展故因為藏鈎之戲後人效之漢東方朔傳上嘗使諸數家射覆置守宮盂下射之注于覆器之下置諸物令暗射之故云射覆唐六典漢御史中丞掌蘭臺秘書圖籍

一二昨夜所會時地三四身雖似遠心已相通五六承三四言藏鈎送酒其如隔座分曹射覆惟碍燭紅及天明而去應官走馬無異轉蓬感目成于此夜恐後會之難期

來是空言去絕蹤月斜樓上五更鐘夢為遠別啼難喚書被催成墨未濃蠟照半籠金翡翠麝熏微度繡芙蓉

劉郎已恨蓬山遠更隔蓬山一萬重
(江淹翡翠賦)糅紫金而爲色(崔顥盧姬篇)水晶簾箔繡芙蓉
一相期久別二此時難堪三夢猶難別四幸通音信五六孤燈微香咫尺千里七八遠而又遠無可如何矣

颯颯東風細雨來芙蓉塘外有輕雷金蟾齧鏁燒香入玉虎牽絲汲井迴賈氏窺簾韓掾少宓妃留枕魏王才春心莫共花爭發一寸相思一寸灰
(道源注)蟾善閉氣古人用以飾鏁○按玉虎是井欄之飾絲井索也(世說)韓壽美姿容賈充辟以爲掾賈女于青瑣中見壽悅之與之通以女妻壽(洛神賦序)黄初三年予朝京師還濟洛川古人有言斯水之神名曰宓妃(善曰)宓妃宓犧氏之女溺洛水為神又曰魏東阿王求甄逸女不遂太祖回與五官中郎將植殊不平黄初中

入朝帝示甄后玉鏤金帶枕植見之不覺泣時已為郭后讒死帝意尋悟因令太子留宴仍以枕賚植植還度轘轅將息洛水上忽見女子來自言我本託心君王其心不遂此枕是我嫁時物前與五官中郎將今與君王

用薦枕席

歡情交集

海錄云金蟾鎖飾也玉虎轆轤也○此詩寓意在友朋遇合言凶終隙末也

一二時景三四當此時而汲井方回燒香始入五六即從三四托下于是簾窺韓掾枕留宓妃須臾之間不可復得故七八以春心莫發自解自歎而情更深矣

赴職梓潼留别畏之員外同年唐書梓州梓潼郡屬劍南道乾元後分東西川梓為東川節度治所時義山為梓州節度判官畏之韓瞻也唐詩紀事韓偓父瞻開成二年李義山同年

佳兆聯翩遇鳳凰雕文羽帳紫金牀桂花香處同高第

柿葉翻時獨悼亡烏鵲失棲長不定鴛鴦何事自相將

京華庸蜀三千里送到咸陽見夕陽

左傳懿氏卜妻敬仲其妻占之曰吉是謂鳳凰于飛和鳴鏘鏘江總詩新人羽帳挂流蘇時韓留京師一同時婚娶二同奩具之美三同登第四忽而大不同五赴梓潼六員外夫婦如故七八去留合結

王十二兄與畏之員外相訪見招小飲時予以悼亡日近不去因寄

按王十二必茂元之子義山娶茂元女故詩有謝傅門庭舊末行之句通玩前赴職梓潼留别畏之員外詩及後韓同年新居餞西迎家室詩蓋畏之與義山為僚壻此云悼亡日近疑所悼即茂元女也

謝傅門庭舊末行今朝歌管屬檀郎更無人處簾垂地

欲拂塵時簟竟床嵇氏幼男猶可憫左家嬌女豈能忘

秋（一作愁）霖腹疾俱難遣萬里西風夜正長

〔晉書〕謝安薨贈太傅檀奴潘安仁小字後人因號曰檀郎〔潘岳悼亡詩〕長簟竟牀空〔晉書〕嵇紹字延祖康之子十歲而孤

起二句寫王兒招飲下六句皆寫悼亡日近此做題詳畧之法三四悲悽景況五六兒女難離兼秋霖腹疾西風夜長愁苦萬端豈能隨人小飲哉

曲池

日下繁香不自持月中流艷與誰期迎憂急鼓疎鐘斷分隔休燈滅燭時張蓋欲判（拚）同江灩灩迴頭更望柳絲絲從來此地黃昏散未信河梁是別離

〔李陵別蘇武詩〕攜手上河梁

起二句思無月夜三正當妍會時四又不能會五欲夫六又不忍遽去故結言此地之别更憐於河梁也

畱贈畏之〔原注〕時將赴職梓潼遇韓朝迴三首○第二首絶句唐人選入才調集注云遇韓朝迴

清時無事奏明光不遣當關報早霜中禁詞臣尋引領左川歸客自迴腸郎君下筆驚鸚鵡侍女吹笙弄鳳凰空寄一云當作記大羅天上事衆仙同日詠霓裳

〔漢宮儀〕尚書郎直宿建禮門奏事明光殿〔後漢〕禰衡傳黄祖大會賓客人有獻鸚鵡者衡攬筆作賦文無加點辭采甚麗按此語謂韓瞻子偓也偓小字冬郎嘗即席為詩一座盡驚〔漢武内傳〕王母命侍女董雙成吹雲和之笙〔雲笈七籤〕最上一天名曰大羅〔秇林伐山〕世傳大羅天放榜于蕋珠宮故稱蕋榜〔異聞録〕開元六年八月望上與申天師洪都客作術夜遊月宮榜曰清虛廣寒之府少前見素娥十餘人乘鸞舞于廣庭桂樹之下音

樂清麗遂歸製
霓裳羽衣之曲
一二畏之官中禁悠悠無事以見巳之奔走天涯也三四別後彼此相思五六畏之家庭其樂如此我方遠去京師僅辟幕職回思當日同第不意今日竟至雲霓之別也

無題

相見時難別亦難東風無力百花殘春蠶到死絲方盡
蠟炬成灰淚始乾曉鏡但愁雲鬢改夜吟應覺月光寒
蓬山此去無多路青鳥殷勤為探看

三四進一步法結用轉筆有力○離恨正當春暮安能漠然三四比即死後成灰猶不能忘何況春暮但恐歲月如流漸衰老耳然幸而相近可令青鳥探消息何如也

碧城三首

碧城十二曲闌干犀辟塵埃玉辟寒閬苑有書多附鶴女牀無樹不棲鸞星沈海底當窗見雨過河源隔座看若是曉珠明又定一生長對水晶盤

太平御覽元始天尊居紫雲之閣碧霞為城天寶遺事寧王有煖玉盃會昌年間扶餘國貢火玉三斗色赤光照十步置之室中不復挾纊道源注錦袋仙家以鶴傳書白雲傳信山海經女牀之山有鳥焉其狀如翟五彩文名曰鸞鳥見則天下安寧

詩有小序者可解無者不可強解玉溪無題諸作人皆知為男女怨慕之詞獨碧城三首或指明皇或解嫁虜公主何也凡此類讀者但知其必有寄托而已當就詩論義若必求其事以實之則鑿矣○此詩因首句碧城二字遂以為題唐人甚多不獨玉溪也與無題同○當碧城之窗隔碧城之座也咫尺千里之意○一二仙境清貴三四靈妙五六深遠然雖可見可看而沈過無定不如一生日月常對之為愈也曉

珠日也水結二句交互法言如日月之
晶盤月也明而又定得一生長對也

對影聞聲已可憐玉池荷葉正田田不逢蕭史休回首
莫見洪崖又拍肩紫鳳放嬌銜楚佩赤鱗狂舞撥湘弦
鄂君悵望舟中夜繡被焚香獨自眠

〔沈約東武吟〕誓辭金門寵去飲玉池流〔古詩〕江南可採
蓮蓮葉何田田〔列仙傳〕秦穆公以女弄玉妻蕭史日于
樓上吹簫作鳳鳴〔郭璞遊仙詩〕右拍洪崖肩〔禽經〕鸑鷟
鳳之屬也五色而多紫〔楚詞〕紉秋蘭以為佩〔別賦〕聳淵
魚之赤鱗〔道源曰〕此句暗用瓠巴鼓瑟遊魚出聽語〔說
苑〕鄂君乘青翰之舟張翠羽之蓋越人擁楫而歌曰山
有木兮木有枝心悅君兮君不知于
是鄂君揄袂而擁之舉繡被而覆之
一二憶昔日相見時地三四遙囑之詞猶言除我一
人莫更求新知也五六憶當日之歡情七八今日之
淒涼與五
六對照

七夕來時先有期洞房簾箔至今垂玉輪顧兔初生魄鐵網珊瑚未有枝檢與神方教駐景收將鳳紙寫相思武皇内傳分明在莫道人間總不知

〔漢武内傳〕帝閒居承華殿忽見一女子美麗非常曰我墉宫玉女王子登也七月七日王母暫來至此一當時不負所約二會處至今無恙三新月如故四比美人不見也五願長得少年六相思無已乃今日之有期不來者將毋畏他人知耶然内傳分明莫道人之不知何用避忌而不一會也詩之文義如此若必立所指何人何事誰能起玉溪于九原而問之哉

對雪二首〔原注〕時欲之東

寒氣先侵玉女扉清光旋透省郎闈梅花大庾嶺頭發柳絮章臺街裏飛欲舞定隨曹植馬有情應濕謝莊衣

龍山萬里無多遠留待行人二月歸

旋撲珠簾過粉牆輕於柳絮重於霜已隨江令誇瓊樹
又入盧家妬玉堂侵夜可能爭桂魄忍寒應欲試梅粧
關河凍合東西路腸斷斑騅送陸郎

舊唐書東嶠縣即大庾嶺屬韶州一名梅嶺宋書符瑞
志大明五年正月戊午元日花雪降殿庭時右衛將軍
謝莊下殿雪集衣還白上以
為瑞于是公卿并作花雪詩

曹植有白馬篇○鮑照學劉公幹體胡風吹朔雪萬
里度龍山○一二雪之氣色三四雪之花樣五六雪
之性情七八囑其甚勿遽消當留待我之東歸○十
言龍山萬里風忽吹來則雪不以此路為遠我之東
行更近故當
留以待歸耳

一寫飛舞二寫輕盈三四閒靜五色如月六貌如花
末感其送我東行也○前首待歸後首送行此不復

之法也

蜂

小苑華池爛熳通後門前檻思無窮宓妃腰細纔勝露趙后身輕欲倚風紅葉寂寥崖蜜盡碧簾迢遞霧巢空青陵粉蝶休離恨長定相逢二月中

洛神賦腰如約素宓妃即洛神飛燕外傳帝臨太液池后歌歸風送遠之曲帝以文犀簪擊玉甌酒酣風起后揚袖曰仙乎仙乎去故而就新乎帝令馮無方持后裾風止裾為之縐他日宮妹或襞裾為縐號留仙裾本草石蜜又名崖蜜人以長竿刺出多者至三四石味醶色綠比他蜜尤勝青陵蝶注別見古樂府蛺蝶行蛺蝶之遨戲東園奈何卒逢三月養子燕接我苜蓿間

一二所遊之處三四輕細之態五六秋冬之候崖蜜將盡舊巢欲空此時休生離恨每于二月長定相逢

不似人生一別不能再
見正應上思無窮也

辛未七夕

恐是仙家好別離故教迢遞作佳期由來碧落銀河畔
可要金風玉露時清漏漸移相望久微雲未接過來遲
豈能無意酬烏鵲惟與蜘蛛乞巧絲

淮南子烏鵲填河成橋而渡織女荊楚歲時記七夕人家婦女結綵縷穿七孔針陳瓜果于庭中以乞巧有蟢子網于瓜上者則以為得巧

人間離別自非得已仙家飛行如意無乃好此一年一會而然故必待清秋時也今更深望久來過何遲不酬烏鵲之成橋惟與蜘蛛之巧絲不可解也全篇皆不然之意題有辛未字必非無為而作

玉山此與碧城同是寄托不必泥講

玉山高與閬風齊玉水清流不貯泥何處更求回日馭此中兼有上天梯珠容百斛龍休睡桐拂千尋鳳要棲聞道神仙有才子赤簫吹罷好相攜

穆天子傳天子北征東還至于羣玉之山〔尸子〕凡水方折者有玉圓折者有珠清水有黄金龍淵有玉英〔莊子〕千金之珠必在九重之淵驪龍頷下能得珠者必遭其睡也〔詩疏〕鳳凰非梧桐不棲〔三十國春秋〕涼州胡安盜發晉文王張駿墓得赤玉簫紫玉笛

一地之高二清明之極三四更無他處可以迴日登天五祝其醒悟六自欲至此七八才必憐才定相攜也○玩結句似求人薦達之意

牡丹

錦幃英華作帷初卷衛夫人繡被猶堆越鄂君垂手亂翻雕

玉珮招當作折腰爭舞英華作細腰頻換鬱金裙石家蠟燭何曾

剪荀令香爐可待熏我是夢中傳彩筆欲書花葉英華作片

寄朝雲

原注典畧云夫子見南子在錦幃之中樂府解題大垂手小垂手皆言舞而垂手也書顧命雕玉仍几注雕刻鏤也西京雜記戚夫人能作翹袖折腰之舞歌出塞入塞望歸之曲世說王愷以粘糒澳釜石崇以蠟燭代薪○劉向有熏爐銘南史江淹嘗夢一丈夫自稱郭璞謂淹曰吾有筆在卿處多年可見還淹乃探懷中得五色筆一以授之爾後為詩絕無妙句朝雲用神女事

六皆比一花二葉三盛四態五色六香結言花葉之妙麗可並神女也然掩題不知是咏何花終是猜謎乃詩法所忌或云通首皆比此咏物詩無通首皆比之體即如沈古意贈喬知之通首皆比然是賦古意以比喬也可以類推

一片

一片非烟隔九枝蓬巒仙杖儼雲旗天泉水暖龍吟細露畹春多鳳舞遲榆莢散來星斗轉桂花尋去月輪移人間桑海朝朝變莫遣佳期更後期

孫氏瑞應圖非氣非烟五色絪緼謂之慶雲齊地記齊有天齊泉漢書注臨菑城南有天齊水五泉並出離騷既滋蘭之九畹兮注十二畝為畹春秋運斗樞玉衡星散為榆元命苞三月榆莢落

一燈燭輝煌二旗杖之盛三四歌舞之妙五六夜已深矣七光陰迅速八當及時行樂也

酬崔八早梅有贈兼示之作

知訪寒梅過野塘久留金勒為迴腸謝郎衣袖初翻雪荀令熏爐更換香何處拂胸資蝶粉幾時塗額藉蜂黃

維摩一室雖多病亦要英華作要舞天花作道場

英華本原注時余在惠袖上人講下故崔落句有梵王宮地羅舍宅賴許時時聽法來維摩經長者維摩詰以其方便現身有疾因以身疾廣為說法佛告文殊師利汝詣維摩詰問疾時維摩詰室有一天女見諸大人聞所說法便現其身即以天花散諸菩薩大弟子上而為供養

一苑悔二有感三梅色四梅香五六有感傷之意故結云今一室多病亦要天女散花耳詳五六蓋土談

斷弦之後崔八贈花與詩故答之如此

促漏此題與碧城玉山同

促漏遙鐘動靜聞報章重疊杳一作香字難分舞鸞鏡匣收

殘黛睡鴨香爐換夕熏歸去定豈一作知還向月夢來何

處更為雲南塘漸暖蒲堪結兩兩鴛鴦護水紋

道俗文染青石錄之照城淮南子羿請不死之藥于西王母姮娥竊之奔月注姮娥羿妻也服藥得仙奔入月中為月精道源言縱如姮娥入月幾是獨居神女為雲徒成幻夢豈若南塘之鴛鴦長匹不離哉促漏遥鐘夜漸作動靜聞簸參也所歡之報章意欲分之而重疊難分心極意歡也三四加倍寫無聊之甚也五六歎得獨居寂寞情

馬嵬西通志馬嵬坡在西安府興平縣西二十五里

海外徒聞更九州他生未卜英華作決此生休空聞虎旅傳宵柝無復雞人報曉籌此日六軍同駐馬當時七夕笑牽牛如何四紀為天子不及盧家有莫愁

原注鄒衍云九州之外復有九州長恨傳玄宗命方士致貴妃之神旁求四虛上下跨蓬壺見最高仙山上多樓閣署曰玉妃太真院玉妃出揖方士問天寶十四載以還事言訖憫然取金釵鈿合各折其半授使者還獻

上皇將行乞當時一事不聞于他人者爲驗玉妃曰昔天寶十年秋七月牽牛織女相見之夕時夜始半獨侍上上憑肩而立因仰天感牛女事密相誓願世世爲夫婦執手各嗚咽此獨君王知之耳方士還奏上皇嗟悼久之〔西京賦〕陳虎旅于飛廉〔周禮〕雞人夜呼旦以嘂百官〔漢宮儀〕宮中不得畜雞衛士候于朱雀門外傳雞唱〔舊書肅宗紀〕楊國忠諷玄宗幸蜀至馬嵬頓六軍不進大將軍陳玄禮請誅楊氏于是誅國忠賜貴妃自盡〔玄宗紀〕詔曰聿來四紀人亦小康

誰從海外徒聞乎徒髣髴其神于海外如何講得通空聞無復熟套語七八輕薄甚前人論之極詳○玉溪諸七律惟籌筆馬嵬二首詩法背謬體格舛錯句亦淺近意更蕪疎諸家偏選此二首且極口稱之甚矣眞知之難也○五與三四意複六與二意複

可歎

牽會東城宴未迴年華憂共水相催梁家宅裏秦宮入

趙后樓中赤鳳來氷簟且眠金鏤枕瓊筵不醉玉交盃
宓妃愁坐芝田館用盡陳王八斗才

〔梁冀傳〕冀愛監奴秦宮官至太倉令得出入妻孫壽所壽見宮輒屏御者託以言事因與私焉〔飛燕外傳〕后所通宮奴燕赤鳳雄健能超觀閣兼通昭儀赤鳳始出少嬪館后適來幸是日連臂蹋地歌赤鳳來曲〔拾遺記〕崑崙山第九層山形漸狹小下有芝田蕙圃皆數百頃羣仙種耨焉洛神賦秣駟乎芝田八斗才〔謝靈運曰〕天下才共一石曹子建獨得八斗自古及今共用一斗奇才博識安可繼也

此首亦寓言若作刺當時之事何事乎以秦宮為刺貴人則赤鳳又刺天子乎似冀其所交非人遇佳人而不識也止言刺時事淺近之甚恐玉溪不如此淺近也○一二言佳會難再中四邪淫之會偏易結言正人之會難而又難方應起句○詩家死典活用豈如近人死用哉坡仙云解詩定此詩必非知詩人可想

富平少侯

七國三邊未到憂十三身襲富平侯不收金彈抛林外却惜銀牀在井頭綵樹轉燈珠錯落繡檀迴枕玉雕鎪當關不報侵晨客新得佳人字莫愁

七國謂漢景時七國〔隋明餘慶詩〕三邊烽亂驚〔漢書〕張安世封富平侯子延壽嗣延壽卒子放嗣放敬武公主所生娶皇后弟平恩侯許嘉女與上卧起寵愛殊絶〔西京雜記〕韓嫣以金為彈丸一日失數十每出兒童隨之長安語曰苦飢寒逐彈丸〔樂府淮南篇〕後園鑿井銀作牀金瓶素綆汲寒漿〔名義考〕銀牀非井欄乃轆轤架也〔廣韻〕轆轤圓轉木用以汲水〔開元遺事〕韓國夫人上元夜然百枝燈樹高八十餘尺豎之高山百里皆見〔拾遺記〕魏明帝檢寶庫中得一玉虎頭枕單池國所獻其頷下有篆書云帝辛之枕嘗與妲己同枕之是殷時遺物也〔魏都賦〕木無雕鎪

天下事未到其人之憂者以其自幼封侯也三當惜
不惜四不當惜而惜也五六奢華七不交賢士八漁
色也不下論斷具文見意儼
然一無知貴介縱横紙上

臨發崇讓宅紫薇〔宣室志〕崇讓里在東都〔西溪
叢語〕洛陽崇讓坊河陽節度
使王茂元宅義
山乃茂元之婿

一樹濃姿獨看來秋庭暮雨類輕埃不先搖落應爲有
已欲别離休更開桃綬含情依露井柳綿相憶隔章臺
天涯地角同榮謝豈要移根上苑栽

應劭漢官儀二千石綬青地桃花縹三采〔古樂府〕桃生
露井上〔西京雜記〕初修上林苑羣臣遠方各獻名果異
卉三千餘
種植其中

到處同一開落不必移根上苑猶人之到處同一生
死也二正寫崇讓宅七八反結崇讓宅細妙○一不

忍別二點時三承二當秋雨如埃宜搖落而不先搖落者應以此宅暫爲我有遇知己也謝靈運題宅詩終成天地物暫爲鄙夫有李用此休更開無相賞之人也桃含情柳相憶皆不忍別也七八傷已之遠去

及第東歸次灞上却寄同年

芳桂當年各一枝行期未分壓春期江魚朔雁長相憶
秦樹蒿雲自不知下苑經過勞想像東門送餞又差池
灞陵柳色無離恨莫枉長條贈所思

晉郤詵傳臣對策爲天下第一猶桂林一枝崑山片玉漢書注宜春下苑即今京城東南隅曲江池是寰宇記本屬下杜故云下苑水經注長安城東出北頭第一門曰宣平門亦曰東城門其郭門亦曰東都門三輔黃圖文帝灞陵在長安東七十里灞橋跨水作橋漢人送客至此橋折柳贈別

一二方及第時不意即別也三四魚雁可通亦不知雲樹相隔之苦五六同遊之地自不能忘東門之餞

難未可得結言彼柳色本無離恨君若折而
贈我是枉此長條也意言同年有離恨也

野菊（此詩又見孫逖集題作咏樓前海石榴）

苦竹園南椒塢邊微香冉冉淚涓涓已悲節物同寒雁忍委芳心與暮蟬細路獨來當此夕清樽相伴省他年紫雲（一作微）新苑移花處不取霜裁近御筵

齊民要術竹之醜者有四曰青苦白苦紫苦黃苦

按榴夏花與題不合之甚。紫微新苑正對野字。一地二香三四時五六深賞七八慨嘆不遇結竹身多節椒性芳烈此中菊香已非凡品三四言花開何晚此淚之所以涓涓也五野菊也六不堪重省也紫薇新苑不取霜裁深嘆不遇之意皆自喻也通首不出題亦是大病

過伊僕射舊宅（唐書伊慎兗州人善騎射大曆間以軍功封南兗郡王歷官檢

校尚書右僕射兼右衛上將軍元和六年卒贈太子太保

朱邸方酬力戰功華筵俄歎逝波窮迴廊簷斷燕飛去英華作出小閣一作閤塵凝人語空幽涙英華作砌欲乾殘菊露餘香猶入敗荷風何能更涉瀧閭江切江去獨立寒流英華作沙弔楚宮

玉海郡國朝宿之舍在京者謂之邸朱邸邸有朱户也水經注瀧水又南出峡謂之瀧口又南逕曲江縣東一統志在韶州府樂昌縣

一二百年瞬息也中四寫舊宅賓客奴僕皆已星散而荷菊猶存人不如草木有情也只此荒涼傷心已極涉瀧江而弔楚宮其傷心更當何如

銀河吹笙

悵望銀河吹玉笙樓寒院冷接平明重衾幽夢他年斷別樹羇雌昨夜驚月榭故香因雨發風簾殘燭隔霜清不須浪作緱山意湘瑟秦簫自有情

列仙傳王子晉善吹笙七月七日乘白鶴于緱氏山頭舉手謝時人而去

一二悵望至曉三四相思五六樓寒院冷景况七八决絶之詞即子不我思豈無他人意

與同年李定言曲水閒話戲作許渾集有李定言殿院銜命歸闕拜員外郎俄遷右史

海燕參差溝水流同君身世屬離憂相攜花下非秦贅對泣春天一作風前類楚囚碧草暗侵穿苑路珠簾不捲枕去聲江樓莫驚一作經五勝埋香骨地下傷春亦白頭

賈誼傳秦人家貧子壯則出贅師古曰言其不出妻家如人身之有贅疣也王導傳何至作楚囚相對泣耶漢律歷志秦推五勝自以為獲水德注五行相勝秦以周為火用水勝之按秦本紀二世葬始皇驪山後宮無子者皆令從死故云埋香骨

一時地二情三四承二五六承一七八言香骨傷春地下亦當白頭何況我輩尚在人間乎

聞歌

斂笑凝眸意欲歌高雲不動碧嵯峩銅臺罷望歸何處玉輦忘還事幾多青冢路邊南雁盡細腰宮裏北人過此聲腸斷非今日香灺斜上聲燈光奈爾何

高雲不動用秦青響遏行雲事拾遺記穆王御黃金碧玉之輦跡轂遍于四海西王母乘翠鳳之輦而來與穆王觀歌歸州圖經胡地多白草昭君冢獨青鄉人思之為立廟香溪一統志昭君冢在古豐州西六十里說文

炧燭燼也〔世説〕桓子埜聞清歌輒喚奈何一將歌時美人情態二即遏雲三四歌之妙絶五六歌之悲感故腸斷而喚奈何也

贈華陽宋眞人兼寄清都劉先生

句容句曲山名曰華陽之天〔列子〕清都紫微鈞天廣樂上帝之所居○後有月夜重寄宋華陽姊妹詩則此眞人乃女道士

淪謫千年別帝宸至今猶謝英華作識蕋珠人但驚茅許同仙籍英華作多玄分不道英華作記劉盧是世親玉檢賜書迷鳳篆英華作籙金華歸駕冷龍鱗不因杖屨逢周史徐甲何曾有此身

秘要經仙宮中有寥陽之殿蕋珠之闕〔洞仙傳〕茅濛字初成咸陽南闕人即東鄉司命君盈之高祖也師北郭

鬼谷先生受長生之術入華山修道白日升天(十二眞君傳)許遜字敬之祖琰父肅世慕至道師大洞君吴猛傳三清法要太康二年八月一日于洪州西山拔宅上升晋尚書郎邁散騎常侍護軍長史穆皆遜之族子後俱得道劉盧劉琨盧諶也(諶贈琨詩)申以婚姻著以累世(眞誥)二侍女持錦囊囊盛書十許卷以白玉檢檢囊口(三洞經)道家字曰雲篆曰天書曰龍章曰鳳文(神仙傳)皇初平丹溪人年十五家使牧羊有道士見其良謹将至金華山石室中四十餘年兄初起求得之問羊何在曰近在山東初起往視但見白石初平叱曰羊起于是白石皆變為羊初起便棄妻子就初平學修功德二十七年忽見虎駕龍車二人執節下庭中顧謂友曰此迎我也(神仙傳)老子姓李名耳字伯陽楚國苦縣賴鄉人周文王時為守藏史至武王時為柱下史(神仙傳)徐甲御老子青牛出關西昇中路乞顧直求去老子曰汝年不長吾以長生符與汝吞之故能至此汝欲去取甲不悟必欲求去老子以水噀之便成白骨一具衆為甲哀求老子復以水噀之甲復形如故遂隨老子仙去

(太平御覽)三元玉檢經九月九日甲辰元始天尊于上清宫授三元玉檢使應為眞人者度為女道士

一宋二劉三四宋劉合但知二公同是仙品不為二公又早相識五劉在青都六宋歸華陽結言我不逢周史已久為徐甲之白骨矣深感眞人之相濟也

楚宮

月姊曾逢下彩蟾傾城消息隔重簾已聞佩響知腰細更辯絃聲覺指纖暮雨自歸山悄悄秋河不動夜厭厭王昌且在東牆住未必金堂得免嫌

道源注後漢書桓帝時童謠曰以錢為室金為堂陳啓源曰東家王為盧莫愁咏也

已逢月姊只隔重簾雖未相親而已知更覺亦幾希矣五六終未相親然相去咫尺安能免嫌不如相親之為愈也有屈于不知已而伸于知已之恨此結與武皇內傳分明在意同

和友人戲贈二首 英華作和令狐八戲題

東望花樓會 英華作事

不同西來雙燕信休通仙人掌冷三霄露玉女窗虛五夜風翠袖自隨回雪轉燭房尋類外庭空慇勤莫使清香透牢合金魚鏁桂叢

〔開元遺事〕長安郭紹蘭嫁任宗宗為商于湘中數年音問不達紹蘭語梁間雙燕欲憑寄書于婿燕子飛鳴似有所諾遂飛泊膝上蘭乃吟詩曰我婿去重湖臨窗泣血書慇勤憑燕翼寄與薄情夫任宗得書感泣而歸張說傳其事○三霄神霄玉霄太霄也〔漢郊祀志〕鄠縣有仙人玉女祠〔衛宏漢舊儀〕中黃門持五夜五夜者甲夜乙夜丙夜丁夜戊夜〔洛神賦〕飄飄兮若流風之迴雪〔謝莊月賦〕去燭房即月殿金魚魚鑰也〔梁簡文帝詩〕夕門掩魚鑰〔芝田錄〕門鑰必以魚取其不瞑目守夜之義

既不同會信又不通山窮水盡矣三四代愁孤冷五六我亦同此孤冷此時欲通慇勤使清香相透忽想其金魚牢合恐亦無益也

迢遞金門有幾闕柳梢樓角見南山明珠可貫須爲佩白璧堪裁且作環子夜休一作欲歌團扇掩新正未破剪刀開猿啼鶴怨英華作望終年事未抵熏爐英華作爐香一夕間

〔樂府〕有白團扇歌〔沈佺期詩〕別離頻破月又〔杜詩〕二月已破三月來未破未除也婦女正月不事剪刀故曰閒也

一二居處甚近三四有可合之具五言無容空怨六言有暇可爲七八承五六結言經年愁未如今夕之甚也

玉溪生詩意卷四

玉溪生詩意卷五目錄

七言律

靜院院在中條山故王顏中丞所置虢州刺史
捨官居此今寫眞存焉　小松　次昭應縣道
上送户部李郎中充昭義攻討　水齋　奉同
諸公題河中任中丞新創河亭四韻之作　過
故府中武威公交城舊莊感事　贈田叟　贈
別前蔚州契苾使君　和人題眞娘墓　人日
即事　春日寄懷　和劉評事永樂閑居見寄
和馬郎中移白菊見示　喜聞太原同院崔
侍御臺拜兼寄在臺三二同年之什　回中牡
丹爲雨所敗二首

玉溪生詩意卷五　七言律

蒲城屈　復悔翁著

襄平高士鑰景萊閱

臨潼張　坦吉人氏閱

題二首後重有戲贈任秀才

一丈紅薔擁翠筠羅窗不識繞街塵峽中尋覔長逢雨月裏依稀更有人虛為錯刀留遠客枉緣書札損文鱗遥知小閣還斜照羨殺烏龍卧錦茵

〔漢書〕王莽更造錯刀以黄金錯其文曰一刀直五千〔四愁詩〕美人贈我金錯刀〔白居易詩〕烏龍卧不驚青鳥飛相逐

一二所居深密從未出門三尋覓甚難四愛博五非
憐眞才六虛文無益結惟有遥羨烏龍而已八與四
似複然此只重在
遥羨二字勿呆講

重有感

玉帳牙旗得上遊安危須共主君憂竇融表已來關右
陶侃軍宜次石頭豈有蛟龍愁〔一作曾 一作長〕失水更無鷹隼
與高秋晝號夜哭兼幽顯早晚星關雪涕收

〔抱朴子外篇〕兵在太乙玉帳之中不可攻也〔南部新書〕
詩祈父予王之爪牙祈父司馬象獸以爪牙為衛故軍
前大旗謂之牙旗出師則有建牙禡牙軍中聽號令必
立牙旗之下與府朝無異近俗尚武通呼公府門為牙
門字訛轉為衙〔後漢書〕竇融為衆所推行河西大將軍
事遥聞光武即位心欲東向遣長史劉鈞奉書獻馬帝
授融為涼州牧〔晉書〕蘇峻作逆溫嶠要陶侃同赴朝廷
因推為盟主侃戎服登舟直指石頭〔道源注〕〔天官書〕兩

河天關間為關梁索隱曰宋均云兩河六星知逆邪言闕梁之限知邪偽也正義曰闕丘二星在河南金火守之主兵戰闕下。錢龍惕箋太和九年十月以前廣州節度使王茂元為涇原節度使逾月李訓事作茂元在涇原故曰得上游也昭義節度使劉從諫三上疏問王涯等罪名仇士良聞之惕懼故曰竇融表已來關右也初獲鄭注京師戒嚴涇原鄜坊節度使王茂元蕭弘皆勒兵備非常故曰陶侃軍宜次石頭也士良輩知事連天子相與怨憤帝懼偽不語宦人得肆志殺戮則蛟龍而失水矣曰豈有者諱之也涯等既死舉朝脅息諸藩鎮亦皆觀望不前誰為高秋之鷹隼快意于一擊乎曰更無者傷之亦望之也至于晝號夜哭雪涕星闕而感之者益深

悲夫

此首即杜之諸將也亦不能如杜之深厚曲折而語氣頗壯用意正大晚唐一人而已諸選皆不錄者採春花而忘秋實也。此篇甘露變後之作猶望其與復也既得上將勢足有為當分主憂何竇融之表已來關右而陶侃之軍不次石頭故奄宦得志當時如果興師問罪蛟龍必不至于失水其如時無英雄誰

能為高秋之鷹隼乎今日之號哭神人共憤如有忠臣星隕可雪涕而收望之至也

春雨

悵臥新春白袷衣白門寥落意多違紅樓隔雨相望冷珠箔飄燈獨自歸遠路應悲時晼晚殘宵猶得夢依稀玉璫緘札何由達萬里雲羅一雁飛

風俗通耳珠曰璫張正見詩誰論白玉璫玉璫緘札猶今所云侑緘中四是白門悵臥時憶往多違事末二句是悵臥時所思後事

中元作

絳節飄颻宮一作空國來中元朝拜上清迴羊權須一作雖得金條脫溫嶠終虛玉鏡臺曾省驚眠聞雨過不知迷

路爲花開有娀未抵瀛州遠青雀如何鴆鳥媒
〔梁邵陵王祀魯山神文〕絳節陳竽滿堂繁會〔道經〕七月十五中元之日地官校勾搜選人間分别善惡諸天聖衆普詣宫中〔眞誥〕萼緑華以晉升平二年十一月十日夜降羊權家權字道學簡文帝黄門郎羊欣祖也緑華贈以詩一篇幷致火澣布手巾一條金玉跳脱各一枚〔世説〕溫嶠從姑劉氏女美托嶠覓婿嶠密有自婚意荅曰佳婿難得但得如嶠比何如姑曰何敢希汝比也後少日嶠報云已覓得婿處因下玉鏡臺一枚姑大喜既婚交禮女大笑曰我固疑是老奴玉鏡臺嶠爲劉越石長史北征劉聰所得〔離騷〕望瑶臺之偃蹇兮見有娀之佚女〔離騷〕吾令鴆爲媒兮鴆告予以不好〔注〕鴆惡鳥也有毒殺人以喻讒賊

中元絳節空國朝回三姻事可成四何以爲聘五六恐難必也然有娀不遠青雀方便如何得有鴆鳥之讒媒乎言必可成也

此葢王茂元許妻以女適當中元喜而成詩故題曰中元作

楚宮

湘波如淚色漻漻楚厲（一作癘古通）迷魂逐恨遥楓樹夜猿愁自斷女蘿山鬼語相邀空歸腐敗猶難復更困腥臊豈易招但使故鄉三戶在綵絲誰惜懼長蛟

水經湘水出零陵始安縣朔山東北過酆縣西又北至巴江山入于江說文漻清深也莊子漻乎其清禮祭統七祀曰泰厲疏泰厲古帝王無後者此鬼無所依好為民作禍故祀之招魂湛湛江水兮上有楓目極千里兮傷春心楚祠山鬼若有人兮山之阿被薜荔兮帶女蘿○屈原自沉葬于魚腹故曰困腥臊項羽傳楚雖三戶亡秦必楚續齊諧記屈原五月五日投汨羅死楚人每至此日竹筒貯米投水祭之漢建武中長沙歐回白日忽見一人自云三閭大夫謂回曰聞君當見祭甚善但常年所遺並為蛟龍所竊今若有惠可以楝樹葉塞其上以五色絲縛之此二物蛟龍所憚回依其言世人作粽并帶五色絲及楝葉皆汨羅遺風也

湘水恨遥只今惟有夜猿山鬼耳尋常宛者猶難復
生更投魚腹豈易相招但使本國不亡纍纍之祭非
所惜也惜作
憐愛意解

宿晉昌亭聞驚禽（長安圖）自京城啓夏門北入東街第二坊口進昌坊進亦
作晉（朱泚傳）姚令言迎泚于晉昌里第

羈緒鰥鰥夜景侵高窗不掩見驚禽飛來曲渚烟方合
過盡南塘樹更深胡馬嘶和榆塞笛楚猿吟雜橘村砧
失羣掛木知何限遠隔天涯共此心

（釋名）愁悒不能寐目常鰥鰥然（漢書）衛青西定河南地
按榆溪舊塞（注）長榆塞名或謂之榆中（水經注）湘水又
北逕南津城西對橘洲又
龍陽有氾洲李衡植橘處

當已失羣時夜聞驚禽三四驚禽之悲景五六
比其慘音七八應首句言人生如此者甚多

深宮

金殿銷香（鼓吹作香銷）閉綺櫳（一作籠）玉壺傳點（一作響）咽銅龍
狂飈不惜蘿陰薄清露偏知桂葉濃斑竹嶺邊無限泪
景陽宮裏及時鐘豈知為雨為雲處（鼓吹作意）只有高唐十
二峯

（殷夔漏刻法）為器三重圓皆經尺手器下為金龍口吐
漏水轉注（南史）齊武帝以內深隱不聞端門鼓漏置鐘
景陽樓上應五鼓及三
鼓宮人聞聲早起莊飾
一二永夜寂寞之情中四比賦兼陳三比已之失寵
而更遭讒口也四比人之得寵而分外蒙恩也五六
言今夕之所以墮淚憶當時之得寵
七八言不意其如此而竟如此也

鄭州獻從叔舍人裦會昌中討劉稹裦為鄭州
刺史（本集）有為舍人絳郡

公上李相公
諸啓可證

蓬島煙霞閬苑鐘三官箋奏附金龍茅君奕世仙曹貴
許掾全家道氣濃絳簡尚參黃紙案丹爐猶用紫泥封
不知他日華陽洞許上經樓第幾重

眞誥二天宮立一官六天凡立為三官三官如今刑名
之職主諸考謫東齋記道家有金龍玉簡金龍以銅製
玉簡以階石製之絳簡即赤章也凡仙經朱書亦曰絳
簡馮鑑續事始貞觀十年詔用黃麻紙寫詔勅文高宗
上元二年勅日制勅施行各有蟲蠹自今尚書頒下諸
州縣並用黃麻紙唐制舍人掌絲綸故用黃紙紫泥事
神仙感遇傳陶貞白拜表解職入茅山自稱華陽隱居
造三層樓棲止身居其上弟子居中接賓于其下令
小豎傳
授而已
一二舍人已得仙道但茅君得仙能攜兄弟許掾成
道惠及全家五六于今尚沆宦海未便飛騰他日華

陽不知許我亦上經樓而共仙去乎玉溪集中每剌仙家則此首俱是寓意

題白石蓮華寄楚公〔道源注〕續高僧傳楚南閩人也俗姓張氏投開元寺曇藹師落髮後謁黃檗山禪師問答雖多機宜頓了武宗廢教深竄山谷大中間裴公休出撫宛陵請黃檗出山南隨侍焉昭宗聞其道化賜鹿皮衣五事卒年七十著般若經品頌偈一卷破邪論一卷行于世

白石蓮花誰所共六時長捧佛前燈空庭苔蘚饒霜露時夢西山老病僧大海龍宮無限地諸天雁塔幾多層漫誇鶖子眞羅漢不會牛車是上乘

〔道源注〕鑿白石為蓮花臺捧燈佛前〔法華經〕文殊師利坐千葉蓮花從大海娑竭羅龍宮自然涌出住虛空中詣靈鷲山○佛書有三界諸天自欲界以上皆曰諸天〔西域記〕昔有比丘見羣雁飛翔思曰若得此雁可充飲

食忽有一雁投下自殞佛謂比丘曰此雁王也不可食之乃瘞而立塔〔法華經〕舍利弗此云鶖子連母為名以其取涅槃一日之價故不知有上乘亦非眞阿羅漢佛為授記乃知眞是佛子得佛法分〔法華經〕長者以牛車羊車鹿車立門外引諸子出離火宅〔釋迦成道記注〕羊車喻聲聞乘鹿車喻緣覺乘牛車喻菩薩乘俱以運載為義前二乘方便施設惟大白牛車是實引重致遠不遺一物〔傳燈錄〕若頓悟自心即佛依此而修者是上乘禪

石蓮捧佛燈喻不染心也霜露之感時夢老僧龍宮地廣雁塔天高楚公到此矣古所稱眞羅漢者皆不及楚公　臻

上乘也

安定城樓〔唐書〕涇州保定郡屬關内道本安定郡至德元載更名○按史太和九年十月王茂元為涇原節度使義山時往來其幕故有是詩

迢遞高城百尺樓綠楊枝外上一作盡汀洲賈生年少虛

垂泪涕一作　王粲春來更遠遊永憶江湖歸白髮欲迴天地入扁舟不知腐鼠成滋味猜意鵷雛竟未休

魏志王粲字仲宣山陽高平人獻帝西遷徙居長安後之荆州依劉表莊子鴟得腐鼠鵷雛過之仰而視之曰嚇

一登樓二時中四情七八時事一上高樓而覩楊柳汀洲忽生感慨故下緊接賈生王粲遠遊垂淚以賈有治安策王有登樓賦五六欲泛扁舟歸隱江湖已之本懷如此而讒者猶有腐鼠之嚇葢憂讒之作

隋宮守歲

消息東郊木帝迴宮中行樂有新梅沈香甲煎去聲為庭燎王液瓊蘇作壽杯遥望露盤疑是月遠聞鼉鼓欲驚雷昭陽第一傾城客不踏金蓮不肯來

〔月令〕立春之日親率公卿諸侯大夫以迎春于東郊又曰孟春之月其帝太皞〔注〕太皞以木德王〔法苑珠林〕廣志甲香出南方〔紀聞〕貞觀初天下乂安時屬除夜太宗延蕭后同觀燈問曰隋主如何后曰隋主每除夜殿前諸院設火山數十盡沈香木根每一山焚沈香數車火光暗則以甲煎沃之餤起數丈香聞數里一夜之間沈香二百餘乘甲煎過二百石〔漢武内傳〕上藥有風實雲子玉液金漿〔李斯書〕樹靈鼉之鼓〔注〕以鼉皮為鼓也

刺煬帝之荒淫亡國

不下論斷具文見意

利州江潭作〔原注〕感孕金輪所〔唐書〕利州義成郡屬山南西道按武后自冊為金輪皇帝父士彠為利州都督生后袁天綱見之大驚曰為天下主也見譚賓錄

神劍飛來不易銷碧潭珍重駐蘭橈自攜明月移燈疾

欲就行雲散錦遥河伯軒窗通貝闕水宮帷箔卷冰綃

此時燕脯無人寄雨滿空城蕙葉雕

一延平劍化龍事〔楚詞〕紫貝闕兮珠宮〔梁四公記〕杰公使羅子春賫燒燕五百枚入洞穴至龍宮以獻龍女龍女食之大嘉子春乘龍載珠還國〔南部新書〕龍嗜燒燕肉食燕肉人不可渡海

明月龍珠也珠光閃灼疾于移燈遙如散錦不可就也五六言潭中水氣一片空明此時若有燕脯可以直入龍宮今無人相寄惟望雨飛葉落而已

茂陵〔漢書〕武帝葬茂陵〔注〕在長安西北八十里

漢家天馬出蒲梢苜蓿榴花遍近郊內苑只知含一作銜

鳳觜屬車無復插雞翹玉桃偷得憐方朔金屋修一作妝

成貯阿嬌誰料蘇卿老歸國茂陵松柏雨蕭蕭

〔史記〕武帝伐大宛得千里馬名曰蒲梢作天馬之歌〔漢書〕大宛馬嗜苜蓿上遣使者持千金請宛馬采苜蓿歸種之離宮〔爾雅翼〕苜蓿似灰藋秋後結實黑房纍纍如穄米可為飯亦可釀酒〔陸機與弟書〕張騫為漢使西域

十八年得塗林安石榴〔十洲記〕仙家煮鳳喙麟角作膠名為續絃膠能連屬弓弩斷絃〔後漢輿服志〕大駕屬車八十一乘法駕屬車三十六乘〔蔡邕獨斷〕鸞旗編羽毛列繫幢旁民或謂之雞翹〔漢武故事〕東郡獻短人曰巨靈指東方朔謂上曰王母種桃三千年一著子此兒不良三過偷之矣〔漢武故事〕帝為膠東王時長公主問曰兒欲得婦否曰欲得指女阿嬌好否笑曰若得阿嬌當以金屋貯之〔漢書〕蘇武字子卿武帝天漢元年使匈奴至昭帝始元六年還始以強壯出及還鬚髮盡白帝以武為典屬國

唐書武宗好遊獵受道士趙歸真籙深寵王才人此詩哭武宗而以茂陵比之也無復插雞翹已死也以方朔比歸真以阿嬌比才人蘇卿自喻也王茂元卒後義山閒居太原宣宗元年鄭亞請為觀察判官檢校水部員外郎故曰誰料蘇卿老歸國茂陵松柏雨蕭蕭

淚

永巷長年怨綺羅離情終日思風波湘江竹上痕無限

峴首碑前灑幾多人去紫臺秋入塞兵殘楚帳夜聞歌
朝來灞水橋邊問未抵青袍送玉珂

〔晉書〕羊祜卒百姓于峴山建碑望其碑者莫不流涕〔恨賦〕紫臺稍遠關山無極〔注〕紫臺猶紫宮也〔杜甫詠明妃詩〕一去紫臺連朔漠〔漢書〕項羽夜聞漢軍皆楚歌乃驚起飲帳中悲歌慷慨泣下數行〔古詩〕青袍似春草

○平列六句以二句結七律原有此格非玉溪瓶調○深宮之怨離別之思湘江峴首生死之傷明妃出塞之恨項王天亡之痛以上數者皆不及朝來灞橋青袍寒士送玉珂貴人窮途飲恨之甚也

十字水期韋潘侍御同年不至時韋寓居水次故郭汾寧一作陽宅

〔道源注〕〔王廷珪詩〕十字水中分島嶼數重花外見樓臺

伊水濺濺相背流朱欄畫閣幾人遊漆燈夜照真無數
蠟炬晨炊竟未休顧我有懷同大夢期君不至更沈憂

西園碧樹今誰主與近高窗臥聽秋

水經伊水出南陽縣蔓渠山東北至洛陽縣南入洛晉書石崇以蠟代薪曹植詩清夜遊西園蕪城賦璇淵碧樹注玉樹也

任昉述異記闔閭夫人墓周迴八里漆燈照爛如日月焉○前四句因舊宅而言富貴無常有如大夢五收上文六同年不至七八言主人已往與君共聽秋聲宜聆此理侍御必深戀宦途詩有諷意

流鸎

流鸎漂蕩復參差渡陌臨流不自持巧囀豈能無本意

良辰未必有佳期風朝露夜陰晴裏萬户千門開閉時

曾苦傷心不忍一作思聽鳳城何處有花枝

流鸎之飛鳴來去風露陰晴無處不到我亦傷春者不忍聽此恐鳳城中無處有花枝耳

出關宿盤豆館對叢蘆有感 關潼關也〔道源注〕盤豆館在湖城縣西二十里昔漢武帝過此父老以牙豆盤獻因名焉〔甘棠志〕

蘆葉梢梢夏景深郵亭暫欲灑塵襟昔年曾是江南客此日初為關外心思子臺邊風自急玉孃湖上月應沈清聲不遠行人去一世荒城伴夜砧

漢戾太子傳上憐太子無辜乃作思子宮為歸來望思之臺于湖〔師古曰〕臺在今湖城縣西閿鄉東○玉孃湖無考〔或曰〕嵩山記登封縣有玉女臺漢武帝見二玉女于此因名玉孃湖或在其側

江南多蘆關外心宿館對蘆叢也五六言館之風月七八寂寥之景言惟有蘆叢之風聲更無一人是一世之凄涼只此夜矣

和韓錄事送宮人入道 張籍王建戴叔倫元稹于鵠項斯皆有作

星使追還不自由雙童捧上綵瓊輈九枝燈下朝金殿三素雲中侍玉樓鳳女顛狂成久別月娥孀獨好同遊當時若愛韓公子埋骨成灰恨未休

晉天文志流星天使也〔蘂苑雌黃〕修眞入道秘言立春日清朝北望有紫綠白雲為三元君三素飛雲也三元君是日乘八輪之輿上詣天帝

宮人非情願入道故一二云然結和韓也當時如愛韓而嫁白首偕老何至今日為女道士孤眠至死乎

七月二十九日崇讓宅讌作

露如微霰下前池月〔西谿叢語作風〕過迴塘萬竹悲浮世本來多聚散紅蕖何事亦離披悠揚歸夢惟燈見護落生涯獨酒知豈到白頭長只爾嵩陽松雪有心期

一二是日之景三四觀紅蕖之離披感人生之聚散五六讌時之情結欲歸隱也

贈從兄閬之

悵望人間萬事違私書幽夢約忘機荻花村裏魚標在石蘚庭中鹿跡微幽徑定攜僧共入寒塘好與日相依城中猘犬憎蘭佩莫損幽芳久不歸

猘吉器切

〔道源注〕魚標以白木板為之插于水際投餌其下魚爭聚焉漁人以籠罩罩之〔左傳〕國狗之瘈無不噬也〔杜預注〕瘈狂犬也今名猘犬〔李賀詩〕㹞犬唁唁相索索舐掌偏宜佩蘭客

人事多違相約忘機中四忘機之樂狂犬不可與處惟當歸隱耳

行止金牛驛寄興元渤海尚書

〔元和郡國志〕梁州金牛縣武德二年置取五丁力士石牛出金為名〔唐書〕興元元年升漢中郡為興元府山南西道治焉渤海

尚書以義山所作狀考之乃高元裕也元裕會昌中為京兆尹大中初為刑部尚書但新書舊史本傳及除官制辭並云出為山南東道節度使非興元也豈元裕自山南西道改東道而史失書乎

俟再詳

樓上春雲水底天五雲章色破巴牋諸生個個王恭柳從事人人庾杲蓮六曲屏風江雨急九枝燈檠去聲夜珠圓深慚走馬金牛路驟和陳王白玉篇

道源注唐書韋陟使侍妾掌五采箋裁荅授意陟惟署名自謂所書陟字若五朶雲○王恭美姿儀人目之曰濯濯如春月柳王筠燈檠詩百花曜九枝白玉篇今子建集不載疑逸

一狀詩之佳二申說首句三四幕中皆才士尚書之才可知五同吟時景亦以珠比詩七八身過此路但能寄和不能親到也○前六言興元幕中之佳勝結自愧不能至也

梓州罷吟寄同舍

不揀花朝與雪朝五年從事霍嫖姚君緣接座交珠履

我為分行近翠翹楚雨含情俱有託漳濱臥病竟無憀

長吟遠下燕臺去惟有衣香染未銷

漢書霍去病為嫖姚校尉師古音嫖頻妙反姚羊召反服虔曰飄搖後人多從之史記楚春申君上客三千人皆躡珠履

托五年共事珠履相交翠翹相近指非有意五詩有寄託六病甚無聊結言絲不及亂也詩意似同舍有議近翠翹者

無題二首

鳳尾香羅薄幾重碧文圓頂夜深縫扇裁月魄羞難掩

車走雷聲語未通曾是寂寥金燼暗斷無消息石榴紅

斑騅只繫垂楊岸何處西南任好風

班婕好詩裁為合歡扇團團似明月〔樂府團扇郎歌〕憔悴無復理羞與郎相見〔長門賦〕雷隱隱而響起兮聲象君之車音〔徐彥伯詩〕玉盤紅淚滴金燼彩光圓〔道源注〕梁元帝烏棲曲芙容為帶石榴裙

黃庭經盟以金簡鳳尾之羅○詳車走句則一二乃車帷也三言僅能覿面四言未能交語也五六夜深燈燼消息難通七八言安得好風吹汝來也

重幃深下莫愁堂臥後秋宵細細長神女生涯原是夢

小姑居處本無郎風波不信菱枝弱月露誰教桂葉香

直道相思了無益未妨惆悵是清狂

〔原注〕古詩有小姑無郎之句〔古樂府清溪小姑曲〕開門白水側近橋梁小姑所居獨處無郎

原是夢不能眞合也本無郎明知獨處也菱枝弱自喻相思之苦桂葉香喻所思之遺世獨立也猶言誰令汝遺世獨立我安得不相思乎○夢字承秋宵居處承莫愁堂風波承白水居處月露承神女夢相思總結上六句惆悵清狂申說七句也

昨日

昨日紫姑神去也今朝青鳥使來賒未容言語還分散少得團圓足怨嗟二八月輪蟾影破十三絃柱雁行斜平明鐘後更何事笑倚牆邊匡一作梅樹花

鮑照玩月詩三五二八時千里與君同急就篇注箏瑟類也本十二絃今則十三通典絃柱擬十二月十三則閏月也

古詩剌成箏柱雁相參言箏柱斜列如雁飛也二八十六夜月缺時也十三絃不成雙也笑倚梅花望其

來也與去
字相映

汴上送李郢之蘇州（唐書）李郢字楚望大中進
士第為侍御史（九國志）郢
長安人唐末避亂
嶺表有集一卷

人高詩苦滯夷門萬里梁王有舊園煙幌自應憐白紵
一作
苧
月樓誰伴詠黃昏露桃塗頰依苔井風柳誇腰住
水村蘇小小墳今在否紫蘭香徑與招魂

（史記）侯嬴年七十家貧為大梁夷門監（西京雜記）梁孝
王好宮室苑囿之樂築兎園園有鴈池池間有鶴洲鳧
渚（宋書樂志）白紵舞詞有巾袍之言紵本吳地所出宜
是吳舞也（唐六典）江南常湖等州貢白紵（北史）盧士深
妻崔氏有才學春日以桃花靧兒面作靧面辭柳腰注
別見（樂府廣題）蘇小小錢塘名娼也南齊時人（吳地記）
嘉興縣前有晉妓蘇小小墓按
（唐志）嘉興縣屬蘇州此故及之

言李久滯夷門今萬里而往蘇州彼處花月亦有如
梁王之舊園者三四言知音之難惟露桃風梛水村
苔井猶似梁園耳如蘇墳猶在當與招魂英雄
之有才不遇猶女子之有色淪落也意深妙

贈鄭讜處士

浪跡江湖白髮新浮雲一片是吾身寒歸山觀隨碁作
局暖入汀洲逐釣輪一作綸越桂留烹張翰鱠蜀薑供煮
陸機蓴相逢一笑憐疎放他日扁舟有故人

〔維摩經〕是身如浮雲須臾變滅○〔江賦〕或揮輪于懸碕
善曰輪釣輪也○南越有桂林故曰越桂〔呂氏春秋〕和
之美者陽樸之薑招摇之桂越駱之菌〔晉書〕張翰見秋
風起思吳中蓴羮鱸魚鱠遂命駕而歸〔道源注〕搜神記
左慈少有神道嘗在曹公座公曰今日高會所少者松
江鱸魚為鱠慈求銅盤貯水釣于盤中引一鱸魚出公
曰今既得鱸恨無蜀中薑耳慈曰亦可得也公恐其近
路買因曰吾有使至蜀買錦可勑使增市二端須臾還

得生薑歲餘使還果增二端問之曰某月某日見人于肆下以公勑故增耳〔世說〕陸機詣王武子武子前置數斛羊酪指以示陸曰卿江東何以敵此陸曰有千里蓴羹但未下鹽豉耳

前六句皆寫處士之疎散八言相逢之後他日定當扁舟來訪也

復至裴明府所居

伊人卜築自幽深桂巷杉籬不可尋柱上雕蟲對書字槽中秣馬仰聽琴求之流輩豈易得行矣關山方獨吟賒取松醪一斗酒與君相伴灑煩襟

揚子雕蟲篆刻壯夫不為〔說文序〕六曰鳥蟲書所以書旛信也〔白帖〕蟲書即蝌蚪書荀子伯牙鼓琴而六馬仰秣

一二明府所居之幽不可尋者復至歎賞之詞三居之幽四物之幽五贊明府六自嘆飄流七八賓主合

結○不可尋是幽深注脚三四宜發揮此意而柱上二句泛寫非法盛唐必不如此

覽古

莫恃金湯忽太平草間霜露古今情空糊一作存赬壤眞何益欲舉黃旗竟未成長樂瓦飛隨水逝景陽鐘墮失天明迴頭一弔箕山客始信逃堯不為名

〔蕪城賦〕糊赬壤以飛文〔注〕糊粘也赬壤赤土也以粘和之飾壁故曰飛文〔吳志孫權傳〕陳紀曰舊說黃旗紫蓋運在東南〔哀江南賦〕昔之虎踞龍蟠加以黃旗紫氣莫不隨狐兎而窟穴與風塵而殄瘁〔道源注〕〔南史〕宋廢帝景和元年以東府城為未央宮以石頭為長樂宮

古今恃險忽治其成敗至速且易三四未成事者五六其已成者不過如此始知箕山不為名之故矣

子初郊墅

看山對酒君思我聽鼓離城我訪君臘雪已添牆下水

齋鐘不散檻前雲陰移竹柏濃還淡歌雜漁樵斷更聞

亦擬村南買煙舍子孫相約事耕耘

因君思我而訪君遂至郊墅中四皆

郊墅之景如此佳勝欲結隣終老也

漢南書事

[通鑑]大中三年二月吐蕃秦原安樂

三州及石門等七關來降詔涇原靈

武鳳翔邠寧振武皆出兵應援又募百姓墾闢

三州七關上田將吏營田者官給牛及種糧其

山南劍南沒蕃州縣亦令收復四年秋八月發

諸道兵討黨項連年無功戍饋不已上頗厭用

兵此詩乃作

于其時也

西師萬衆幾時迴哀痛天書近已裁文吏何曾重刀筆

將軍猶自舞輪臺幾時拓土成王道從古窮兵是禍胎

陛下好生千萬壽玉樓長御白雲杯

漢書贊蕭何曹參皆起秦刀筆吏漢西域傳自敦煌西至鹽澤往往起亭而輪臺渠犁皆有田卒數百人置使者校尉領護以給使外國者輪臺在車師國西北千餘里渠犁在輪臺東北樂府射烏辭陛下壽萬年臣為二千石

西師無功天子將下詔息兵矣文吏無才將軍兒戲如何能拓土亦徒結禍胎耳如果有輪臺之悔國祚綿長理當然矣

當句有對

密邇一作爾平陽接上蘭秦樓鴛瓦漢宮盤池光不定花光亂日氣初涵露氣乾但覺游蜂饒舞蝶豈知孤鳳憶離鸞三星自轉三山遠紫府程遙碧落寬

〔三輔黃圖〕有平陽封宮又〔漢書〕平陽侯曹壽尚帝姊號平陽主〔西京賦〕正壘壁乎上蘭〔師古曰〕上蘭觀名在上林中〔鄴中記〕鄴都銅雀臺皆鴛鴦瓦〔詩〕三星在天〔注〕心星也昏見東方三神山在海上

秦樓漢殿已成故跡三比其皆空四比其易敗今者惟饒蜂蝶徒憶鳳鸞晝夜如流神山甚遠安能入紫府而騰碧落乎

井絡

井絡天彭一掌中漫誇天設劍爲峯陣圖東聚燕當作燹江口邊柝西懸雪嶺松堪歎一作笑故君成杜宇可能先主是眞龍將來爲報姦雄輩莫向金牛訪舊蹤

〔河圖括地象〕岷山之精上爲井絡帝以建昌神以會福〔水經注〕李冰爲蜀守見氐道縣有天彭山兩峯相對其形如闕謂之天彭門亦曰天彭闕〔舊唐書〕劍州劍門縣界大劍山即梁山也其北三十里有小劍山〔元和郡國

志〕其山峭壁千丈下瞰絶嶍作飛閣以通行旅〔晉書〕初諸葛亮造八陣圖于魚復平沙上累石爲八行相去二丈桓溫見之曰此常山蛇勢也〔荆州圖副〕永安宮南一里渚下平磧上有孔明八陣圖聚細石爲之各高五丈廣十圍歷然棊布縱横相當中間相去九尺正中間南北巷悉方廣五尺凡六十四聚或爲人散亂及爲夏水所沒冬時水退依然如故〔寰宇記〕八陣圖在奉節縣西南七里燕江無考必夔字之訛點畫相近耳〔吳志〕周瑜曰劉備非久爲人用者恐蛟龍得雨終非池中物也〔十三州志〕秦惠王未知蜀道乃刻石五頭置金于尾下言此天牛能糞金蜀人信之令五丁共引牛成道致之成都秦因使張儀伐之〔通志〕金牛峽在漢中府沔縣一百七十里

以山川之險武侯之才昭烈之主尚不能一統天下而况其他哉所以深戒後來也

寫意

燕雁迢迢隔上林高秋望斷正長吟人間路有潼江險
天外山惟玉壘深日向花間留返照雲從城上結層陰

三年已制思鄉淚更入新年恐不禁

〔水經注〕馳水出五婦候亦曰潼水南逕梓潼縣自縣西逕涪城東又南入涪水〔元和郡國志〕梓州射洪縣有梓潼水與涪江合流

隋師東

〔通鑑〕太和元年李同捷盜據滄景詔烏重胤王智興康志睦史憲誠李載義李聽張璠各率本道兵討之二年九月命諸軍進討王庭湊十月憲誠及同捷戰于平原屢敗之載義又敗之于長蘆柳公濟敗庭湊于新樂又敗之于博野劉從諫又敗之于昭慶時諸軍討同捷久未成功每有小勝則虛張首虜以邀厚賞朝庭竭力奉之饋運不給滄州喪亂之後骸骨蔽地城空野曠户口什無三四詳詩中語正此時事也

東征日調萬黃金幾竭中原置鬬心軍令未聞誅馬謖捷書惟是報孫歆但須鸑鷟巢阿閣豈假鴟鴞在泮林

可惜前朝玄菟郡積骸成莽陣雲深

〔蜀志〕建興六年諸葛亮出軍向祁山拔馬謖統大衆在前與魏將張郃戰于街亭為郃所破亮退軍還漢中謖下獄死〔原注〕平吳之役上言得歆首吳平歆尚在〔王隱晉書〕杜預伐吳軍入樂鄉至都督孫歆帳下生將歆詣預王濬先列得歆頭而預生送歆洛中大笑〔詩〕翩彼飛鴞集于泮林〔漢書〕武帝元封四年以朝鮮地置樂浪玄菟真番臨屯四郡昭帝罷真番築遼東玄菟城按隋煬大業中頻年用兵高麗末二語葢舉往事以諷也

竭中原有數之黃金欲買戰士之鬭心號令嚴明無虛張首虜方可成功今俱不然況棄鸞鷟而假鴟鴞以前朝久置之地積骸成莽征戰不休誠可惜也○鸞鷟比君子鴟鴞比小人此首葢不敢明言時事而借隋煬帝之東征為題也

宋玉

何事荊臺百萬家惟教宋玉擅才華楚辭已不饒唐勒

風賦何曾讓景差落日渚宮供觀閣開年雲夢送烟花

可憐庾信尋荒徑猶得三朝託後車

家語楚王將遊荊臺司馬子期諫〔方輿勝覽〕荊臺在監利縣西三十里土洲之南〔宋玉諷賦〕楚襄王時宋玉休歸唐勒讒之于王王又〔風賦〕楚襄王遊于蘭臺之宮宋玉景差侍〔左傳〕王使子西為商公沿漢泝江將入郢王在渚宮〔注〕小洲曰渚〔郡縣志〕渚宮楚別宮也〔一統志〕在江陵故城東南梁元帝即位渚宮即此〔沈約與徐勉書〕開年以來病增慮切〔渚宮故事〕庾信因侯景之亂自建康遁歸江陵居宋玉故宅〔北史〕信先事梁簡文帝後奔江陵元帝除御史中丞聘西魏遂留長安累遷儀同三司周孝閔帝踐阼遷驃騎大將軍三朝謂梁魏周也

前半宋玉才華乃楚一人後半言渚宮雲夢餘風猶在故庾信一尋荒逕永託後車意言己之才華可追庾信渚宮雲夢亦堪託宋玉之後車而流落終老其視庾也遠矣

韓同年新居餞韓西迎家室戲贈 韓同年即韓畏之

籍籍征西萬户侯新緣貴婿起朱樓一名我漫居先甲

千騎君翻在上頭雲路招邀迴綵鳳天河迢遞笑牵牛

南朝禁臠無人近瘦盡瓊枝（或云一作肢）詠（有）四愁

易先甲三日（唐書）諸進士試時務策五條帖一大經經
策全得者為甲第（樂府）東方千餘騎夫婿居上頭（晉書）
孝武帝為晉陵公主求婿謂王珣曰如謝混便足袁崧
欲以女妻混珣曰卿莫近禁臠元帝初渡江公私交窘
得㹠以為美項上一臠尤佳輒以薦帝呼為
禁臠（離騷）折瓊枝以繼佩張衡有四愁詩
前四因同年迎家室而起升沈之感
五六言迎之易也七八傷己之無偶

奉和太原公送前楊秀才戴兼招楊正字戎（太原公王茂元）（唐六典）正字
掌校讎典籍刊正文字

潼關地接古弘農萬里高飛雁與鴻桂樹一枝當白日

此語送戴芸香三代繼清風此語招戎仙舟尚惜乖雙美綵服何由得盡同誰憚士龍多笑疾美髯終類晉司空

雍錄潼關在華州華陰縣東北三十九里關西一里有潼水因名漢書弘農郡武帝元鼎四年置後漢書李膺與郭泰同舟而濟衆賓望之以為神仙晉書吴平二陸入洛機初詣張華華問雲何在機曰雲有笑疾未敢自見俄而雲至華為人多姿制又好帛纏鬚雲見而大笑不能自已華封廣武侯進中書監拜司空

贈趙協律晳

唐六典隋太常協律郎二人皇朝因之舊唐書王質傳質在宣城辟崔珣劉蕡裴夷直趙晳為從事皆一代名流本集有為安平公兗州奏趙晳充觀察判官狀

俱識孫公與謝公二年歌哭處還一作皆同巳叨鄒馬聲華末更共劉盧族望通南省恩深賓館在東山事往妓樓空不堪歲暮相逢地我欲西征君又東

晉書孫綽字興公博學善屬文除著作佐郎襲爵長樂侯謝公謝安也○鄴陽司馬相如俱為梁孝王賓客原注愚與趙俱出令吏部相公門下又同為故尚書安平公所知復皆是安平公表姪陸游筆記唐人本以尚書省在大明宮之南故謂之南省謝安傳安常住臨安山中每遊賞必以妓女從錢龍惕箋太和七年令狐楚入為吏部尚書仍檢校右僕射故詩注稱吏部相公也孫公謝公指安平與彭陽也義山樊南甲集序云樊南生十六能置才論聖論以古文出公卿間為鄆相國華太守所憐鄆相國即彭陽華太守即安平也歲暮相逢河梁送別追感賓館妓樓之事詩所以黯然而作也

受恩深處白首相逢況復別離辭雖淺近氣味悲涼

正月崇讓宅

密鎖重關掩綠苔廊深閣迴此徘徊先知風起月含暈尚自露寒花未開蝙拂簾旌終展轉鼠翻窗網小驚猜

背燈獨共立一作餘香語不覺猶歌起夜夜一作夜起來
廣韻暈日月旁氣月暈則多風南史柳世隆命典籤李
黨取筆題籬箔旌招魂網户朱綴銑曰織網於户上以
朱綴之程大昌曰網户刻為連文遞相綴屬其形如網
後世遂有直織絲網張之簷窗以護鳥雀者柳惲起夜
來曲颯颯秋桂
響悲君起夜來
一二崇讓宅之荒深二聯風露花月不堪愁對三聯
物色亦然七八如忘其荒涼者○此徘徊起結句獨
字猶歌先
已歌也

曲江 司馬相如哀二世賦臨曲江之隑洲注曲
江在杜陵西北五里康駢劇談錄曲江開
元中疏鑿為勝境其南有紫雲樓芙蓉苑其西
有杏園慈恩寺花卉環周烟水明媚都人遊賞
盛於中和
上巳之節
望斷平時翠輦過空聞子夜鬼悲歌金輿不返傾城色

玉殿猶分下苑波死憶華亭聞唳鶴老憂王室泣銅駝

天荒地變心雖折若比傷春意未多

晉書孝武太元中瑯琊王軻之家有鬼歌子夜晉書宦人孟玖譖陸機於成都王潁機被收嘆曰華亭鶴唳可得聞乎晉書索靖知天下將亂指宮門銅駝曰會見汝在荊棘中耳

舊唐書太和九年十月鄭注言秦中有災宜興土工厭之乃濬昆明曲江二池上好為詩每誦杜甫曲江行云江頭宮殿鎖千門細柳新蒲為誰綠知天寶已前曲江四岸皆有行宮臺殿百司廨署思復升平故事乃構紫雲樓彩雲亭內出書額左軍中尉仇士良以百戲於銀臺門迎之壬午賜羣臣宴於曲江亭十一月有甘露之變流血塗地京師大駭十二月甲申勅罷修曲江亭館此詩前四句追感玄宗與貴妃臨幸時事後四句則言王涯等被禍憂在王室而不勝天荒地變之悲也

首二句天寶大和合起三四天寶五六大和七八合結意言曲江一片地豈堪幾番天荒地變哉

柳

江南江北雪初消漠漠輕黃惹嫩條灞岸已攀行客手楚宮先騁舞姬腰清明帶雨臨官道晚日含風拂野橋如線如絲正牽恨王孫歸路一何遥

南史劉悛之獻蜀柳數株枝條甚長狀如絲縷

一二新柳次聯處處皆然三聯清明晚日此時風雨更覺可憐然王孫未歸正足牽恨耳

九日

曾共山翁把酒時一作卮霜天白菊繞堦墀十年泉下無人問一作消息九日樽前有所思不學漢臣栽苜蓿空教楚客詠江蘺郎君官貴施行馬東閤一作閣無因再得窺

山翁山簡也以比彭陽公〔漢書〕大宛馬嗜苜蓿上遣使者採歸種之離宮〔說文〕江蘺蘼蕪〔博物志〕芎藭苗曰江蘺蘺根曰蘼蕪〔楚詞〕覽椒蘭其若茲兮又況揭車與江蘺〔周禮〕設梐枑再重〔注〕梐枑行馬也或曰行馬遮舍交木以禦衆〔漢官儀〕光祿勳門外特施行馬以旌別之後世人臣得用行馬始此〔漢書〕公孫弘開東閣以延賢人〔北夢瑣言〕李商隱員外依彭陽令狐楚以箋奏受知相國既沒子綯繼有韋平之拜踈隴西未常展分重陽日義山詣宅於廳事上留題云云綯覩之慙悵乃扃閉此廳終身不處〔唐詩紀事〕綯惡商隱從鄭亞之辟踈之重陽日商隱留詩於其廳事云云綯乃補太學博士〔苕溪漁隱曰〕唐史義山從王茂元辟具子綯以為忘家恩放利偷合謝不通綯當國商隱歸窮綯憾不置則義山此詩必此時作也但綯父名楚商隱又受知於楚詩中楚客之語更不避其家諱何耶〔錢龍惕箋〕文宗時李宗閔牛僧儒令狐楚與李德裕大相仇怨德裕相武宗五年雖未嘗忘情於大牢然救楊嗣復李玨之死猶有大臣之度大中初立贊皇萌驂乘之禍令狐綯當國舉贊皇之客誅剪無子遺矣義山自開成登第後累辟王茂元鄭亞盧弘正府三人皆太尉委用故綯尤深惡之十年

秉政抑之終於使府
絢眞險刻寡恩哉
一二昔三結一二四起五指絢
六自巳七結五六八結前四
苜蓿以秣宛馬者喻不以祿榮
才士也漢臣比楚楚客自比

贈司勳杜十三員外 注別見

杜牧司勳字牧之清秋一首杜秋一作陵誤詩前身應是梁江總名總還曾字總持心鐵已從干鏌利鬢絲休歎雪霜垂漢江遠弔西江水羊祜韋丹盡有碑

杜牧杜秋傳杜秋金陵女也年十五爲李錡妾錡叛滅入宮有寵於景陵穆宗即位命秋爲皇子傅姆皇子壯封漳王鄭注用事誣丞相欲去已者指王爲根王被罪廢削秋因賜歸故里予過金陵感其窮且老爲之賦詩云西谿叢語新書李德裕傳漳王養母杜仲陽歸浙西有詔在所存問南部新書云杜仲陽即杜秋也南史江

總字總持篤學有文辭仕梁爲尚書僕射入陳歷官尚書令隋亡入隋拜上開府（魏志注）魏武令曰長史王必忠能勤事心如鐵石（吳越春秋）闔閭使歐冶子造二劍一干將一鏌鋣杜牧詩今日鬢絲禪榻畔茶烟輕颺落花風○按牧之杜秋娘詩乃自寓天涯遲暮之感耳故此詩有鬢絲休歎雪霜垂之句原注時杜奉詔撰韋碑（晉書）羊祜都督荆州甚得江漢之心卒時年五十八百姓於峴山建碑立廟其上望其碑者莫不流涕杜預名之曰墮淚碑（通鑑）大中三年正月上與宰相論元和循吏孰爲第一周墀曰臣嘗守土江西聞觀察使韋丹功德被於八州沒四十年老稚歌思如丹尚存乙亥詔史館修撰杜牧撰丹遺愛碑以記之

三四巧思○死生人所不免詩追江總文堪不朽何嘆白首哉

天平公座中呈令狐令公時蔡京在坐京曾爲僧徒故有第五句（唐書方鎮表）元和十五年賜鄆曹濮節度使號天平軍節度使（唐詩紀事）邕州蔡大夫京者故令狐文公楚鎮滑臺日於僧中見之曰此童眉目疎秀進

退不羼可以勸學乎師從之乃得陪學於相國子弟後以進士舉上第尋又學究登科作尉蠡服為御史覈獄淮南李相紳憂悸而卒頗傳繡衣之稱謫居澧州稍遷撫州刺史後假節邕交沒而藁殯其地（舊唐書）大中三年二月貶殿中侍御史蔡京為澧州司馬（通鑑）咸通三年京以左庶子為嶺南西道節度使後賜自盡

罷執霓旌上醮壇　慢粧嬌樹水晶盤　更深欲訴蛾眉斂　衣薄臨醒玉艷寒　白足禪僧思敗道　青袍御史擬休官　雖然同是將軍客　不敢公然子細看

（高唐賦）霓為旌翠為蓋（法苑珠林）魏太武時沙門曇始甚有神異足不躡履跣行泥穢中舉足便淨色白如面俗號曰白足阿練也

○將軍謂天平公

（唐書紀事）令狐文公在天平後堂宴樂蔡京時在坐故義山詩云云愚按天平公未知為誰若是楚不應下又

出令狐公雖令狐父子先後為中書門下平章事皆可稱令公然以此詩五六語証之知必為綯而非楚也白足禪僧擬蔡京青袍御史之稱綯排笮義山謝不與通以九日一詩驗之良信然集中酬寄令狐之作不下數首皆在就辟茂元之後何獨此詩又於天平坐中會飲可証綯雖心憾義山未嘗顯與之絶也九日題詩自是文人恃才本色而綯之城府奸深亦於此見之矣

首二句寫妓呈技先執霓旌而上醮壇罷乃改妝而歌舞也及夜深玉寒故斂眉欲訴令人徒生敗道休官之想而體統尊嚴未敢肆褻也青袍御史指坐客而言不必義山自謂天平公座一讀與下令狐公無妨舊注全非

題道靜院院在中條山故王顏中丞所置虢州刺史捨官居此今寫眞存焉

（宣室志）河中永樂縣道淨院居蒲中之勝境文宗時道士鄧太玄煉丹於此（括地志）蒲州河東縣雷首山一名中條山亦名首陽山

紫府丹成化鶴羣青松手植變龍文壺中別有仙家日

嶺上猶多隱士雲獨坐遺芳成故事褰帷舊貌似元君

自憐築室靈山下徒望朝嵐與夕曛

神仙傳蘇仙公眈升雲而去後化白鶴止郡城東北樓又丁令威亦化白鶴集遼東華表柱抱朴子松樹之三千歲者其皮中有聚脂狀如龍形陶弘景答詔詩山中何所有嶺上多白雲老子內傳受元君神圖寶章變化之方及還丹伏火水汞液金之術

中丞已化鶴而去惟餘松老龍文三四想尚存也當日獨坐流芳已成故事今日褰帷寫真空在自憐築室靈山徒望嵐曛而已○三句得體

小松 柏一作

憐君孤秀植庭中細葉輕陰滿座風桃李盛時雖寂寞

榮枯事百尺方資柱

雪霜多後始青葱一年幾變一作度

石功為謝西園車馬客定悲搖落盡成空

一二小松二聯不能隨時惟存高節五六歲月易得百尺可期然眼前貴人待此松長成已盡搖落奈何亦自傷不遇也

次昭應縣道上送戶部李郎中充昭義攻討

唐書地理志天寶二年分新豐萬年置會昌縣七載省新豐改會昌為昭應治溫泉宮之西北方鎮表大曆元年相衛六州節度賜號昭義軍節度建中元年昭義節度兼領澤潞二州徙治潞州劉稹傳會昌三年昭義節度使劉從諫卒子稹拒命自為留後詔以成德王元逵魏博何弘敬為招討使與河東劉沔河陽王茂元合兵討之四年七月郭誼斬稹傳首京師

將軍大旆掃狂童詔選名賢贊武功暫逐虎牙臨故絳

遠含雞舌過新豐魚遊沸鼎知無日鳥覆危巢豈待風

早勤勳庸燕石上佇光綸綍漢廷中

（左傳）祁瞞亡大旆之左旃（唐書）李德裕曰劉稹騃孺子耳（漢匈奴傳）本始二年遣雲中太守田順為虎牙將軍出五原（左傳）晉人謀去故絳（一統志）絳州春秋時屬晉即故絳與新田之地（漢官儀）尚書郎懷香握蘭含雞舌奏事（丘遲與陳伯之書）將軍魚遊於沸鼎之中（後漢書）竇憲登燕然山命班固勒石紀功

前半郎中充攻討五六狂童必敗祝其早成大功以光漢廷也

水齋

多病欣依有道邦南塘宴起想秋江卷簾飛燕還拂水

開户暗蟲猶打窗更閱前題一作頭非已披卷仍斟昨夜未

開缸誰人為報故交道莫惜鯉魚時一雙

前半水齋秋景五六情事七八因水齋而念鯉魚之久疎也○此重到水齋之作

奉同諸公題河中任中丞新創河亭四韻之作

（唐書）河中府河東郡本蒲州屬河東道

萬里誰能訪十洲新亭雲構壓中流河鮫縱翫難爲室
海蜃遥驚恥化樓左右名山窮遠目東西大道鎖輕舟
獨留巧思傳千古長與蒲津作勝遊

（史天官書）海旁蜃氣象樓臺（唐書）河中府河西縣有蒲津關開元十二年鑄八牛牛有一人策之牛下有山皆鐵柱夾岸以維浮梁

一虚破河中二新亭三四實寫河亭却用虚筆五六亭外景結中丞○起句突兀

過故府中武威公交城舊莊感事（舊唐書）交城縣屬太原府

隋分晉陽縣置取縣西北古交城為名武威公王茂元也（本集偶成轉韻詩）武威將軍使中俠

信陵亭館接郊畿幽象遥通晉水祠日落高門喧燕雀風飄大樹撼（一作感）熊羆新蒲似筆思投日芳草如茵憶吐時山下祇（音支一作只）今黄絹字淚痕猶墮六州兒

一統志信陵亭在開封府城内相國寺前本魏公子無忌勝遊之地舊有亭按茂元乃鄜坊節度使王栖曜子故以信陵擬之（道源注）水經注晉水有唐叔虞祠側有凉堂雜樹交蔭希見曦景羈遊宦子莫不尋凉契集用相娱慰晉川之中最為勝處（稗雅）熊好舉木引氣爾雅注羆猛憨多力能拔樹木（後漢書）班超為官傭書久勞苦投筆嘆曰大丈夫當立功異域安能久事筆硯乎（謝萬春遊賦）草靡靡以成茵（漢書）丙吉馭吏嗜酒醉嘔丞相車上西曹吏白欲斥之吉曰此不過汙丞相車茵耳（魏畧）邯鄲淳作曹娥碑蔡邕題其後曰黄絹幼婦外甥虀臼楊修讀之即解曹操行三十里乃悟曰黄絹色絲絶字也幼婦少女妙字也外甥女子好字也虀臼受辛

辭字也言絶妙好辭與修合諧用墮淚碑事按茂元開成中授忠武軍節度會昌中授河陽軍節度（舊書地理志）忠武軍管許陳蔡三州河陽軍管孟懷衛三州故曰六州

一二故府三四景五六情結武威公○信陵比人幽像指舊莊門喧燕雀言無人也樹撼熊羆言長大也皆寫舊宇五六感當日知遇事結言遺德在人也

贈田叟

荷蓧衰翁似有情相逢攜手遶村行燒畬曉映遠山色伐樹暝傳深谷聲鷗鳥忘機翻浹洽交親得路昧平生撫躬道直誠感激在野無賢心自驚

韻會畬火種田也（杜甫詩）燒畬度地偏（列子）江上有人每旦從鷗鳥遊其父令取來鷗鳥舞而不下

相逢似有情因而同行攜手次聯同行時景五淡遠之懷六孤高之品有情如此安得野無遺賢歎鷗鳥

忘機翻能浹洽交親得路竟昧平生人不
如鳥田叟之髙如此故詰言野有遺賢也

贈别前蔚州契苾使君（原注）使君遠祖國初功臣也（唐書）蔚州與唐郡屬河東道隋雁門郡之靈丘上谷郡之飛狐縣地武德六年置蔚州（又曰）契苾何力其先鐵勒别部之酋長貞觀六年隨其母率衆千餘家詣沙州奉表内附後以軍功封涼國公

何年部落到陰陵奕一作三世勤王國史稱夜掩牙旗千帳雪朝飛羽騎一河冰蕃兒襁負來青塚狄女壺漿出白登日晚鸊鵜泉畔獵路人遙識一作認郅都鷹

按（史記）顓頊任地北至幽陵南至交阯陰陵疑即幽陵（唐書）貞觀二十年鐵勒九姓大酋領率衆降分置瀚海燕然金微幽陵等九都督府（唐書）何力三子明光貞明襲爵涼國公光右豹韜衛將軍貞司膳少卿（謝靈運征賦序）羽騎盈途飛旍蔽日（漢書注）白登在平城東南十餘里括地志朔州定襄縣本漢平城縣東北三十里有

白登山山上有臺〔唐書〕西受降城北三百里有鸊鵜泉〔寰宇記〕鸊鵜泉在豐州北胡人飲馬於此〔漢書〕郅都行法不避貴戚號曰蒼鷹景帝拜爲雁門太守匈奴竟都死不近雁門

家本降人而能奕世盡忠三夜營艱苦四朝報勞心五六所立大功威名至今猶存也

和人題眞娘墓〔原注眞娘吳中樂妓〕墓在虎丘山下寺中

虎丘山下劍池邊長遣遊人嘆逝川胥樹斷絲悲舞席出雲清梵想歌筵柳眉空吐效顰葉榆莢還飛買笑錢一自香魂招不得祇應江上獨嬋娟

〔吳越春秋〕闔閭死葬於國西北名曰虎丘〔方輿勝覽〕劍池在虎丘寺磐郢魚腸之劍在焉故曰劍池〔莊子〕西子病心而矉其里醜人見而效之〔鮑照詩〕千金顧笑買芳年

一二虛破墓三四即景想昔日之妙舞清歌今皆何在五六想見顏色結言惟江上明月獨存耳

人日即事〔董勛荅問〕正月七日為人日

文王喻復今朝是子晉吹笙此日同舜格有苗旬太遠周稱流火月難窮鏤金作勝傳荆俗剪綵為人起晉風獨想道衡詩思苦離家恨得二年中

〔易〕七日來復〔列仙傳〕王子晉七月七日乘白鶴駐緱氏山頭〔書〕七旬有苗格〔詩〕七月流火〔荆楚歲時記〕人日剪綵為人或鏤金箔帖屏風上亦戴之頭鬢〔賈充典戒〕人日造華勝相遺又〔劉臻妻陳氏進見儀〕曰人日上人勝於人〔薛道衡人日思歸詩〕入春才七日離家已二年人歸落雁後思發在花前

此首乃獺祭之最下者

春日寄懷

世間榮落重逡巡我獨邱園坐四春縱使有花兼有月

可堪無酒又無人青袍似草年年定白髮如絲日日新

欲逐風波千萬里未知何路到龍津

〔道源注〕任昉知已賦過龍津而一息望鳳條而再翔

一二寄懷之由三四懷五景六情結自傷欲出而無路也

和劉評事永樂閑居見寄

白社幽閑君暫居青雲器業我全疎看封諫草歸鸞掖

尚貴衡門待鶴書蓮聳碧峯關路近荷翻翠扇水堂虛

自探典籍忘名利欹枕時驚落蠹魚

〔晉書〕董京與隴西計吏俱至洛陽逍遥吟詠常宿白社中〇掖殿旁小門也〔楊汝士詩〕文章舊價留鸞掖〔北山移文〕鶴書赴隴〔善注〕蕭子良古今篆隸文體曰鶴頭書與偃波書俱詔版所用在漢謂之尺一簡彷彿鵠頭故

有其
稱
平事閑居只是暫時我之器業實是全疎今雖即歸
鑾掖尚待鶴書闕路甚近出在目前水堂之虛其時
不遠皆寫暫字我則歆枕
讀書而已結始承二句

和馬郎中移白菊見示

陶詩只採黃金實郢曲新傳白雪英素色不同籬下發
繁花疑自月中生浮杯小摘開雲母帶露全移綴水精
偏稱含香五字客從茲得地始芳榮

玉函方甘菊九月上寅日採名曰金精宋玉對楚王問
客有歌於郢中者曰下里巴人屬而和者數千人為陽
春白雪國中和者不過數人謝靈運永嘉記百卉正發
時聊以小摘供日郭頒魏晉世語司馬景王命中書郎
虞松作表再呈不可意令松更定之經時竭思不能改
中書郎鍾會取草視為定五字松悅服以呈景王王曰

不當爾耶松曰鍾會
也王曰如此可大用
一陪二白三承一四承
二五六白七郎中菊

喜聞太原同院崔侍御臺拜兼寄在臺三二同
年之什

鵬魚何事遇屯同雲水升沈一會中劉放未歸雞樹老
鄒陽新去兔園空寂寥我對先生柳赫奕君乘御史驄
若向南臺見鶯友為傳垂翅度春風

魏志劉放字子棄涿郡人說王松附太祖以放參司空
軍事後與孫資久典機任夏侯獻曹肇心不平殿中有
雞棲樹二人相謂曰此亦久矣其能復幾放資懼陰圖
間之薦曹爽為大將軍獻肇皆免急就篇注皂莢樹一
名雞棲雪賦梁王不悅遊于兔園乃置旨酒命賓友召
鄒生延枚叟○陶潛集有五柳先生傳後漢書桓典拜

侍御史常乘驄馬京師語曰行行且止避驄馬御史〔通
典〕御史臺亦謂之蘭臺寺梁及後魏北齊或謂之南臺
魏制有公事百官朝會名簿自尚書令僕以下悉送南
臺鶯友注別見〔馮異傳〕始雖垂翅回谿終能奮翼黽池
一二賢愚升沈三升四沈五
自己六崔臺拜結寄同年

回中牡丹為雨所敗二首〔漢書〕元封四年行幸雍通回中道遂出蕭關應劭曰回中在安定平高有險阻其中有宮〔元和郡國志〕秦回中宮在鳳翔府天興縣西〔一統志〕在隴州西北一百十里

下苑他年未可追西州今日忽相期水亭暮雨寒猶在
羅薦春香暖不知舞蝶殷勤收落蘂佳人一作有非惆悵卧
遥帷章臺街裏芳菲伴且問宮腰損幾枝
安定謂之西州〔後漢書〕皇甫規安定人自以西州豪傑耻不與黨人之數

一往日回中二今日三雨四敗五物六人俱惜花也
七八正結寒猶在雨雖欲歇而寒在也暖不知花乘
暖而開不知
其忽有雨也

浪笑榴花不及春先期零落更愁人玉盤迸淚傷心數色角切錦瑟驚絃破夢頻萬里重陰非舊圃一年生意屬流塵前溪舞罷君迴顧併覺今朝粉態新

道源注舊唐書孔紹安仕隋高祖受禪自洛陽間行來奔拜内史舍人時夏侯端先紹安歸朝受秘書監紹安因侍宴應制咏石榴云可惜庭中樹移根逐漢臣祇為來朝晚開花不及春

一題外起言莫浪笑其不早開也早開早落更覺愁人不如晚開三四承更愁人五六承零落七八反結美人舞罷回看此花猶覺粉態併新雨敗尚如此也

玉溪生詩意卷五

玉溪生詩意卷六目錄

五言絶

一

是說人人知道幾十年前小說

玉溪生詩意卷六　五言絶

蒲城屈　復悔翁著

襄平高士鑰景萊閲

臨潼張　坦吉人參閲

悼傷後赴東蜀辟至散關遇雪（本傳）柳仲郢鎮東川辟為節度判官檢校工部郎中（方輿勝覽）大散關在梁泉縣為秦蜀要路（通志）在鳳翔府寶雞縣城南通褒斜大路屬漢中府

劍外從軍遠無家與寄衣散關三尺雪回夢舊鴛機

劍外劍閣　以從軍起無衣以無衣之外也　起三尺雪四總結上三

樂遊原（兩京新記）漢宣帝樂遊廟一名樂遊苑亦名樂遊原基地最高四望寬敞

向晚意不適驅車登古原夕陽無限好只是近黄昏

時事遇合俱在
箇中抑揚盡致

巴江柳〔三〕巴記閬白二水南流自漢中經始寧城下入涪陵曲折三回如巴字曰巴江經峻峽中謂之巴峽

巴江可惜柳柳色緑侵江好向金鑾殿移陰入綺窗

〔兩京記〕大明宫紫宸殿北曰蓬萊殿西龍首山支隴起平地上有殿名金鑾殿殿傍坡名金鑾坡

憶梅

定定住天涯依依向物華寒梅最堪恨常作去年華

定定字俚語入詩郝雅一憶之由二憶之時三四憶之反詞

聽鼓

城頭疊鼓聲城下暮江清欲問漁陽摻七勘切時無禰正平

衛公兵法鼓三百三十三槌為一通鼓止角動吹十二聲為一疊後漢書禰衡字正平善擊鼓曹操名為鼓吏著岑牟單絞之衣為漁陽摻撾容態有異音節悲壯徐鍇曰摻三撾鼓也

漫成二首第一首在七言絕

沈約憐何遜延年毀謝莊清新俱有得名譽底相傷

南史沈約嘗謂遜曰吾每讀卿詩一日三復猶不能已南史謝莊字希逸七歲能屬文孝武嘗問顏延之曰謝希逸月賦何如答曰美則美矣但莊始知隔千里兮共明月帝召莊以延之語語之莊應聲曰延之作秋胡詩始知生為久離別沒為長不歸帝撫掌竟日

何沈相重顏謝相輕下二句單承顏謝不解其何故相輕也

霧夕詠芙蕖何郎得意初此時誰最賞沈范兩尚書

〈何遜集看伏郎新婚詩〉霧夕蓮出水霞朝日照梁何如花燭夜輕扇掩紅粧沈約領中書令遷尚書令范雲領太子中庶子遷尚書右僕射

總結沈范羡慕之深以見今之不然也含蓄

柳下暗記

無奈巴南柳千條傍吹臺更將黄映白擬作杏花媒

〈陳留風俗傳〉縣有倉頡師曠城上有列仙之吹臺梁王增築以為吹臺〈元和郡國志〉吹臺在開封縣東南六里

吹臺柳色千條已令人無可奈何矣況其黄白相映擬作杏媒更覺可憐也

妓席

樂府聞桃葉人前道得無勸君書小字愼莫喚官奴

〔古今樂錄〕桃葉歌晉王子敬所作也桃葉子敬妾緣於篤愛所以歌之〔樂府集〕桃葉王獻之妾妹曰桃根今秦淮口有桃葉渡〔海錄〕右軍書樂毅論與子敬論後題云書賜官奴官奴子敬小字也按右軍有官奴帖
古有桃葉定是能歌此曲若書小字甚莫喚作官奴遂令人流傳無已見妓之能歌能書也

風

撩釵盤孔雀惱帶拂鴛鴦羅薦誰教近齋時鎖洞房

〔漢武內傳〕帝以紫羅薦地燔百和之香以待王母

孔雀釵鴛鴦帶風能撩之拂之惟有齋時洞房深鎖故不得近羅薦耳○惱帶者惱其拂鴛鴦之帶也誰教近者誰肯教近也

代應

昨夜雙鈎敗今朝百草輸關西狂小吏惟喝遶牀盧

〔周處風土記〕義陽臘日飲祭之後叟嫗兒童為藏鈎之戲分為二曹以校勝負〔初學記〕〔荊楚歲時記〕五月五日四人並踏百草今人又有鬬百草之戲〔晉書〕劉毅于東堂聚樗蒲大擲餘人並黑犢以還惟劉裕及毅在後毅次擲得雉大喜褰床叫曰非不能盧不事此耳裕因挼五木久之曰老兄試為卿答既而四木俱黑一子轉躍未定裕厲聲喝之即成盧

藏鈎既敗鬬草又輸已是難堪但聞他人呼盧何以為情此答之意也

張惡子廟〔北夢瑣言〕梓潼縣張惡子神乃五丁拔蛇之所也或云嶲州張生所養之蛇因而立祠時人謂為張惡子其神甚靈〔方輿勝覽〕張惡子廟即梓潼廟在梓潼縣北八里七曲山按圖志神姓張諱亞子其先越嶲人也因報母仇遂陷縣邑徙居是山其墓在隆慶府梓潼縣東三十里

下馬捧椒漿迎神白玉堂如何鐵如意獨自與姚萇

〔楚詞〕奠桂酒兮椒漿〔樂府〕白玉為君堂〔道源注〕梓潼七
十五化云建興末作儒士稱謝艾為張軌主簿張重華
嗣位石季龍使將麻秋侵寇命艾以千人擊之秋單騎
宵遁繼而往關中與姚萇為友然厭處凡世思歸蜀峯
約萇曰苟富貴無相忘後萇以龍驤將軍使蜀至鳳山
訪予予禮待之假以鐵如意祝之曰麾之可致兵萇疑
予予為之一麾戈盾戎馬萬餘列之平坡令試兵垻是
也後萇以符堅殂即帝位因號秦焉即其地祝之廟先
號九曲蓋梓潼來朝九折而去後號七曲迨至
隋唐其靈尤著加封至八字王廟號靈應云

賢愚不辨安見
其神之靈乎

百果嘲櫻桃

珠實雖先熟瓊莩縱早開流鶯猶故在爭得諱含來

〔漢書〕葭莩〔注〕葭蘆也莩其筒中白皮至薄者〔呂氏春秋〕
仲夏之月羞含桃〔注〕含桃櫻桃也鶯鳥所含食故曰含
桃

意似當時有優僮得志而驕者故作此譏之其用諱
舍來鄭櫻桃可想而知此就文義論耳共寄托難妄
解

櫻桃答

衆果莫相誚天生名品高何因古樂府惟有鄭櫻桃

〔樂府集〕石季龍寵惑優僮鄭櫻桃而殺郭氏更納清河崔氏櫻桃又譖而殺之櫻桃美麗擅寵宫掖樂府由是有鄭櫻桃歌〔十六國春秋〕石虎鄭后名櫻桃晉冗從僕射鄭世達家妓

韈

嘗聞宓妃韈渡水欲生塵好借嫦娥著清秋踏月輪

追代盧家嘲堂内

道却横波字人前莫謾羞只應同楚水長短入淮流

傅毅舞賦目流睇而橫波道源注橫波同楚水言其情之長也以淮代懷乃隱語如古樂府石闕銜碑之類

天涯

春日在天涯天涯日又斜鶯啼如有淚為濕最高花

不必有所指不必無所指言外只覺有一種深情

早起

風露澄清晨簾間獨起人鸎花啼又笑畢竟是誰春

言如此鶯花非我之春其困厄可不言而喻

細雨

帷飄白玉堂簟卷碧牙牀楚女當時意蕭蕭鬢彩一作影

細雨如髮因帳飄簟卷而懷當時之楚女意自有托也

涼

歌舞

遏雲歌響清迴雪舞腰輕只要君流盼君傾國自傾

列子薛譚學謳于秦青一日辭歸青餞于郊衢撫節悲歌聲振林木響遏行雲好歌舞而傾國者多矣賢賢者何少也

房君珊瑚散

道源注陳藏器本草珊瑚生石岩下刺刻之汁流如血以金投之為丸名金漿以玉投之為玉髓久服長生篋中方治七八歲小兒眼有麩翳未堅不可妄傳藥宜點珊瑚散細研如粉每日少少點之三日立愈

不見姮一作常娥影清秋守月輪月中閑杵臼桂子搗成塵

南部新書杭州靈隱山多桂寺僧云是月中種也至今中秋夜往往有子墜

杵臼閒搗桂子成塵可以已矣刺旁君之散無益徒勞苦美人耳

嘲櫻桃

朱實鳥含盡青樓人未歸南園無限樹獨自葉如幃

陸機詩密葉成翠幄　葉如幃待人歸也園樹甚多汝何獨如此乎殆自嘲也

自貺

陶令棄官後仰眠書屋中誰將五斗米擬換北窗風

蝶

孤蝶小徘徊翩翾粉翅開併應傷皎潔頻近雪中來

夜意

簾垂幕半卷枕冷被仍香如何為相憶魂夢過瀟湘

滯雨

滯雨長安夜殘燈獨客愁故鄉雲水地歸夢不宜秋

微雨

初隨林靄動稍共夜涼分窗迥一作過侵燈冷庭虛近水聞

高花

花將人共笑籬外露繁枝宋玉臨江宅牆低不礙一作擬窺

登徒子好色賦此女登牆窺臣三年至今未許

嘲桃

無賴天桃面平明露井東春風爲開了却擬笑春風

宋歐陽文忠好薦揚後進既顯達有入室操戈者春風二句刺此輩也

餞席重送從叔余之梓州

莫歎萬重山君還我未還武關猶悵望何況百牢關注別見

柳枝五首有序

柳枝洛中里娘也父饒好賈風波死湖上其母不念他兒子獨念柳枝生十七年塗粧綰髻未嘗竟已復起去吹葉嚼蕊調絲擫音葉管作天海風濤之曲幽憶怨斷之音居其傍與其家接故往來者聞十年尚相與疑其醉

眠夢一本有物字斷不娉余從昆讓山比柳枝居為近他日春曾陰讓山下馬柳枝南柳下詠余燕臺詩柳枝驚問誰人有此誰人為是讓山謂曰此吾里中少年叔耳柳枝手斷長帶結讓山為贈叔乞詩明日余比馬出其巷柳枝了鬟畢妝抱立扇下風鄣一袖指曰若叔是句後三日隣當去濺音箋裙水上以博香山待與郎俱過余諾之會所友有偕當詣京師者戲盜余卧裝以先不果留雪中讓山至且曰為東諸侯取去矣明年讓山復東相背於戲上因寓詩以墨其故處云

〔說文〕攄一指按也〔南都賦〕彈琴攄籥陳啟源曰了鬟謂頭上梳雙髻未適人之妝也辛延年詠胡姬兩鬟何窈

窕正指十五歲時劉禹錫詩云花面丫頭十三四〔北史〕竇泰母夢風雷有娠期而不産甚懼有巫者曰渡河湔裙産子必易便向水所忽見一人曰當生貴子可徙而南母從之俄而生泰及長為御史中尉〔玉燭寶典〕元日晦日並為餔食士女湔裙度厄〔史記〕〔索隱〕戲上在新豐縣東二十里戲亭址孟康曰水名也

花房與密脾蜂雄蛺蝶雌同時不同類那復更相思

本非同類

何用相思

本是丁香樹春條始結生玉作彈碁局中心亦不平

〔本草〕丁香出交廣木類桂高丈餘葉似櫟陵冬不凋花圓細黃色其子出枝蕊上如丁子中有麄大如山茱萸者謂之母丁香按〔陳藏器〕云丁香擊之則順理而解為兩向

既有一遇亦

不能漠然

嘉瓜引蔓長碧玉冰去聲寒漿東陵雖五色不忍值治去聲

牙香

阮籍詩昔聞東陵瓜近在青門外連畛距阡陌子母相鉤帶五色曜朝日嘉賓四面會蔓長喻思長言嘉瓜色如碧玉冰似寒漿喻相合也雖有五色之美今日不忍更言也

柳枝井上蟠蓮葉浦中乾錦鱗與繡羽水陸有傷殘

一種非其所鮑昭芙蓉賦戲錦鱗而夕映曜繡羽以晨過

四首言彼此俱傷也

畫屏繡步障物物自成雙如何湖上望只是見鴛鴦

五首言舉目堪傷也

玉溪生詩意卷六

玉溪生詩意卷七目錄

七言絶

訪隱者不遇成二絶　破鏡　無題　贈庾

十二朱版　柳　三月十日流杯亭　過招國

李家南園二首　無題　爲有　公子　賦得

雞　明神　壬申閏秋題烏鵲　端居　夜半

飲席代官妓贈兩從事　代魏宫私贈　代

元城吴令暗爲答　詠史　日射　題鵞　華

清宫　梓潼望長卿山至巴西復懷譙秀　齊

宫詞　青陵臺　東還　蜀桐　漢宫　江東

讀任彦昇碑　五松驛　灞岸　送臻師二

首　七夕　馬嵬　望喜驛别嘉陵江水二絶

殘花　天津西望　西亭　憶住一師　昨夜
海客　初食筍呈座中　寄蜀客　海上
曰雲夫舊居　同學彭道士參寥　到秋　華
師　華嶽下題西王母廟　過華清內廄門
樂遊原　丹丘　鳳　病中早訪招國李十將
軍遇挈家遊曲江　櫻桃花下　故驛迎弔桂
府常侍有感　槿花　暮秋獨遊曲江　任弘
農尉獻州刺史乞假還京　贈勾芒神　月夜
重寄宋華陽姊妹　訪人不遇留别館　雨中
長樂水館送趙十五滂不及　池邊　賈生

贈宇文中丞　閨情　月夕　代應　離亭
賦得折楊柳二首　寄永道士　華州周大夫
宴席　荊山　次陝州先寄源從事　過鄭廣
文舊居　東下三旬苦于風土馬上戲作　莫
愁　夢令狐學士　涉洛川　有感　宮妓
宮辭　代贈二首　楚吟　瑶池　柳　寄在
朝鄭曹獨孤李四同年　南朝　題漢祖廟
韓冬郎即席為詩相送一座盡驚他日余方追
吟連宵侍坐徘徊久之句有老成之風因成二
絶寄酬兼呈畏之員外　評事翁寄賜餳粥走

筆爲答　東阿王　過景陵　板橋曉別　闕
門柳　彭城公薨後贈杜二十七勝李十七潘
二君並與愚同出故尚書安平公門下　楚宮
夕陽樓　鴛鴦　妓席暗記送同年獨孤雲
之武昌　武夷山　一片　寄成都高苗二從
事　西南行却寄相送者　四皓廟　相思
送鄭大台文南覲　舊頓　代董秀才却扇
有感　驪山有感　別智玄法師　贈孫綺新
及第　代秘書贈弘文館諸校書　亂石　日
日　過楚宮　龍池　即目　吳宮　常娥　一

送阿龜歸華　江上憶嚴五廣休　東南赤
壁　定子

蒲城屈　復悔翁著

襄平高士鑰景萊閲

臨潼張　坦吉人參閲

霜月

初聞征雁已無蟬百尺樓高水接天青女素娥俱耐文苑英華作奈冷月中霜裏鬭嬋娟

淮南子秋三月青女乃出以降霜雪高誘注青女青腰玉女主霜雪也謝莊月賦集素娥於后庭注嫦娥竊藥奔月月色白故月素娥

一歲已云暮二履高視遠三四霜月中猶鬭嬋娟何其耐冷如此吾每見世亂國危而小人猶爭權不已

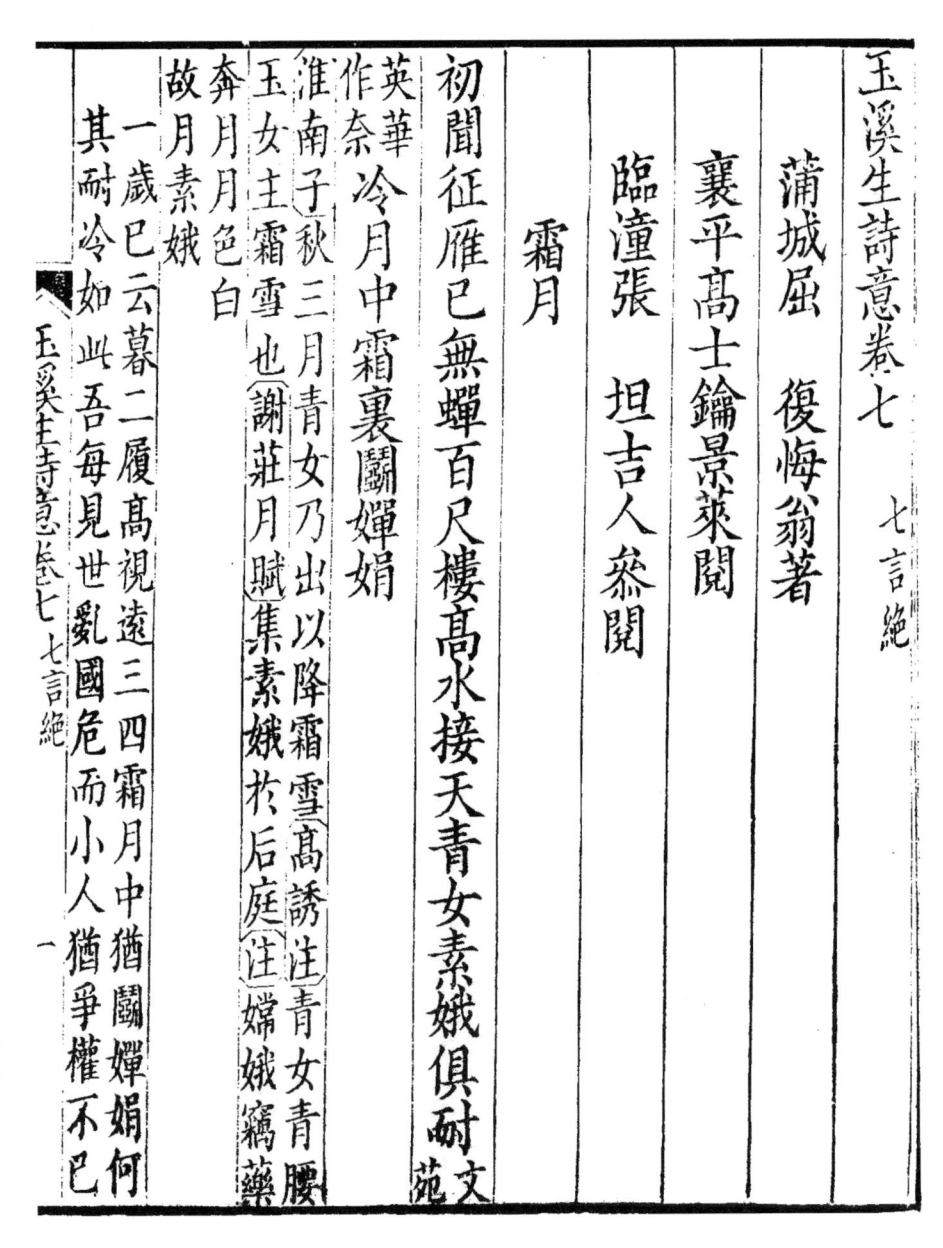

意在斯乎

人欲

人欲天從竟不疑莫言圓蓋便無私秦中久已烏頭白

却是君王未備知

劉氏正歷問黃帝為蓋天以天象蓋（宋玉大言賦）方地為車圓天為蓋（藝文類聚）燕丹子曰秦止燕太子丹為質曰烏頭白乃可歸丹仰天歎烏即白頭烏頭久白怨非一日而君王未知故致嘆於視天夢夢也

華山題王母祠

蓮花峯下鎖雕梁此去瑶池地共長好為麻姑到東海

勸裁黃竹莫裁桑

華山記山巔有池生千葉蓮花服之羽化因名華山穆天子傳天子觴王母于瑤池之上神仙傳麻姑謂王方平曰接待以來見東海三變爲桑田向到蓬萊水淺于往時畧半也豈將復還爲陸陵乎方平笑曰聖人皆言海中行復揚塵也穆天子傳天子遊黃臺之邱獵于華澤有陰雨天子乃休日中大寒北風雨雪有凍人天子作詩三章以哀之曰我徂黃竹負閟寒

栽黃竹猶知民之疾苦也莫栽桑不至變海也

華清宮 唐書天寶六載改驪山溫泉宮曰華清宮治湯爲池環山列宮殿

華清恩幸古無倫猶恐蛾眉不勝人未免被他褒女一作氏笑只教天子暫蒙塵

唐書太眞得幸進冊貴妃三姊皆美帝呼爲姨帝幸華清貴妃與三夫人皆從遺簪墮舄瑟瑟璣琲狼籍于道香聞數十里

輕薄甚玉溪往往有之本
朝國母如此揶揄可乎

北齊二首

一笑相傾國便亡何勞荆棘始堪一作悲傷小憐玉體橫
陳夜已報周師入晉陽
〔吳越春秋〕夫差聽譖子胥垂涕曰以曲為直舍讒攻忠
將滅吳國城郭丘墟殿生荆棘〔北齊書〕後主馮淑妃名
小憐大穆后從婢也穆后愛衰以五月五日進之號曰
續命慧黠能彈琵琶工歌舞後主惑之願得生死一處
〔宋玉諷賦〕主人之女為臣歌曰內怵惕兮徂玉牀橫自
陳兮君之旁〔北齊書〕武平七年十二月周武帝來救晉
州齊師大敗帝棄軍先還留安德王延宗等守晉陽
帝走入鄴辛酉延宗與周師戰大敗為周師所虜
一字便字何勞字始堪
字已報字相呼相應
巧笑知堪敵萬幾傾城最在著戎衣晉陽已陷休回顧

更請君王獵一圍

（北齊書）周師取平陽帝獵於三堆晉州告急帝將還淑妃請更殺一圍從之

知堪最在已陷更請相呼應不用論斷具文見意

復京（唐書）德宗建中四年十月涇原卒擁朱泚叛上如奉天興元元年二月如梁州五月戊戌李晟收復京城七月壬子上至自興元

虜騎胡兵一戰摧萬靈回首賀軒臺天教李令心如日可要昭陵石馬來

（唐書）興元元年六月加李晟司徒兼中書令實封一千戶（唐書）京兆府醴泉縣有九嵕山太宗昭陵在西北六十里（唐會要）上欲闡揚先帝徽烈乃刻石為常所乘破敵馬六匹於昭陵闕下（安祿山事蹟）潼關之戰我軍既敗賊將崔乾祐領白旗引左右馳突又見黃旗軍數百隊官軍潛謂是賊不敢逼之須臾見與乾祐鬬黃旗軍

不勝退而又戰者不一俄不知所在
後昭陵奏是日靈宮前石人馬汗流
祿山之反昭陵石馬猶不能勝今李令之功其大何
如○封禪書黃帝時萬諸侯而神靈之封居七日賀
軒臺者以黃帝涿
鹿之勝擬德宗也

渾河中（唐書）渾瑊本鐵勒九姓之渾部也與李
晟同平朱泚德宗還宮以瑊為河中尹
晉絳節度使河中同陝虢等州及管內行
營副元帥封咸寧郡王貞元十五年薨

九廟無塵八馬回　八馬八駿也

奉天城壘長春苔咸陽原上

英雄骨半向君家養馬來

（唐書）奉天縣屬京兆府文明元年分醴泉置（漢書）金日
磾以父不降見殺與母閼氏弟倫俱沒入官輸黃門養
馬後以討莽何羅功封秺侯按（舊唐書）瑊忠勤
謹慎功高不伐時論方之金日磾故末語云然
言河中有再造唐
室之功後世必昌

咸陽

咸陽宮闕鬱嵯峩六國樓臺艷綺羅自是當時天一作秦非

帝醉不關秦一作天非地有山河

〔史記〕始皇每破諸侯寫放其宮室作之咸陽北阪上殿屋複道周閣相通所得美人鐘鼓以充入之〔西京賦〕昔者大帝悅秦繆公而覲之饗以鈞天廣樂帝有醉焉乃為金策錫用此土而翦諸鶉首○言暴秦之兼并六國實天帝畀之非以其

地有山河之固也

諷諫時王言險不足恃也

唐猶秦之故都可想而知

同崔八詣藥山訪融禪師〔道源注〕〔稽古畧〕藥山在澧州惟儼禪師為

初祖太和六年入寂

融禪師或其後也

共受征南不次恩報恩惟是有忘言巖花澗草西林路

未見高僧只見猿

杜氏通典〈征南將軍漢光武建武二年置以馮異爲之〉高僧傳〈沙門慧永居在西林與慧遠同門遊好遂邀同止〉

已與崔八同受征南不次之恩惟有忘言欲以佛法報之不意行盡山路不見高僧惟聽猿鳴爲之腸斷也

夜雨寄𡊨

君問歸期未有期巴山夜雨漲秋池何當共剪西窗燭

却話巴山夜雨時

即景見情清空微妙玉溪集中第一流也

石榴

榴枝婀娜榴實繁榴膜輕明榴子鮮可羨瑶池碧桃樹碧桃紅頰一千年

一作眉

道源注〕尹喜内傳〔喜從老子西遊省太真王母共食碧桃紫梨石榴種種俱佳但不如碧桃之千年長在耳覩石榴而感懷似悼亡之作

初起

想像咸池日欲光五更鐘後更迴腸三年苦霧巴江水不為離人照屋梁〔淮南子〕日出于暘谷浴于咸池〔神女賦〕耀乎如白日初出照屋梁

五更即望日出乃日出而不照屋梁三年於茲矣

柳

柳映江潭底有情望中頻遣客心驚巴雷隱隱千山外

更作章臺走馬聲

客心思鄉望江潭柳色已自心驚況
巴雷隱隱更作章臺走馬之聲乎

宿駱氏亭寄懷崔雍崔袞（唐年補録）長慶元年
二月王庭湊使河陽

回及沇水酒困寢于道有濟源駱山人熟視之
日貴當列土在今年秋既歸遇田弘正之難軍
士擁為留後訪駱山人待以函丈之禮乃別構
一亭去則懸榻號駱氏亭又（唐語林）駱浚者度
支司書手李吉甫擢用之後典名郡有令名於
春明門外築臺榭食客皆名人盧申州題詩云
地勢如拳石谿横似葉舟即駱氏池館也此詩
駱氏亭未知在何地（唐書）崔雍字順中戎之子
由起居郎出為和州刺史龎勛刧烏江雍遣人
持牛酒勞之密表其狀民不知訴諸朝宰相路
嵓傳其罪賜死袞字炳章
雍之弟見集内安平公詩

竹塢無塵水檻清相思迢遞隔重城秋陰不散霜飛晚

留得枯荷聽雨聲

一駱氏亭二寄懷三見時四情景寫宿字之神○詩有隔重城則春明門外之駱亭為是葢崔二方官于朝義山閑游宿此故懷之也

夢澤 雲夢楚二澤名（漢陽圖經）雲在江之北夢在江之南

夢澤悲風動白茅楚王葬盡滿城嬌未知歌舞能多少虛減宮厨為細腰

（墨子）楚靈王好細腰其臣皆三飯為節（後漢馬廖傳）楚王好細腰宮中多餓死

此因夢澤宮娃之墳而興歎當時之歌舞也○制藝取士何以異此可嘆

贈歌妓二首

水精如意玉連環下蔡城危莫破顔紅綻櫻桃含白雪

斷腸聲裡唱陽關

(拾遺記)吴孫和嘗于月下舞水精如意誤傷鄧夫人頰(戰國策)始皇遺齊襄王后玉連環后引椎破之(登徒子好色賦)嫣然一笑惑陽城迷下蔡(注)陽城下蔡二縣名(水經注)蔡成公自新蔡還于州來謂之下蔡

一歌舞之具二妓之美三四歌舞三眼中四耳中也

白日相思可一作不奈何嚴城清夜斷經過只知解道春來瘦不道春來獨自多

白日相思猶可經過清夜相思嚴城隔斷故春瘦獨多

謝書

微意何曾有一毫空攜筆硯奉龍韜自蒙半夜傳衣後不羨王祥得佩刀

〔太公六韜〕一日龍韜〔李舟能大師傳〕五祖弘忍告之曰
汝緣在南方宜往教授持此袈裟以為法信一夕南逝
公滅度後諸弟子求衣不獲始相謂曰此非盧行者所
得耶使人追之已去〔寶林傳〕能大師傳法衣處在曹溪
寶林寺〔晉書〕呂虔有佩刀工相之曰
當為三公虔以贈別駕王祥為太傅
本傳令狐楚善章奏以其道授商隱此詩傳衣正指
此事○詳詩必楚卒後有軍率來招者其意不誠故
作此詩以
謝絕之

寄令狐郎中

嵩雲秦樹久離居雙鯉迢迢一紙書休問梁園舊賓客
茂陵秋雨病相如
〔史記〕司馬相如客遊梁梁孝王令與諸
生同舍後為孝文園令病免家居茂陵
求薦達之
意在言外

漫成

不妨何范盡詩家未解當年重物華遠把龍山千里雪將來擬並洛陽花

〈南史〉何遜字仲言八歲能賦詩弱冠舉秀才范雲見其對策大相稱賞結為忘年友〈鮑昭詩〉胡風吹朔雪千里度龍山〈注〉龍山在雲中〈何遜集范廣州宅聯句〉洛陽城東西却作經年別昔去雪如花今來花似雪范廣州即雲也雲嘗遷廣州刺史

文人相輕自古如此何范不然令我未解當年何其珍重物華也下二句釋上二句雪如花花似雪何作之沈賞之不相輕而相重也曲折○不妨言不相妨猶妬也妬是仄聲故易妨字耳

無題一云陽城

白道縈迴入暮霞斑騅嘶斷七香車春風自共何人笑

枉破陽城一作洛陽非十萬家

（李白詩）日日采蘼蕪上山成白道（魏武帝與楊彪書）今贈足下畫輪四望通幰七香車二乘

白道縈廻日見往來蓋

彼巳有人枉自相思耳

杜司勲（舊唐書）杜牧字牧之太和二年擢進士第累官膳部比部員外郎出牧黄池睦三郡遷司勲員外郎史館修撰又授湖州刺史遷中書舍人卒有集二十卷行于世

高樓風雨感斯文短翼差池不及羣刻意傷春復傷別

人間惟有杜司勲

（杜牧惜春詩）春半年已除其餘强為有即此醉殘花便同嘗臘酒悵望送春杯殷勤掃花帚誰為駐東流年年常在手又贈別詩二首娉娉裊裊十三餘荳蔻梢頭二月初春風十里揚州路卷上珠簾總不如多情却似總無情惟覺罇前笑不成蠟燭有心還惜別替人垂淚到天明

三即首句斯文言司勳之詩當世第一人也

岳陽樓〔方輿勝覽〕岳陽樓在岳州郡治西南西面洞庭左顧君山

欲為平生一散愁洞庭湖上岳陽樓可憐萬里堪乘興枉是蛟龍解覆舟

登樓散愁忽生萬里之興奈覆舟可慮而止愁不可散也

岳陽樓

漢水方城帶百蠻四鄰誰道亂周班如何一夢高唐雨自此無心入武關

〔高唐賦序〕昔者先王嘗遊高唐夢見一婦人曰妾巫山之女也旦為朝雲暮為行雨武關秦劫楚懷王處〔漢書注〕武關秦南關通咸陽〔一統志〕在商縣東一百八十里

言楚有如此之山川而
荒淫亡國可為永戒也

寄成都高苗二從事

家近紅蕖曲水濱全家羅襪起秋塵莫將越客千絲網網得西施別贈人

洛神賦凌波微步羅襪生塵

一成都二兩從事美人衆多下言莫贈別人而不贈我戲謔之辭不看第二句則不解下三四矣網得即求得比也
休誤解

屏風

六曲連環接翠帷高樓半夜酒醒時掩燈遮霧密如此雨落月明俱不知

李尤屏風銘遮壅闕

風邪霧露是抗

昔有傳語屏風者云方今明目達聰汝是

何物乃壅賢者路遂推倒之玉溪亦此意

春日

欲入盧家白玉堂新春催破舞衣裳蝶銜一作紅蕊蜂銜一作含

粉共助青樓一日忙

欲入玉堂一會所歡春日方新歌舞已無間時而蜂

蝶共助其忙愈甚又安得一見乎身居要路政事已

多況槐棚齊列何異

蜂蝶青樓之助乎

贈白道者一作詠史第二首誤

十二樓前再拜辭靈風正滿碧桃枝壺中若是有天地

又向壺中傷別離

神仙亦不能無別離之情而况我輩情之所鍾乎

無題

聞道閶門蕚緑華昔年相望抵一作尚天涯豈知一夜秦樓客偷看吴王苑内花

秦樓客用列仙傳蕭史事　甚自幸然未得顯然明看終是恨事

漢宫詞

青雀西飛竟未迴君王長在集靈臺侍臣最有相如渴不賜金莖露一杯

道源注漢武故事七月七日上于承華殿齋忽青鳥從西來上問東方朔朔曰西王母欲來有頃王母至洞冥

記東方朔望見巨靈目之化青雀飛去帝乃起青雀臺三輔黃圖集靈臺在華陰縣界武帝所造

君王之望仙猶臣之望君王奈何不賜金莖之露乎言不蒙天子特恩也○金莖露即金丹之類也若舊注作托諷憲宗服金丹暴崩解是義山亦欲求死耳

無題二首原本題作蝶誤

長眉畫了繡簾開碧玉行收白玉臺為問翠釵釵上鳳不知香頸為誰迴

樂府有情人碧玉歌一云碧玉宋汝南王妾

一二寫美人粧畢三四寫顧影自憐之意

壽陽公主嫁時粧八字宮眉捧額黃見我佯羞頻照影不知身屬冶遊郎

雜五行書宋武帝女壽陽公主人日卧于含章殿檐下梅花落公主額上海錄唐明皇令畫工畫十眉圖一曰鴛鴦眉又名八字眉

此首寫女郎初嫁時情態然玩見我字不知字治遊字有所嫁非偶之歎

隋宮　一云隋堤

乘興南遊不戒嚴九重誰省諫書函春風舉國裁宮錦半作障泥半作帆

隋書大業十二年幸江都奉信郎崔民象表諫上大怒先解其頤乃斬之晉書王濟所乘馬不肯渡水曰馬必是惜障泥解之乃渡

寫舉國皆狂煬帝不說自見

代應　有詩寄人而不能荅自作代之故曰代應應即荅也

溝水分流西復東九秋霜月五更風離鸞別鳳今何在

十二玉樓空更空

〔西京雜記〕慶安世年十五為成帝侍中善鼓琴能為雙鳳離鸞曲

從昔別起二別後時景離別之後今在何處故末言空復空也

席上作〔原注〕予為桂州從事故府鄭公出家妓令賦高唐詩〔一本〕題作席上贈人注云故桂林滎陽公席上出家妓○鄭公鄭亞也注見迎弔桂府常侍詩

淡雲輕雨拂高唐玉殿秋來夜正長料得也應憐宋玉

一生惟事楚襄王

一云淡烟微雨恣高唐一曲清塵遶畫梁料得也應憐宋玉只因無奈楚襄王

一生惟事多少含蓄若作只因無奈便淺露

訪隱者不遇成二絕

秋水悠悠浸墅（一作野）扉夢中來數覺來稀玄蟬去（一作脫）盡葉黃落一樹冬青人未歸

城郭休過識者稀哀猿啼處有柴扉滄江白日樵漁路日暮歸來雨滿衣

一首隱者未歸二首自己冒雨暮歸寫不遇最有遠神

破鏡

玉匣清光不復持菱花散亂月輪虧秦臺一照山雞後便是孤鸞罷舞時

飛燕外傳飛燕始加大號婕妤奏上三十六物以賀有七尺菱花鏡一奩西京雜記高祖初入咸陽宮有方鏡

廣四尺高五尺九寸表裏洞明人直來照之影則倒見以手掩心即見腸胃五藏〔異苑〕山雞愛其毛羽映水則舞魏武時南方獻之公子蒼舒令置大鏡其前雞鑑形而舞不知止遂乏死

亦是悼亡之作寫破字無痕玉溪之最靈妙者

無題

紫府仙人號寶燈雲漿未飲結成冰如何雪月交光夜更在瑤臺十二層

枹朴子項曼都言到天上先過紫府〔道源注〕佛有寶燈之名神仙無此號然佛亦稱金仙故可通用〔庾信溫湯碑序〕其色變者流為五雲之漿其味美者結為三危之露〔拾遺記〕崑崙山傍有瑤臺十二各廣千步皆五色玉為臺基

在昔仙人相見方欲一飲雲漿忽已成冰然猶相近也乃今雪月之夜更隔十二層之瑤臺遠而更遠矣

贈庾十二朱版(原注時庾在翰林○舊唐書大

充翰林學士

疑即此人也

固漆投膠不可開贈君珍重抵瓊瑰君王曉坐金鑾殿

只待相如草詔來

古詩以膠投漆

中誰能別離此

柳

曾逐東風拂舞筵樂遊春苑斷腸天如何肯到清秋日

已帶斜陽又帶蟬

楊愼曰形容先

榮後悴之意

春時纏綿極矣似終身無改如何肯到秋日乃斜陽

暮蟬混亂至此耶○玩曾拂肯到已又等字詩意甚

明晚節交疎有托而言非徒咏柳也識者詳之

三月十日流杯亭方輿勝覽巴州西龕寺唐乾元間嚴鄭公武所剏其水曲折可以流觴一統志流觴亭在巴縣西龕山上

身屬中軍少得歸木蘭花盡失春期偷隨柳絮到城外行過水西聞子規

本草木蘭大樹皮似桂而香花粉紅色二三月間開　春盡失期應難再見及潛過水西惟聞子規言無益也不如歸去耳

過招國李家南園二首招國里在京師白居易傳自皇子陂歸招國里

潘岳無妻客為愁新人來坐舊粧樓春風猶自疑聯句雪絮相和飛不休用謝道韞事

玉溪蓋昔攜妻寓此今妻亡過之則新人來住矣故因雪絮之飛而猶憶當日之聯句也

長亭歲盡雪如波此去秦關路幾多惟有夢中相近分卧來無睡欲如何哀江南賦十里五里長亭短亭歲盡鄉遙夢亦難近深悲此生無相見之分也

無題舊在留畏之下誤

待得郎來月已低寒暄不道醉如泥五更又欲向何處騎馬出門烏夜啼後漢周澤傳一日不齋醉如泥

戶外重陰黯不開含羞迎夜復臨臺瀟湘浪上有烟景

安得好風吹汝來

前二句昔事
後二句今情

為有

為有雲屏無限嬌鳳城寒盡怕春宵無端嫁得金龜壻

辜負香衾事早朝

西京雜記趙飛燕為皇后女弟昭儀遺雲母屏風琉璃屏風趙次公杜注秦穆公女吹簫鳳降其城因號丹鳳城其後言京都之盛曰鳳城唐書天授二年改佩魚皆為龜三品以上龜袋飾以金

玉溪以絕世香艷之才終老幕職晨入暮出簿書無暇與嫁貴壻負香衾者何異其怨宜也

公子

外戚封侯自有恩平明通籍九華門金唐公主年應小

二十君王未許婚

（西京雜記）漢掖庭有雲光殿九華殿金唐公主未詳

公子年已二十而君王尚未許婚蓋將以尚主也○意言生來富貴不用讀書如我輩之十載寒窗至今窮困也○金唐疑作堂傳寫之誤

賦得雞

稻粱猶足活諸雛妬敵專場好自娛可要五更驚曉夢不辭風雪爲陽烏

韓詩外傳）雞有五德敵在前敢鬭者勇也（曹植鬭雞詩願蒙狸膏助常得擅此場（張衡靈憲）日陽精之宗積而成烏烏有三趾

一家不甚貧二才堪自信三若遇知巳四不辭辛苦盡忠朝廷也

明神

明神司過豈令寃暗室由來有禍門莫為無人欺一物

他時須慮石能言

（左傳）石言于晉魏榆（錢龍惕箋）此詩為甘露之變作也當時事起倉卒王涯賈餗等實不與聞仇士良執而訊之五毒具備涯等誣伏遂族誅之一時不以為寃實以涯等執政時招權僭侈結怨于民故曰明神司過決無寃濫暗室禍門自招之也然涯等國之大臣一旦以無辜之事駢首就戮專殺者自謂舉世無人一物可欺抑知其取精多而用物弘憑石而言得無慮乎訓注之咆㘅于中國也士大夫咸怨忿之及其敗也又以畏中官之勢未有言其寃者豈惟不寃之又從而快之如杜牧之詩曰元禮去從緱氏學江充來上犬臺宮又曰其冬三凶敗渙汗開湯罟他可知矣獨義山于此事抑揚反覆致其不平之意以示誅戮不出于文宗其人雖惡猶然寃也況履霜堅冰其漸可無深戒哉然猶不敢顯言特于是詩微寓其意可見當時奄人暴橫士沭胥息如

夫此悲

一二即暗室虧心神目如

電意況日久必有言者乎

壬申閏秋題烏鵲（通鑑目錄）宣宗大中六年閏七月乙未朔八月一日甲子

秋分

繞樹無依月正高鄴城新淚濺雲袍幾年始得逢秋閏兩度填河莫告勞

魏武樂府月明星稀烏鵲南飛繞樹三匝無枝可依魏武都鄴（唐書）相州鄴郡屬河北道乾元二年改為鄴城明月正高繞樹無依豈能為織女成橋乃值鄴城新淚方濺雲袍秋閏難逢甚莫以兩度而告勞也既云鄴城又云新淚此時事也新淚者織女新別之淚方過七夕也○魯連當布衣遊說尚能排難解紛毛薛二公處賣漿日尚能令信陵返國古來英雄貧賤阨窮往往扶危濟困玉溪此詩必非無為而作

端居

遠書歸夢兩悠悠只有空牀敵素秋堦下青苔與紅樹雨中寥落月中愁 梁元帝纂要秋曰白藏亦曰素秋 書夢俱無正喚只有空敵等字對青苔紅樹皆愁正結上空林敵素秋耳

夜半

三更三點萬家眠露欲為霜月墮烟鬬鼠上堂蝙蝠出玉琴時動倚窗絃 嵇康琴賦徽以荆山之玉 杜甫詩收書動玉琴 露凝月墜時暗也鼠鬬蝙蝠出小人得志也玉琴動倚窗之弦閒居不能安枕也

飲席代官妓贈兩從事

新人橋上著春衫舊主江邊側帽簷願得化為紅綬帶許敎雙鳳一時銜（原注）隋獨孤信舉止風流曾風吹帽簷側觀者塞路（說文）綬韍維也紅綬即朱紱（白居易詩）鶻銜紅綬遶身飛

代魏宮私贈（原注）黄初三年已隔存沒追代其意何必同時亦賡子夜吴歌之流

來時西館阻佳期去後漳河隔夢思知有宓妃無限意春松秋菊可同時

（魏志陳思王傳）黄初二年值貶爵安鄉侯改封鄄城侯四年來朝帝責之置西館未許朝上責躬詩（水經注）魏武引漳流自城西東入逕銅雀臺下洛神賦榮曜秋菊華茂春松

來阻佳期去隔夢思今已無時矣然如果有意春松秋菊猶可同時尚未晚也

代元城吴令暗為答（魏志）吴質字季重濟陰人以文才為文帝所善出為

朝歌長遷元城令封列侯

背關歸藩路欲分水邊風日半西曛荊王枕上原無夢莫枉陽臺一片雲

〈洛神賦〉背伊闕越轘轅又曰余從京師言歸東藩〈洛神賦〉日既西傾車殆馬煩〈寰宇記〉巫山縣西有陽臺古城即襄王所遊之地亦曰陽雲臺

此玉溪自荅所知借古事發今意舊解為陳思辨誣亦夢中說夢

詠史

北湖南埭水漫漫一片降旗百尺竿三百年間同曉夢鍾山何處有龍盤

北湖即玄武湖〈道源注〉〈金陵志〉南埭上水閘也王荊公贈段約之詩聞君更欲通南埭非雞鳴埭也徐爰釋問

建康東北十里有鍾山舊名金山後更號
蔣山諸葛亮以爲鍾山龍盤即蔣山也
國之存亡在人傑不在
地靈足破堪輿之惑

日射

日射紗窗風撼扉香羅掩手春事違迴廊四合掩寂寞
碧鸚鵡對紅薔薇

碧鸚鵡即
青鸚鵡也
一二寂寞景況三四愈覺寂寞春事違三字
有意次句袖手空過一春也下掩字有誤

題鷺

眠沙卧水自成羣曲岸殘陽極浦雲那解將心憐孔翠
羈雌長共故雄分

孔翠孔雀翡翠也（杜甫詩）孔翠望赤霄愁思雕龍養（謝
靈運詩）羈雌戀舊侶（曾陶嬰黃鵠歌）夜半悲鳴兮想其
故雄

傷孔翠以文彩羈孤不及鶖鶿
無文彩反得眠沙卧水之適也

華清宮　注別見

朝元閣迥羽衣新首按昭陽第一人當日不來高處舞
可能天下有胡塵

道源注（雍錄）朝元閣在驪山天寶七載玄元皇帝見于
朝元閣改名降聖閣（太眞外傳）天寶四載七月于鳳凰
園冊太眞宮女道士楊氏為貴妃半后服用進見之日
奏霓裳羽衣曲（漢書）飛燕立為皇后寵少衰女弟絕幸
為昭儀居
昭陽舍

唐人華清詩佳者甚多玉溪每于此類題皆
淺露如馬嵬諸作是也只有所短不足諱

梓潼望長卿山至巴西復懷譙秀　道源注方輿勝覽長卿山在梓潼縣治西南舊名神山唐明皇幸蜀見山有司馬相如讀書之窟因改名長卿山〔譙周巴郡記〕劉璋分巴以永寧為巴東郡墊江為巴郡閬中為巴西郡是謂三巴〔孫盛晉陽秋〕譙秀字元彥巴西人譙周孫李雄盜蜀安車徵秀不應桓溫平蜀返役上表薦之

梓潼不見馬相如更欲南行問酒壚行到巴西覓譙秀巴西惟是有寒蕪　言今日無其人也

齊宮詞

永壽兵來夜不扃金蓮無復印中庭梁臺歌管三更罷猶自風搖九子鈴

齊書廢帝寶卷别為潘妃起神仙永壽玉壽三殿皆帀飾以金壁蕭衍兵入建康王珍國張稷引兵入殿御刀豐勇之為内應寶卷方在含德殿作笙歌兵入斬之稷召僕射王亮等令百僚署牋以黄油裹寶卷首遣博士范雲等送詣石頭按晉成帝七年作新宫輿地圖云即臺城也容齋隨筆晉宋後謂朝廷禁省為臺故稱禁城為臺城齊書莊嚴寺有玉九子鈴外國寺佛面有光相禪靈寺擒諸寶珥皆剥取以施潘妃殿飾

不見金蓮之跡猶聞玉鈴之音不聞于梁臺歌管之時而在既罷之後荒淫亡國安能一一寫盡只就微物點出令人思而得之

青陵臺　一統志臺在開封府封丘縣界

青陵臺畔日光斜萬古貞（英華作春）魂倚暮霞莫訝（英華作許）韓憑為蛺蝶等閒飛上别枝花

言丈夫之情亦不肯相負而死後乃更有他意耶

東還

自有仙才自不知十年長夢採華芝秋風動地黃雲暮

歸去嵩陽尋舊師

〔抱朴子〕華芝赤蓋白莖上有兩葉三實服之可以長生〔唐書〕河南登封縣神龍元年改曰嵩陽嵩山有中岳祠有嵩陽宮

此倦遊之作半生流落一事無成故欲尋師訪道以求長生亦浮海之嘆耳

蜀桐

玉壘高桐一作梧拂玉繩上含非一作霏霧下含冰柱敎紫

鳳無棲處斲作秋琴彈壞英華同一作廣陵

〔潘岳賦〕天霏霏以垂霧〔琴操〕十二曲曰壞陵伯牙所作壞一作懷〔應璩與劉劭書〕聽廣陵之清散

一二言材之良如此正當留以棲鳳乃斷琴
而彈廣陵世無賞音徒枉令紫鳳無棲處耳

漢宮

通靈夜醮達清晨承露盤晞甲帳春王母不來方朔去
更須重見李夫人

王褒雲陽記鈎弋夫人從至甘泉而卒既殯尸香聞十
里帝哀悼乃起通靈臺于甘泉宮有一青鳥集其上往
來漢武故事上以琉璃珠玉明月夜光雜錯天下珍寶
為甲帳其次為乙帳甲以居神乙以自居漢書李夫人
早卒帝思念不已方士齊人李少翁言能致其神乃夜
張燈燭設帷帳陳酒肉而令帝居他帳望見好女如李
夫人之貌還幄坐而步又
不得就視帝益相思悲感
言武帝不能成仙
只能見鬼耳深妙

江東

驚魚撥（方割切）剌（力達切）燕翩翾獨自江東上釣船今日春光太漂蕩謝家輕絮沈郎錢

謝靈運賦魚水深而撥剌謝絮注見前晉食貨志吳興沈充鑄小錢謂之沈郎錢此以比榆莢也漢有小錢名榆莢錢

當春光魚燕飛遊時獨上釣船觀謝女之輕絮沈郎之榆錢傷已之孤貧而致嘆其太飄蕩也

讀任彥昇碑 南史任昉字彥昇樂安博昌人雅善屬文尤長載筆入梁歷官御史中丞出為新安太守卒

任昉當年有美名可憐才調最縱橫梁臺初建應惆悵不得蕭公作騎兵

梁書武帝與昉遇竟陵王西邸從容謂昉曰我登三府當以卿為記室昉亦戲帝曰我若登三事當以卿為騎

兵以帝
善射也
○三四與未免被他褒女笑同是揶揄之詞此便不妨
此刺彥昇之有才無恥大言不慚而終失節事梁
武也既有美名又有才調自當有
恥昔欲得蕭郎作騎兵今竟何如

五松驛 按白氏長慶集有望秦赴五松驛詩此驛在長安東

獨下長亭念過秦五松不見見輿薪只應既斬斯高後
尋被樵人用斧斤

賈誼有過秦論
斯高句言秦之亡也名伯甘棠勿剪勿伐秦亡而五
松見薪人惡其暴虐如此所以念賈生之過秦論也
深妙

灞岸

山東今歲點行頻幾處冤魂哭虜塵灞水橋邊倚華表

平時二月有東巡

杜甫詩行人但云點行頻〔三輔黄圖〕灞橋在長安東灞水上〔說文〕亭郵表徐曰表雙立為桓今郵亭立木交于其端或謂之華表

按橋柱亦曰華表

傷時念亂之作

送臻師二首

昔去靈山非拂席今來滄海欲求珠楞伽頂上清涼地善眼仙人憶我無

〔法華科注〕靈山靈鷲山也又名狼跡山前佛今佛皆居此地既是靈聖所居故呼為靈山〔法華經〕此輩罪根深重及增上慢未得為得未證為證有如此失是以不住拂席而起〔譬喻經〕王舍國人欲作寺錢不足入海得名

寶珠〔道源注〕〔閻筆記〕梵云楞伽此云不可往惟通神者能至其上峯頂有夜义城佛于此說楞伽經〔楞伽經〕大慧菩薩白佛言因善眼仙人如是等百千生經說

苦海迷途去未因東方過此幾微塵何當百億蓮花上一一蓮花見佛身〔楞嚴經〕引諸沈冥出于苦海〔莊子〕七聖皆迷無所問途去未因過去未來之因〔法華經〕假使有人磨以為墨過于東方千國土乃下一點大如微塵〔傳燈錄〕釋迦佛生刹利王家放大智光明照十方世界涌金蓮花

一首言臻師此去定當思我

○二首言臻師定當成道

七夕

鸞扇斜分鳳幄開星橋横過鵲飛迴爭將世上無期别換得年年一度來

〔庾信詩〕思爲鸞翼扇願備明光宫
人間一别再見無期欲求如天上一年一度相逢不可得也

馬嵬〔通志〕馬嵬坡在西安府興平縣西二十五里

冀馬燕犀動地來自埋紅粉自成灰君王若道能傾國玉輦何由過馬嵬

〔左傳〕冀之北土馬之所生燕犀燕地之犀甲也〔郭璞毛詩拾遺〕今西方有以犀角及鹿角爲弓者〔國史補〕玄宗幸蜀至馬嵬驛縊貴妃于佛堂梨樹之前〔太眞外傳〕妃瘞于西郭之外一里許道北坎下時年三十八歲
此首與末免被他褻女笑一樣口吻詩法所忌玉溪多有之是以來浮薄之誚也

望喜驛别嘉陵江水二絶〔寰宇記〕嘉陵水一名西漢水又名閬中水
〔周地圖〕云水源出秦州嘉陵因名嘉陵江○望喜驛在閬州上

嘉陵江水此東流望喜樓中憶閬州若到閬中還赴海

閬州應更有高樓

江水東流高樓可望江流到

海更有高樓言不忍別也

千里嘉陵江水色含烟帶月碧於藍今朝相送東流後

猶自驅車更向南

一二嘉陵之美三

四言別路無已也

贈宇文中丞舊唐書太和六年八月以御史中

丞宇文鼎為户部侍郎判度支

欲構中天正急材自緣煙水戀平臺人間只有嵇延祖

最望山公啓事來

列子西極化人見周穆王王為改築宮室其高千仞臨

終南之上名曰中天之臺漢書梁孝王治複道自宮連

屬于平臺三十餘里注平臺在大梁東北〔原注〕公感嘆亡友張君故有此句〔晉書嵇紹傳〕紹字延祖康之子以父得罪靖居私門山濤領選啓武帝請為秘書郎帝謂濤曰如卿所言乃堪為丞何但郎也〔山濤傳〕所奏甄拔人物各為題目時稱山公啟事

閨情

紅露花房白蜜脾黄蜂紫蝶兩參差春窗一覺古效切風流夢却是同袍不得知

鄭谷蝶詩〔徽〕雨宿花房〔王元之蜂記〕蜂釀蜜如脾謂之蜜脾〔本草〕蠟是蜜脾底也

蝶宿花房蜂釀蜜脾故云兩參差比所歡之離別不意春窗一夢得共風流雖親如同袍亦不得知也心中自喜無可告語即夢中無限風流事意

月夕

草下陰蟲葉上霜朱欄迢遞壓湖光兎寒蟾冷桂花白

此夜嫦娥應斷腸

嫦娥指所思言

代應

本來銀漢是紅牆隔得盧家白玉堂誰與王昌報消息

盡知三十六鴛鴦

襄陽耆舊傳王昌字公伯為東平相散騎常侍早卒婦任城王曹子文女也道源注古樂府入門時左顧但見雙鴛鴦鴛鴦七十二羅列自成行此云三十六純舉雌言之

紅牆便是銀漢所以隔斷玉堂如何盡知堂内鴛鴦事哉定當有報消息者

離亭賦得折楊柳二首

暫憑樽酒送無憀莫損愁眉與細腰人世死前惟有別

春風爭擬惜長條

人生之苦惟有離別故春風不惜攀折

含烟惹霧每依依萬緒千條拂落暉為報行人休盡折

半留相送半迎歸

送迎俱是有情故休盡折

寄永道士

共上雲山獨下遲陽臺白道細如絲君今併倚三珠樹

不記（一作計）人間落葉時

眞誥王屋山仙之別天謂陽臺也始既羨道士兼自傷也得道者皆詣陽臺是清虛之宮也

華州周大夫宴席〔西銓〕舊唐書周墀字德升長慶二年擢進士第開成四年正拜中書舍人武帝即位出為華州刺史鎮國軍潼關防禦等使〔海錄〕唐制吏部三銓尚書中銓兩侍郎分東西兩銓

郡齋何用酒如泉飲德先時已醉眠若共門人推禮分

戴崇爭得及彭宣

〔漢書〕張禹弟子尤著者淮陽彭宣沛郡戴崇宣為人恭儉有法度而崇愷悌多智禹心親愛崇敬宣而疏之崇每候禹禹將入後堂飲食婦女相對優人管弦鏗鏘極樂昏夜乃罷而宣之來也禹見之于便坐講論經義日晏賜食不過一肉卮酒相對未嘗得至後堂及兩人皆聞知各自得也

感其厚待過他客遠甚

荊山〔唐書〕虢州湖城縣有覆釜山一名荊山〔寰宇記〕荊山在閿湖縣南出美玉即黃帝鑄

鼎之所（一統志）在陝州
閿鄉縣南二十五里

壓河連華勢孱顔鳥沒雲歸一望間楊僕移關三百里可能全是為荊山

（相如大人賦）放散畔岸驤以孱顔（注）不齊貌（漢書）元鼎三年冬徙函谷關于新安（應劭曰）時樓船將軍楊僕數有大功恥為關外民上書乞徙東關以家財給用武帝意亦好廣濶于是徙關新安去弘農三百里

山頭孱顔一望佳甚使移關三百里者可能全為此哉勢利之念重山水之念輕今古同然也

次陝州先寄源從事（唐書）陝州陝郡本弘農郡屬河南道

離思羈愁日欲晡東周西雍上聲此分途迴鑾佛寺高多少望盡黃河一曲無

（唐書）代宗廣德元年十月吐蕃入寇奉天上出幸陝州十二月上還京（物理論）河百里一小曲千里一大曲一

直一曲九曲
以達于海
一時二次陝州三四寄問之詞言
君已登高遠眺而我尚在中途也

過鄭廣文舊居〔唐書〕玄宗愛鄭虔才更置廣文
館以虔為博士〔長安志〕韓莊在
韋曲之東退之與孟郊賦詩又送其子讀
書處鄭莊又在其東南鄭十八虔之居也

宋玉平生恨有餘遠循三楚弔三閭可憐留著臨江宅
異代應教庾信居
〔離騷序〕屈原與楚同姓仕于懷王為三閭大夫三閭之
職掌王族三姓曰昭屈景〔西谿叢語〕唐余知古渚宮故
事曰庾信因侯景亂自建康遁歸江陵居宋玉故宅宅
在城北三里故哀江南賦云誅茅宋玉之宅穿徑臨江
之府
宋玉之弔三閭猶已之弔廣文廣文之宅應為
已今日之居廣文一生不達異代同心之悲也

東下三旬苦于風土馬上戲作

路遶函關東復東身騎征馬逐驚蓬天池遼闊誰相待

日月虛乘九萬風

水經注潼關歷北出東崤通謂之函谷關邃岸天高空谷幽深澗道之峽車不容軌○天池九萬風見莊子

世無知已空自奔馳耳

莫愁

雪中梅下與誰期梅雪相兼一萬枝若是石城無艇子

莫愁還自有愁時

樂府莫愁在何處莫愁石城西艇子打兩槳催送莫愁來

梅雪萬枝誰與相期石城無艇莫愁亦愁已安能不愁乎

夢令狐學士

山驛荒涼白竹扉殘燈向曉夢清暉古銀臺路雪三尺鳳詔裁成當直歸

〔李肇翰林志〕翰林院在銀臺門北麟德殿西廂重廊之後學士院在翰林之南別户東向引鈴門外雖宣事不敢入〔鄴中記〕石虎詔書以五色紙銜木鳳凰口中飛下端門〔令狐綯賦〕綯爲翰林承旨夜對禁中燭盡帝以乘輿金蓮華炬送還院吏望見以爲天子來及綯至皆驚

涉洛川

通谷陽林不見人我來遺恨古時春宓妃漫結無窮恨不爲君王殺灌均

〔洛陽記〕城南五十里有大谷舊名通谷〔洛神賦〕容與乎陽林流眄乎洛川〔善曰〕陽林地名多生楊因名五臣本

作〔陽〕洛神〔賦〕恨人臣之道殊怨盛年之莫當〔原注〕灌均
陳王典籤諸諸王于文帝者〔魏志〕植與諸侯並就國黄
初二年監國謁者灌均希旨奏植醉酒悖慢刦
脅使者有司請治罪帝以太后故貶爵安鄉侯
自寫被讒
之恨也

有感

中路因循我所長古來才命兩相妨勸君莫强安蛇足
一醆芳醪不得嘗
〔戰國策〕有祠者賜其舍人酒一卮舍人相謂曰數人飲
之不足一人飲之有餘請畫地為蛇蛇先成者飲酒一
人蛇先成乃左手持酒右手畫地曰吾能為之足未成
一人蛇成奪其卮曰蛇故無足子安能為遂飲酒為蛇
足者終
亡其酒
有才無命遂至終路無歸自咎其强
安蛇足以致如此無聊之極思也

宫妓　宫妓内妓也（教坊記）西京右教坊在光宅坊左教坊在延政坊右多善歌左多工舞妓女入宜春院謂之内人亦曰前頭人嘗在上前也

珠箔輕明拂玉墀披香新殿鬬腰支不須看盡魚龍戲終遣君王怒偃師

（三秦記）明光殿皆金玉珠璣為簾箔晝夜光明（雍錄）唐慶善宫有披香殿（漢書）武帝作魚龍角抵之戲（師古曰）魚龍者為舍利之獸先戲于庭極畢乃入殿前激水化成比目魚跳躍漱水作霧障日化成黄龍長八丈出水敖戲于庭炫燿日光（西京賦）海鱗變而成龍即為此色也（列子）周穆王西巡狩道有獻工人名偃師偃師所造能倡者趣步俯仰頷其頤則歌合律捧其手則舞應節千變萬化惟意所適王以為實人也與盛姬内御並觀之技將終倡者瞬其目而招王之左右侍妾王大怒欲誅偃師偃師立剖散倡者以示王皆傅會革木膠漆白黑丹青之所為内外肝膽支節等皆假物也合會復如初王歎曰人之巧乃可與造化同功乎

小人之伎倆終至于取不過暫時戲弄耳

宮辭

君恩如水向東流得寵憂移失寵愁莫向樽前奏花落涼風只在殿西頭

樂府有梅花落 恩情中道絕如此之速被寵者自當猛省

代贈二首

樓上黃昏欲望休玉梯橫絕月中一作如鉤芭蕉不展丁香結同向春風各自愁

望而不見不如且休兩地同愁安用望為

東南日出照高樓樓上離人唱石州總把春山掃眉黛

不知供得幾多愁

樂府石州詞角調曲也又有舞石州唐書石州昌化郡本離石郡天寶元年更名西京雜記文君姣好眉色如望遠山臉際常若芙蓉

楚吟

山上離宮宮上樓樓前宮畔暮江流楚天長短黄昏雨

宋玉無愁亦自愁

瑶池

瑶池阿母綺窗開黄竹歌聲動地哀八駿日行三萬里

穆王何事不重來

穆天子傳王母為天子謡曰將子無死尚復能來天子荅之曰比及三年將復而野

諷求仙之無益也

柳

為有橋邊拂面香何曾自敢占流光後庭玉樹承恩澤不信年華有斷腸

得意之人不知失意之悲

寄在朝鄭曹獨孤李四同年

昔歲陪遊舊跡多風光今日兩蹉跎不因醉本蘭亭在兼忘去聲當年舊永和

道源注法書要録永和九年王右軍與親友四十二人修禊于蘭亭揮毫製序興樂而書遒媚勁健謂有神助

醒後日再書數十百紙終不能及右軍自珍愛之秘藏于家七傳而至智永子徽之派也舍族為僧居越之永欣寺後授弟子辨才人所罕見唐太宗遣御史蕭翼以計賺取太宗不豫命太子以此本從葬昭陵愚按〔南部新書〕云蘭亭序武德四年歐陽詢就越詐求之始入秦王府麻道嵩奉教榻兩本一送辨才一王自收貞觀二十三年褚遂良請入昭陵其說與此不同

寫自己之幾忘舊譜反言見意以蘭亭比同年姓名譜也

南朝

地險悠悠天險長金陵王氣應瑤光休誇此地分天下只得徐妃半面粧

〔春秋運斗樞〕北斗七星第一天樞第二璇第三璣第四權第五衡第六開第七瑤光〔江淹詩〕瑤光正神縣南朝為正朔所歸故曰應瑤光也〔南史〕徐妃諱昭佩無容質不見禮帝二三年一入房妃以帝眇一目每知帝將至

必爲半面粧以俟
帝見則大怒而出
以如此之形勝如此之王氣而僅足以偏安
非英雄也借一事而統論南朝非耑指徐妃

題漢祖廟

乘運應須宅八荒男兒安在戀池隍君王自起新豐後
項羽何曾在故鄉

漢書京兆新豐秦曰驪邑高祖七年置三輔舊事太上
皇不樂關中思慕鄉邑高祖徙豐沛酤酒煑餅商人立
爲新豐項羽傳富貴不
歸故鄉如衣繡夜行

同離故鄉成敗不同雖曰天
數不無人事創論却是實理

韓冬郎即席爲詩相送一座盡驚他日余方追
吟連宵侍坐徘徊久之句有老成之風因成二

絶寄酬兼呈畏之員外（南部新書）冬郎韓偓小字父瞻字畏之義山同年

十歲裁詩走馬成冷灰殘燭動離情桐花萬里丹山路雛鳳清於老鳳聲

劍棧風檣各苦辛別時冰雪到時春爲憑何遜休聯句瘦盡東陽姓沈人

原注沈東陽約嘗謂何遜曰吾每讀卿詩一日三復終未能到余雖無東陽之才而有東陽之瘦矣

前首稱其邁種之才後首已之傾倒至矣

評事翁寄賜餳粥走筆爲答

粥香餳白杏花天省對流鶯坐綺筵今日寄來春已老

鳳樓迢遞憶鞦韆

（玉燭寶典）寒食節今人悉為大麥粥研杏仁為酪引餳沃之孫楚祭子推文云黍飯一盤醴酪二盂是其事也流鶯比美人故下言憶鞦韆省字有意

東阿王（魏志）明帝太和二年植復還雍丘三年徙封東阿

國事分明屬灌均西陵魂斷夜來人君王不得為天子半為當時賦洛神

鄴中故事（魏武帝遺命諸子曰吾死之後葬于鄴之西崗婕妤美人皆著銅雀臺上施六尺牀下繐帳朝晡上酒脯糒糗之屬每月朔十五輒向帳前作伎樂汝等時登臺望吾西陵墓田（魏志）植既以才見異丁儀丁廙楊修等為之羽翼太祖狐疑幾為太子者數矣而植任性而行不自雕勵文帝御之以術矯情自飾宮人左右並為之說遂定為嗣

東阿被灌均之譏魏武泉下應悔不立子建也後二
句言多才之累遂至此耳○魂斷夜來人乃用卞后
罵曹丕狗彘
不食其餘事

過景陵〔唐書〕憲宗服方士柳泌金丹毒發多躁
怒元和十五年正月暴崩謚曰聖神章
武孝皇帝葬景陵
在蒲城縣金幟山

武皇精魄久仙昇帳殿淒涼烟霧凝俱是蒼生留不得
鼎湖何異魏西陵

〔唐六典〕凡大駕行幸設三部帳幕帳皆烏氈為表朱綾
為覆〔漢書〕黃帝鑄鼎荆山之下有龍垂胡顧下迎黃帝
騎龍上天後世
名其地名鼎湖
鼎湖指憲宗也言求仙本欲如黃帝
之不死而究無異西陵何益之有

板橋曉別

迴望高城落曉河長亭窗户壓微波水仙欲上鯉魚去一夜芙蓉紅淚多

列仙傳琴高趙人也行涓彭之術浮遊冀州涿郡間二百餘年后入涿水中取龍子與諸弟子期日明日皆潔齋候于水旁果乘赤鯉來留月餘復入水去拾遺記薛靈芸别父母以玉唾壺承淚皆為紅色

一曉别二板橋三行矣四别恨指所别言芙蓉從微波水仙生出正是題中板橋

闕門柳

永定河邊一行柳依依長發故年春東來西去人情薄不為清陰減路塵

行人攀折不為柳色之清陰而稍減路塵人情之薄如此正見别離之多也

彭城當作陽公甍後贈杜二十七勝李十七潘文集

作藩二君並與愚同出故尚書安平公門下〔舊唐書令狐楚傳〕元和十四年楚拜同平章事太和中歷任宣武天平河東節度使七年入為吏部尚書九年十月守尚書左僕射進封彭陽郡開國公開成元年四月出為興元尹充山南西道節度使二年十一月卒于鎮〔新書〕杜勝宰相黃裳之子寶曆初擢進士第宣宗大中朝拜給事中遷戶部侍郎判度支欲倚為宰相及蕭鄴罷為中人沮毀更用蔣伸以勝檢校禮部尚書出為天平節度使不得意卒李藩未詳〔舊書〕崔戎字可大裴度領太原戎為參謀遷劍南東西川宣尉使還拜給事中改華州刺史遷兗海沂密都團練觀察使太和八年五月卒贈禮部尚書〔世系表〕戎封安平縣公〔本集〕有為安平公兗州奏杜勝李藩等充判官狀

梁山兗水約從公兩地參差一旦空謝壘庾村相弔後

自今岐路各西東

唐書漢中郡屬山南西道本梁州漢川郡天寶元年改
漢中兗州魯郡屬河南道梁山謂彭陽兗水謂安平也
謝安傳苻堅寇淮淝安命駕出
與玄圍棊賭別墅庾村未詳

楚宫

十二峰前落照微高唐一作堂宫暗坐迷歸朝雲暮雨長
相接猶自君王恨見稀

天中記巫山十二峯曰望霞曰翠屏曰朝雲曰松巒曰
集仙曰聚鶴曰淨壇曰上昇曰起雲曰飛鳳曰登龍曰
聖泉

人間之久別
恨更何如

夕陽樓原注在滎陽今遂寧蕭侍郎刺滎陽日
作○按蕭侍郎蕭澣也舊唐書太和七
年三月以給事中
蕭澣為鄭州刺史

花明柳暗繞天愁上盡重城更上樓欲問孤鴻向何處

不知身世自悠悠

正當春愁更上高樓忽覩孤雁堪憐欲問其今向何處不知自巳之身世正自悠悠雁將問汝如之何其問雁也意言講公不能荐達

鴛鴦

雌去雄飛萬里天雲羅滿眼淚潸然不須長結風波願

鎖向金籠始兩全

鎖向金籠本所不願然與其結願于風波之中不如兩全金籠耳無可奈何之詞

妓席暗記送同年獨孤雲之武昌

疊嶂千重叫恨猿長江萬里洗離魂武昌若有山頭石

爲拂蒼苔撿淚痕
劉義慶幽明錄武昌北山上有
望夫石言化石而別淚不乾也

武夷山〔方輿勝覽〕武夷山〔道書〕謂第十六洞天
舊有神降此自稱武夷君又〔列仙傳〕云
籛鏗鍊丹之所也鏗二子長曰武次曰夷因以
名山〔朱文公序〕曰武夷之名者著於漢世祀以
乾魚不知果何神也〔一統志〕山
在建寧府崇安縣南三十里

只得流霞酒一杯空中簫鼓幾一作當時迴武夷洞裏生
毛竹老盡曾孫更不來
〔抱朴子〕項曼卿修道山中自言至天上遊紫府遇仙人
與流霞一盃飲之輒不飢渴〔方輿勝覽〕毛竹洞在西溪
上流去武夷山百餘里徧生毛竹每節出一榦其巨細
與根等〔陸羽武夷山記〕武夷君于八月十五日山上置
幔亭化虹橋通上下大會鄉人
宴飲日汝等皆吾之曾孫也

流霞只一杯簫鼓復回如何洞生毛竹
曾孫老盡一去不來也安得有仙人乎

一片

一片瓊英價動天連城十二（當作五）昔虛傳良工巧費眞
為累楮葉成來不直錢
〔詩〕尚之以瓊英乎而〔說文〕瓊赤玉〔禮記〕玉氣若白虹天也〔史記〕趙得楚和氏璧秦王請以十五城易之〔韓非子〕宋人刻玉為楮葉三年而成雜之楮葉不辨
絕世奇文不能見重于時言識者之難也

寄成都高苗二從事〔原注〕時二公從事商隱座主府

紅蓮幕下紫梨新命斷湘南病渴人（義山時在桂管）今日問君
能寄否二江風水接天津

〔南史〕王儉用庾杲之為衛將軍蕭劻與儉書曰庾景行泛綠水依芙蓉何其麗也時人以儉府為蓮花池〔蜀都賦〕紫梨津潤〔楊慎曰〕紫梨選注不言其狀按蜀有梨樹花以秋日其花紅色唐李遵有進紫梨表可証〔水經注〕成都縣有二江雙流郡下〔爾雅注〕箕斗之間天漢之津梁

湘南病渴正需紫梨風水相接果能寄否蓋托言也

西南行郄寄相送者

百里陰雲覆雪泥行人只在雪雲西明朝驚破還鄉夢定是陳倉碧野雞

四皓廟　廟在商縣商雒山

羽翼殊勳棄若遺皇天有運我無時廟前便接山門路不長青松長紫芝

松可為榱梁而芝惟可隱蓋出此山門便可直至京師故云我無時也

相思一作相思樹上

相思樹上合歡枝紫鳳青鸞共羽儀腸斷秦臺吹管客日西春盡到來遲

搜神記宋康王舍人韓憑娶妻何氏美王奪之憑怨自殺何氏乃陰腐其衣從王登臺遂投臺左右攬其衣不得而死遺書于帶曰願得與憑合葬王弗聽使里人埋之冢相望也宿昔之間有梓生于二冢旬日盈抱屈體相就根交于下枝錯于上又有鴛鴦雌雄各一恒棲樹上交頸悲鳴宋人哀之號其木曰相思樹列仙傳蕭史者秦穆公時人善吹簫能致孔雀白鶴穆公女弄玉好之公妻焉鳳止其屋為作鳳臺博雅簫大者二十四管無底小者十六管有底

烏猶並棲而秦客乃春盡不來能無腸斷

送鄭大台文南覲〔舊唐書〕鄭畋台文年十八登進士第以書判授渭南尉直史館未行父亞出為桂管都防禦經略使畋隨侍左右按〔北夢瑣言〕載畋生于桂州小字桂兒時監軍西門思恭詔徵赴闕亞餞于北郊以畋托之考舊史及義山詩皆知其謬

灘聲五月寒南風無處附平安君懷一匹胡黎辟當作壁威絹爭拭酬恩淚得乾〔夷白堂便覽〕南雄府保昌縣有九灘黎壁乃其二〔晉陽秋〕胡威少有志尚厲操清白父質為荊州威自京都省之告歸質賜絹一匹威跪曰大人清高不審于何得此絹質曰是我俸祿之餘故以為汝糧耳

上二句言已別後音書難寄下二句言台文之清操

舊頓〔增韻〕頓宿食處也天子行幸住宿處亦曰頓〔唐書〕祿山反帝西出令御史大夫魏方進為置頓使

東人望幸久咨嗟四海於今是一家猶鎖平時舊行殿

盡無宮户有宮鴉一作宮花 一作飛鴉

代董秀才却扇〔通〕鑑中宗戲竇從一以老乳母王氏嫁之令從一誦却扇詩數首〔注〕唐人成昏之夕有催粧詩却扇詩

莫將畫扇出帷來遮掩春山滯上才若道團圓似明月

此中須放桂花開

〔何遜看新婦詩〕如何花燭夜輕扇掩紅粧就明月生意趣水和泥敏妙

有感

非關宋玉有微辭却是襄王夢覺遲一自高唐賦成後

楚天雲雨盡堪疑

宋王好色賦登徒子短宋玉曰玉為人體貌閑麗口多微辭玉溪無題諸作即微詞也當時必有議者故此詩寄慨

驪山有感

驪岫飛泉泛暖香九龍呵護玉蓮房平明每幸長生殿不從金輿惟壽王

〔寰宇記〕驪山在昭應縣東南二里即藍田山也溫湯在山下〔唐實錄〕玄宗生日源乾曜張說上表曰陛下二氣合神九龍浴聖〔明皇雜錄〕上于華清宮新廣一湯制度弘麗安祿山以白玉石為魚龍鳧雁仍為石梁及石蓮花以獻雕鐫巧妙殆非人工大悅命陳于湯中以石梁橫亘湯上而蓮花纔出水際〔長恨歌〕七月七日長生殿夜半無人私語時〔恨賦〕喪金輿及玉乘〔唐書〕壽王瑁母武惠妃頻姒不育及瑁生寧王請養邸中名為己子故

封比諸王最後（又曰）惠妃薨後宮無當意者或言壽王
妃楊氏之美上見而悅之乃令妃自以己意乞為女官
號太眞更為壽王娶郎將韋昭訓女潛納太眞于宮中
不朞歲寵遇如惠妃○末語與薛王沈醉壽王醒同意
此詩可以不作即作亦宜渾涵不露看少陵每于
天寶時是何等語意則義山之陋不辨自明矣

別智玄法師

智玄當作知玄（佛祖通紀）太和元
年詔沙門知玄入殿問道賜號悟
達國師玄五歲能吟詩出家為沙彌十四講經
李商隱贈以詩云十四沙彌解講經似師年紀
止攜缾沙彌說法沙門聽不在年高在性靈（佛
祖通載）文宗癸丑十月帝名法師知玄與道士
于麟德殿論道（稽古略）匡宗大德諱知玄姓陳
氏咸通四年制署號悟達國師總教門事帝幸
安國寺賜師沈香寶座僖宗中和二年幸蜀召
師赴行在後辭還九龍山師三學洞貫名蓋一
時世稱
陳菩薩

雲鬟無端怨別離十年移易住山期東西南北皆垂泪

却是楊朱眞本師

人生未有不戀室家者今雲鬢別離之怨不得已也僧教以傳法者為本師十年住山原欲智公傳法乃移易而去岐路之悲反以楊朱為眞本師矣其不得已之情為何如哉

贈孫綺新及第

長樂遥聽上苑鐘綵衣稱慶桂花濃陸機始擬誇文賦不覺雲間有士龍

漢書高祖五年後九月徙諸侯于關中治長樂宮漢舊儀上林苑離宮七十所皆容千乘萬騎西京賦上林禁苑跨谷彌阜東至鼎湖斜界細柳藏榮緒晉書陸機妙解情理心識文體故作文賦世說陸雲與荀隱會于張華坐雲抗手曰雲間陸士龍

一新第二得祿養三自已四孫綺我方欲自誇能文不知有君而君已及第則能文可知我何敢復自誇

哉

代秘書贈弘文館諸校書（唐六典秘書省監一人少監二人丞一人秘書郎四人武德初置修文館武德末改為弘文館校書郎二人）

清切曹司近玉除比來秋興復何如崇文館裏丹（一作飛）霜後無限紅梨憶校書（杜氏通典唐置崇賢館屬左春坊後避皇太子諱改為崇文館其學士例與弘文館同崇文即秘書霜後梨紅對此而憶校書也）

乿石

虎踞龍蹲縱復橫星光漸減雨痕生不須併礙東西路哭殺廚頭阮步兵

晉書阮籍聞步兵廚人善釀有貯酒三百斛乃求為步兵校尉○末二語詮窮之悲刺小人當路也意太露

日日一云春日

日日春光鬭日光山城斜路杏花香幾時心緒渾無事得及游絲百尺長言虛度春光也

過楚宮

巫峽迢迢舊楚宮至今雲雨暗丹楓微生盡戀人間樂只有襄王憶夢中辭氣似刺襄王其實作者自有寄托不可呆講

龍池

龍池賜酒敞雲屏羯鼓聲高衆樂停夜半宴歸宮漏永薛王沉醉壽王醒

〔雍錄〕明皇為諸王時故宅在京城東南角隆慶坊有井井溢成池中宗時數有雲龍之祥後引龍首堰水注池池面益廣即龍池也開元二年七月以宅為宮是為興慶宮〔南卓羯鼓錄〕羯鼓出外夷以戎羯之鼓故曰羯鼓其聲促急破空透遠特異衆樂明皇極愛之甞聽琴未終遽止之曰速令花奴持羯鼓來為我解穢〔容齋續筆〕唐岐薛諸王俱甍于開元中而太真以天寶二載方入宮此篇與元稹連昌宮詞百官隊仗避岐薛俱失之愚按史云睿宗六子王德妃生業始王趙降封中山王進王薛開元二十二年甍子瑁嗣此詩與微之詞豈俱指嗣王歟要之作者微文可以刺譏不必一一核實不作

即目一作日

小鼎煎茶面曲池白鬚道士竹間棋何人書破蒲葵扇
記著南塘移樹時

〔廣雅〕栟櫚椶也〔玉篇〕一名蒲葵〔晉陽秋〕謝安鄉人有罷中宿縣詣安安問歸資答曰惟有五萬蒲葵扇又以非時安乃取其中者執之士庶競慕價十倍〔又曰〕王羲之見老姥持十許六角扇賣之因書其扇各五字老姥初有慍色羲之謂曰但云王右軍書索百錢姥從之人競買之

南塘移樹時即書扇之日也

吴宫

龍檻沈沈水殿清禁門深掩斷人聲吴王宴罷滿宮醉
日暮水漂花出城

寫其醉生夢死荒淫亡國借古慨今也

常娥

雲母屏風燭影深長河漸落曉星沈常娥應悔偷靈藥碧海青天夜夜心

常娥指所思之人也作眞指常娥痴人說夢

殘花

殘花啼露莫留春尖髮誰非怨別人若但掩關勞獨夢寶釵何日不生塵

舉世誰非怨別豈徒殘花不能留春若但掩關獨夢空勞怨恨亦何爲哉

天津西望元和郡國志天津橋在河南縣北四里隋大業元年造用大船連以鐵鎖南北夾起四樓唐貞觀中更令石工纍方石爲脚

虜馬崩騰忽一狂翠華無不到東方天津西望腸眞斷

滿眼秋波出苑牆

亂後荒涼之景

西亭

此夜西亭月正圓疎簾相伴宿風烟梧桐莫更翻清露

孤鶴從來不得眠

圓月相伴本自不眠何用清露之驚孤鶴哉

憶住一作一師

匡

無事經年別遠公帝城鐘曉憶西峯爐烟消盡寒燈晦

童子開門雪滿松

（高僧傳）慧遠本姓賈氏雁門樓煩人因秦
亂來遊于晉居盧阜三十餘年化兼道俗
三四西峯之景如此
無事而別能不相憶

昨夜

不辭鶗鴂妬年芳但惜流塵暗燭房昨夜西池涼露滿

桂花吹斷月中香

年芳已晚燭房塵暗所以西池涼
露桂香吹斷而不忍歸房中也

海客

海客乘槎上紫氛星娥罷織一相聞只應不憚牽牛妬

聊用支機石贈君

（劉楨詩）奮翅凌紫氛（集林）昔有人尋河源見婦人浣紗
問之曰此天河也乃與一石而歸問嚴君平君平曰此

織女支機之石

一比登第也二不以事辭也不憚其夫而以石贈不止罷織相聞也人生世上勢位富厚蓋可忽乎哉

初食笋呈座中

嫩籜香苞初出林於陵論價重如金皇都陸海應無數忍剪凌雲一寸片（一作心）

〔齊乘〕於陵在長山縣二十五里即陳仲子所居〔漢書〕秦地有鄠杜竹林南山檀柘號陸海皇都之剪食無數誰惜此凌雲一寸心乎流落長安者可痛哭也

寄蜀客

君到臨邛問酒壚近來還有長卿無金徽却是無情物不許文君憶故夫

此譏蜀客之
不念故人也

海上

石橋東望海連天徐福空來不得仙直遣麻姑與搔背
可能留命待桑田

仙傳拾遺徐福字君房秦始皇時聞東海中祖洲上有
不死之草生瓊田中一名養神芝始皇乃遣福及童男
女各三千人乘樓船入海尋祖洲不返列仙傳麻姑降
蔡經家經見麻姑手似鳥爪心言背大癢時得此爪以
爬背當佳也王方平知經心言使人牽經鞭之曰麻姑
神人也汝何忽謂其爪可爬背乎但見鞭著經背亦不
見有人持鞭者方平告
經曰吾鞭不可妄得也
海水連天徐生已死即遣麻姑搔背
而海變桑田命不能待亦見無仙也

白雲夫舊居

平生誤識白雲夫再到仙簷憶酒壚牆外萬株人絕跡
夕陽惟照欲棲烏

世說王戎過黃公酒壚曰昔我與稽叔夜阮嗣宗酣暢此壚自稽阮云亡便為時羈紲今視此雖近邈若河山○當時如不識雲夫則今日之樹絕人跡殘照棲烏景雖荒涼何至傷心故曰誤識

同學彭道士參寥

莫羨仙家有上眞仙家暫謫亦千春月中桂樹高多少
試問西河斫樹人

眞誥列羽服之上眞（酉陽雜俎）月中桂高五百丈下有一人常斫之樹創隨合人姓吳名剛西河人學仙有過謫令伐樹

學仙有過謫令伐樹樹高無限勞苦不已仙家有何好處而君羨而學也玉溪不喜仙道集中皆是譏刺

到秋

扇風淅瀝簟流離一作灕萬里南雲滯所思守到清秋還寂寞葉丹苔碧閉門時

簟竹席流離簟文也魯靈光殿賦流離爛漫（齊日）皆光色貌陸機賦指南雲以寄欽當長夏相思意到秋時必能相見今葉丹苔碧而閉門寂寞何以爲情乎

華師

孤鶴不睡雲無心衲衣筇杖來西林院門晝鎖迴廊靜秋日當堦柿葉陰

有心事者孤眠不睡常人之情乃院鎖廊靜柿陰當階策杖西林無寐無心其有道可知

華嶽下題西王母廟

神仙有分豈關情八馬虛隨落日行莫恨名姬中夜沒
君王猶自不長生
穆天子傳天子遊于河濟盛君獻女王為盛姬築臺砌
之以玉天子西征至玄池之上乃奏樂三日終是日樂
池盛姬亡天子賓姬于轂丘之廟葬于樂池之南郡國
志濮州璧玉臺穆天子為盛姬所造也今旁池猶多珉
石按唐書武宗王才人善歌舞狀纖頎頗類帝每畋苑
中才人必從袍而騎佼服光侈觀者莫知孰為帝也帝
惑方士說欲餌藥長生後寢不豫才人獨憂之及大漸
才人悉取所常貯散遺宮中審帝已崩即自經幄下義
山此詩豈有感
其事而發歟
唐書載武宗寵王才人嘗欲以為后帝崩即自經宣
宗即位嘉其節贈賢妃李衛公兩朝獻替記云自上
臨御王妃有專房之寵以嬌妬忤旨日夕而殞羣情
無不驚懼以謂上成功之後喜怒不測康軿劇談錄
云孟才人善歌有寵於武宗一旦聖體不豫召而問
之曰我或不諱汝將何之對曰若陛下萬歲后無復

生爲是日令歌河滿子一曲聲調悽咽聞者涕零及宮車宴駕哀痛數日而殞窆於端陵之側此二則與唐書所載全別據所言王氏爲妃已久亦非宣宗即位後追贈又張祜集有孟才人歎一篇序曰武宗疾篤遷便殿孟才人以歌笙獲寵者密侍其右上目之曰吾當不諱爾何爲哉指笙囊泣曰請以此就縊上憫然復曰妾嘗藝歌願對上歌一曲以泄其憤上以其懇許之乃歌一聲河滿子氣亟立殞上令醫候之曰脈尚溫而腸已絶然則唐書獻替記皆誤而劇談錄所載者近之三人占則從二人之言只爲一聲河滿子下泉須弔孟才人久誦人口矣

過華清内廐門

華清別館閉黄昏碧草悠悠内廐門自是明時不巡幸

至今青海有龍孫

雖舊物不失而衰微在目也

樂遊原

萬樹鳴蟬隔岸紅樂遊原上有西風羲和自趁一作是虞泉宿不放斜陽更向東

廣雅日御曰羲和淮南子日薄于虞泉是謂黃昏

時不再來之歎

丹丘

楚詞仍羽人于丹丘兮留不死之舊鄉拾遺記丹丘千年一燒至聖之君以為大瑞

青女丁寧結夜霜羲和辛苦送朝陽丹丘萬里無消息幾對梧桐憶鳳凰

歲月如流梧桐猶在而鳳凰不歸也

鳳

萬里峯巒歸路迷未判同容彩借山雞新春定有將雛

樂阿閣華池兩處棲

南越志曾城縣多鵕鸃鵕鸃山雞也光色鮮明五彩炫燿○言彩鳳非山雞之比晉書樂志吳歌雜曲一日鳳將雛帝王世紀黃帝時鳳凰巢于阿閣韓詩外傳齊景公出弋昭華之池

此思家之作一自已二佳人之美乃分棲兩處安能有將雛之樂乎傷心之至也

病中早訪招國李十將軍遇挈家遊曲江

十項平波溢岸清病來惟夢此中行相如未是眞消渴

猶放沱江過錦城

漢書沱水在蜀郡郫縣西東入大江其一在汶江縣西南東入江

李猶未是眞渴已乃眞病消渴耳蓋嘲也

櫻桃花下

流鸎舞蝶兩相欺不取花芳正結時他日未開今日謝

嘉辰長短是參差來不及時宜鸎蝶之相欺也

故驛迎弔桂府常侍有感按〔舊唐書〕大中元年二月以給事中鄭亞為御史中丞桂管防禦觀察使二年正月以李德裕坐累責授循州刺史未幾卒此云常侍或後來贈官

饑烏翻樹晚雞啼泣過秋原沒馬泥二紀征南恩與舊

此時丹旐玉山西丹旐銘旌也〔王褒送葬詩〕丹旐書空位玉山即藍田山

一傷心之時二傷心之地三四傷
心之事西州之痛當世有幾人哉

槿花

風露淒淒秋景繁可憐榮落在朝昏未央宮裏三千女
但保紅顏莫保恩

漢武故事上起明光宮發燕趙美女三千
人充之建章未央長樂三宮皆輦道相屬

紅顏未老君恩已
歇豈惟槿花為然

暮秋獨遊曲江

荷葉生時春恨生一作起荷葉枯時秋恨成深知身在情
長在悵望江頭江水聲

江郎云僕本恨人青蓮云
古之傷心人與此同意

任弘農尉獻州刺史乞假還京〔唐書〕弘農縣屬虢州貞觀八年徙州治弘農〔本傳〕調補弘農尉以活獄忤觀察使孫簡將罷去此詩當在是時作

黃昏封印點刑徒愧負荊山入座隅却羨卞和雙刖足一生無復沒階趨

按地志荊山非一處此乃弘農郡之荊山也○因荊山而用卞和事其實卞和泣玉乃楚之荊山古人用事不甚泥

老至居人下乃有此語

贈勾芒神〔月令注〕少皞氏子重為木官曰勾芒〔疏〕云木初生而有芒角也

佳期不定春期賒春物天閼興咨嗟願得勾芒索青女不教容易損年華

月夜重寄宋華陽姊妹

偷桃竊藥事難兼十二城中鎖彩蟾應共三英同夜賞玉樓仍是水精簾

（宋之問明河篇）水精簾外轉逶迤

偷桃喻求仙竊藥喻夫婦也月夜同賞有姊妹而玉樓簾隔無異孤眠也

訪人不遇留別館

卿卿不惜鎖窗春去作長楸走馬身閑倚繡簾吹柳絮日高深院斷無人

（世說）王安豐婦常卿安豐曰婦卿卿愛卿是以卿卿（曹植詩）走馬長楸間

閒吹柳絮深院無人畫出可惜情景

雨中長樂水館送趙十五滂不及

碧雲東去雨雲西苑路高高驛路低秋水綠蕪終盡分
夫君太騁錦障泥

何必衝雨而去終有晴時
首句有比意次長樂館送

池邊

玉管葭灰細細吹流鶯上下燕參差日西千遶池邊樹
憶把枯條撼雪時

後漢書候氣之法竹為管葭莩為灰為室三重布緹縵
木為案內庳外高加律其上以葭莩灰抑其內端按歷
候之氣至灰飛殿
中用玉律十二

枯條撼雪時有無限情事
一二昔日事三四今日意

賈生

宣室求賢訪逐臣賈生才調更無倫可憐夜半虛前席不問蒼生問鬼神

前席之虛今古盛典文帝之賢所問如此亦有賈生遇而不遇之意與

送王十三校書分司

多少分曹掌秘文洛陽花雪夢隨君定知何遜緣聯句每到城東憶范雲

校書知音若范雲之賞何遜所以憶也

寄惱韓同年時韓住蕭洞二首

簾外辛夷定已開開時莫放艷陽回年華若到經風雨

便是胡僧話刦灰

（木草）辛夷花正二月間開初發如筆北人呼爲木筆其花最早南人呼爲迎春

龍山晴雪鳳樓霞洞裏迷人有幾家我爲傷春心自醉不勞君勸石榴花

（扶南傳）頓遜國有安石榴取其汁停杯中數日成美酒

霞雪比仙故曰洞裏迷人云云三四正寫惱意

謁山

從來繫日乏長繩水去雲迴恨不勝欲就麻姑買滄海一杯春露冷如冰

（李白詩）安得長繩繫白日

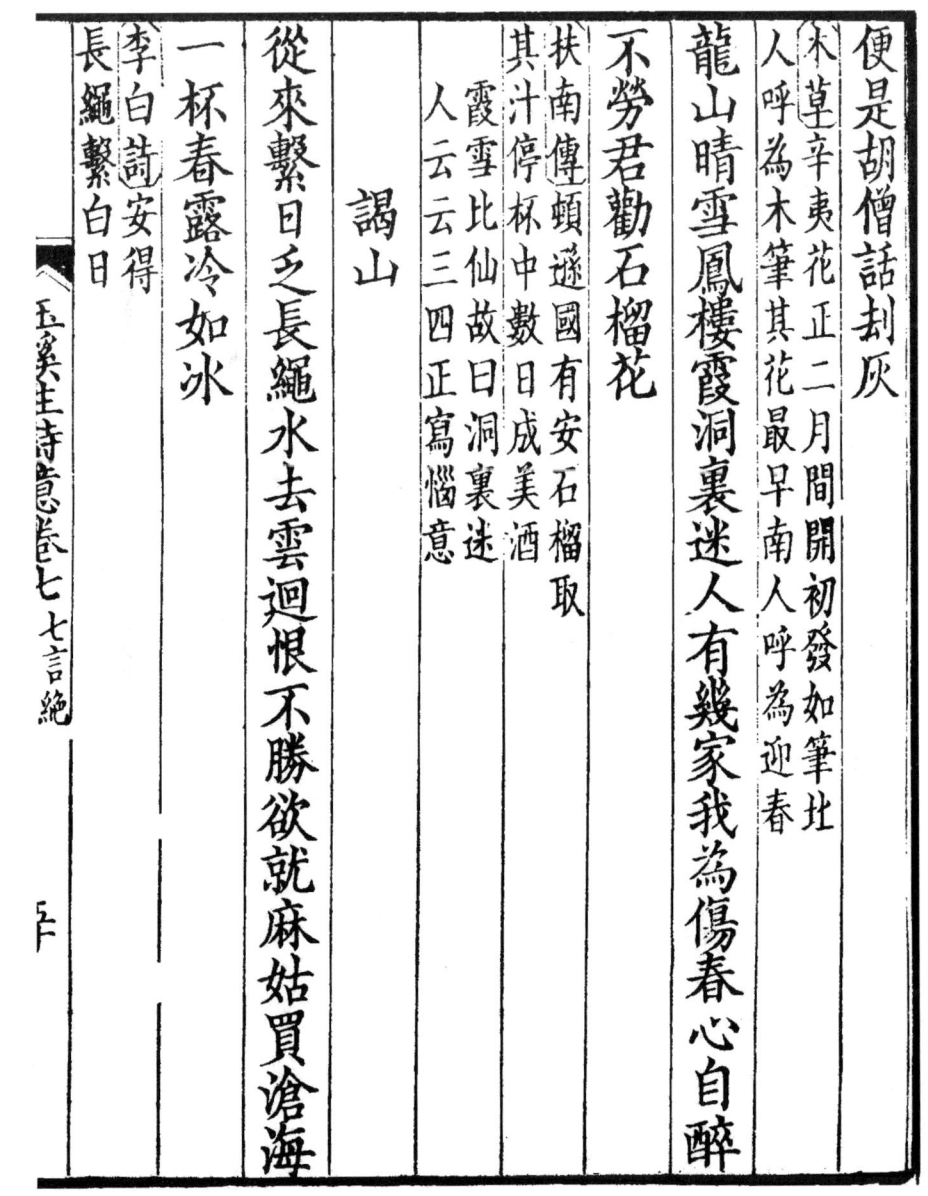

杯露之微其冷如冰不能迴春
況滄海之大乎言不能買也

鈞天

上帝鈞天會衆靈昔人因夢到青冥伶倫吹裂孤生竹
却爲知音不得聽

〔周禮〕孤竹之管〔注〕
孤竹竹特生者
吹者本欲得知音一聽今竟不得
故吹裂孤竹玩却爲二字可知

失猿

祝融南去萬重雲清嘯無因更一聞莫遣碧江通箭道
不教腸斷憶同羣

〔長沙記〕衡山七十二峯最大者五芙蓉
紫蓋石廩天柱祝融而祝融爲最髙

江道如通通雖失猶可尋得玩首句自知較李遠失鶴詩深妙多少三四得詩人忠厚之意

戲題友人壁

花逕逶迤柳巷深小闌亭午囀春禽相如解作長門賦却用文君取酒金

長門賦序武帝陳皇后得幸頗妬別居長門宮愁悶悲思聞司馬相如工為文奉黃金百觔為相如文君取酒相如為文以悟主上皇后復得幸

言有相如之才而不遇知音也

素琴絃斷酒缾空倚坐欹眠日已中誰向劉靈一作伶天假日楚詞聊假日以媮樂兮幕內更當陶令北窗風

劉伶酒德頌幕天席地縱意所如陶潛傳夏
日髙卧北窗之下清風颯至自謂羲皇上人
言孤處無聊而
長日如年也

寄遠

姮一作常娥擣藥無時已玉女投壺未肯休何日桑田俱
變了不敎伊水向東流

神異經東王公與玉女投壺梟而脫誤
不接者天為之笑開口流光今電是也
桑田俱變水不東流此時尚能擣
藥投壺否偷閑一晤能無情乎

王昭君

毛延壽畫欲通神忍為黃金不顧人馬上琵琶行萬里
漢宮長有隔生一作山春

西京雜記元帝時後宫既多使畫工圖形按圖召幸之宫人多賂畫工獨昭君不肯匈奴來朝求美人為閼氏上以昭君行名見貌為後宫第一帝悔之而名籍已去不復更人乃窮按其事畫工毛延壽等同日棄市石崇明君詞序昔公主嫁烏孫令琵琶馬上作樂以慰其道路之思其送明君亦必爾也

即斬畫工何裨于萬里之行蔽賢者猶是也長有二字可玩

舊將軍

雲臺高議正紛紛誰定當時蕩寇勳日暮灞陵原上獵

李將軍是故將軍

後漢書顯宗圖畫建武中二十八將于南宫雲臺江淹書高議雲臺之上漢書李廣屏居藍田南山射獵嘗夜從人田間飲還至亭灞陵尉醉呵止廣廣騎曰故李將軍尉曰今將軍尚不得夜行何故也

必有所指潘畊曰追感李晟事而發晟有收京之功張延賞間之奪其兵柄本傳云晟罷兵權朝謁之外

罕所過從其憂讒畏禍
可想而知意或然也

曼倩辭（漢書）東方朔字曼倩平原厭次人

十八年來墮世間瑤池歸夢碧桃閒如何漢殿穿針夜又向窗中一作前覷阿環

（東方朔別傳）朔謂同舍郎曰天下人無能知朔知朔者惟太王公耳朔卒後武帝名太王公問之曰爾知東方朔乎公曰不知公何所能曰頗善星曆帝問諸星具在否曰具在獨不見歲星十八年今復見耳帝嘆曰東方朔在朕旁十八年而不知是歲星哉慘然不樂（漢武內傳）上元夫人遣問云阿環再拜
碧桃之夢久已斷絶不
意七夕復得一見也

李衛公（唐書）劉稹平德裕以功兼守太尉進封衛國公大中初歷貶崖州司户卒○按
詩有木棉鷓鴣語蓋衛
公投竄南荒時作也

絳紗弟子音塵絶鸞鏡佳人舊會稀今日致身歌舞地

木棉花暖鷓鴣飛

後漢書馬融嘗坐高堂施絳紗帳前授生徒後列女樂

吳録交阯有木棉樹高大實如酒杯中有綿如絮可作布名曰緤一名毛布羅浮山記木棉正月開花大如芙蓉花落結子楊慎曰即今班枝花

衛公功在社稷當寫其重大者但寫歌舞似有不足者結用贊皇紅槿花中越鳥啼意

韋蟾

謝家離别正凄涼少傅臨岐賭佩囊却憶短亭回首處

夜來烟雨滿池塘

晉書謝玄少好佩紫羅香囊叔父安患之而不欲傷其意因戲賭取而焚之于此遂止

縣中惱飲席

晚醉題詩贈物華罷吟還醉忘歸家若無江氏五色筆

爭奈河陽一縣花

漫成五章

沈宋裁辭矜變律王楊落筆得良朋當時自謂宗師妙

今日惟觀對屬能

唐書建安後訖江左詩格屢變至沈約庾信以音韻相婉附屬對精密及宋之問沈佺期又加靡麗○王勃楊炯盧照鄰駱賓王皆以文章齊名時號四傑炯嘗曰吾愧在盧前恥居王後

一首言沈宋王楊尚非大才不遇于時猶可也

李杜操持事畧齊三才萬象共端倪集仙殿與金鑾殿

可是蒼蠅惑曙雞

唐六典開元十三年召學士張說等宴于集仙殿改名集賢殿〔唐書杜甫傳〕天寶中進三大禮賦上奇之命待制集賢院召試文章〔李白傳〕賀知章言于玄宗召見金鑾殿論當世事奏頌一篇帝賜食親爲調羹〔詩〕匪雞則鳴蒼蠅之聲。李沮于貴妃杜抑于時相是皆以蒼蠅惑曙雞也

二首言李杜才大如此而亦不遇可歎也

生兒古有孫征虜嫁女今一作全無王右軍借問琴書終一世何如旂蓋仰三分

〔孫權傳〕曹公曰生子當如孫仲謀劉景升兒子豚犬耳曹公表權爲討虜將軍〔晉書〕郄鑒使門生求婿于王導導令就東廂徧觀子弟王氏諸少咸自矜持惟羲之在東牀坦腹臥若不聞鑒曰正此佳婿耶遂以女妻之

三首言文不如武

代北偏師銜使節關中裨將建行臺不妨常日饒輕薄

且喜臨戎用草萊

四首言銜節建臺內外皆輕薄之人焉得不敗且喜者不盡之詞及臨戎而方用草萊恐其晚也

郭令素心非黷武韓公本意在和戎兩都耆舊皆垂淚

臨老中原見朔風

郭子儀傳乾元元年進中書令張仁愿傳神龍中為朔方總管築三受降城于河北景龍二年封韓國公

五首言有郭韓之英雄而不用所以兩都垂淚而中原朔風也○五首是一首皆自負之意

戲題贈稷山驛吏王全原注全為驛吏五十六年人稱有道術往來多

贈詩章唐書稷山縣屬絳州縣在州城西五十五里

絳臺驛吏老風塵耽酒成仙幾十春過客不勞詢甲子

惟書亥字與時人

左傳晉悼夫人食輿人之城杞者絳縣人或年長矣無子而往與于食使之年曰臣生之歲正月甲子朔四百有四十五甲子矣其季于今三之一也吏走問諸朝師曠曰七十三年矣史趙曰亥有二首六身下二如身是其日數也士文伯曰然則二萬六千六百有六旬也趙孟名之而謝過焉

和韋潘前輩七月十二日夜泊池州城下先寄上李使君舊唐書池州屬江南西道本隋宣城郡之秋浦縣武德四年置池州

桂含爽氣三秋首蓂吐中旬二一作三誤葉新正是澄江如練處玄暉應喜見詩人

帝王世紀堯時蓂莢每月朔生一莢月半生十五莢望後日落一莢月小盡則一莢不落觀之以知晦朔謝朓晚登三山詩餘霞散成綺澄江淨如練李白詩解道澄江淨如練令人長憶謝玄暉按玄暉嘗為宣城內史池州本宣城郡地故末二語云然

（二從黃花開日未成句化來）

花下醉

尋芳不覺醉流霞倚樹沈眠日已斜客散酒醒深夜後更持紅燭賞殘花（人賞我醉客去獨賞得無坐中有拘忌者乎）

所居永樂縣久旱縣宰祈禱得雨因賦詩

甘（一作井）膏滴滴是精誠晝夜如絲一尺盈秪怪閻閭喧鼓吹邑人同報束長生（張協詩密雨如散絲晉書束晳太康中郡大旱晳為邑人請雨三日而雨注眾以晳誠感為作歌曰束先生通神明請天三日甘雨零我黍以育我稷以生何以酬之報束長生）

正月十五夜聞京有燈恨不得觀

月色燈光滿帝都香車寶輦隘通衢身閑不睹中興盛羞逐鄉人賽紫姑

偶題二首

小亭閒眠微醉消山榴海柏枝相交水紋簟上琥珀枕傍有墮釵雙翠翹

東宮舊事有烏韜赤花雙文簟七敵揚翠羽之雙翹　此憶往時同宿情景

清月依微香露輕曲房小院多逢迎春叢定是饒棲鳥飲罷莫持紅燭行一作夜

此憶往時飲後情景總見今日之不然也

月

過水穿樓觸處明藏人帶樹遠含清初生欲缺虛惆悵

未必圓時即有情

月缺而人愁月圓而人未必不愁也

夜泠

樹遶池寬月影多村砧塢笛隔風蘿西亭翠被餘香薄

一夜將愁向敗荷

月中繞池而行惟聞風吹砧笛之聲蕟翠被餘香人已久別故終夜繞池也

城外

露寒風定不無情臨水當山又隔城未必明時勝蟀蛤

一生常共月虧盈

〔呂氏春秋〕望則蚌蛤實羣陰盈月晦則蚌蛤虚羣陰缺露未寒風未定時或料其來而有情或料其不來而無情今露寒矣風定矣來否又不無情矣甚曲折山水之阻已不可見况隔城乎其不來必矣蚌蛤猶能共月虧盈而人則不然也

南山趙行軍新詩盛稱游讌之洽因寄一絶南山

終南山也〔唐書〕節度使有行軍司馬一人

蓮幕遥臨黑水津櫜鞬無事但尋春梁王司馬非孫武且免宫中斬美人

〔水經〕漢水又東黑水注之〔注〕水出北山南流入漢諸葛亮牋云朝發南鄭暮宿黑水指是水也〔説文〕櫜鞬所以戢弓矢也〔増韻〕櫜箭器鞬弓衣〔史記〕孫武子以兵法見吴王王曰可試以婦人乎曰可於是出宫中美人百八

十人孫子分為二隊以王寵姬二人為隊長即三令五申以鼓之右婦人大笑復三令五申鼓之左婦人復大笑遂斬隊長二人用其次為隊長于是復鼓之皆中規矩繩墨無敢出聲

謂席有美人見游讌之洽也

景陽井

景陽宮井剩堪悲不盡龍鸞誓死期腸斷吳王宮外水

濁泥猶得葬西施

〔隋書〕高頴先入建康晉王廣使馳詣頴令留張麗華頴曰昔太公蒙面以斬妲己今豈可留麗華乃斬之于青溪〔楊慎〕曰墨子云西施之沈其美也葢勾踐平吳後沈之于江杜牧所謂逐鴟夷者安知不謂子胥乎〔皮日休館娃宮懷古詩〕響屧廊中金玉步採香徑裏綺羅身不知水葬歸何處溪月灣灣欲效顰李義山景陽井一首亦叶此意

言麗華不死于井
中而斬于青溪也

四皓廟

本爲留侯慕赤松漢庭方識紫芝翁蕭何只解追韓信
豈得虛當第一功

留侯能荐四皓以安劉其功雖大豈能勝
創業之勳乎作者意有所指非定論也

送阿龜歸華

草堂歸意背烟蘿黄綬垂腰不柰何因汝華陽求藥物
碧松根下茯苓多

〔初學記〕西百三百二百石皆黄綬〔別錄〕茯苓生大松下
二月八日採陰乾〔唐本草〕茯苓第一出華山形極麗大
雍州南山亦
有不如華山

江上憶嚴五廣休

征南幕下帶長刀夢筆深藏五色毫一作豪 逢著澄江不敢詠鎮西留與謝功曹

〔謝朓詩〕澄江淨如練〔南史〕朓為齊隨王子隆鎮西功曹除新安王中軍記室

東南

東南一望日中烏欲逐羲和去得無且向秦樓棠樹下每朝先覓照羅敷

〔樂府〕陌上桑日出東南隅照我秦氏樓秦氏有好女自名為羅敷

赤壁 此詩見杜牧集

折戟沈沙鐵未銷自將磨洗認前朝東風不與周郎便

銅雀春深鎖二喬

此首自是小杜之作豪氣凌空非玉溪一色筆墨

定子 此詩亦見杜牧外集題作隋苑注一云定子牛相小青

檀槽一抹廣陵春定子初開睡臉新卻笑喫虛隋煬帝破家亡國為何人

（譚賓錄）開元中有中官使蜀回得琵琶以獻其槽邏皆杪檀為之溫潤如玉光耀可鑒楊妃每抱是奏于梨園音韻淒清飄如雲外虢國以下競為貴妃琵琶弟子每受曲畢皆廣有進獻（西谿叢語）（北里志）劉泰娘門有樗樹贈詩云尋常凡木最輕樗今日尋樗桂不如漢高新破咸陽後莫使奔波遂喫虛

言煬帝宮人皆不及定子之美也○喫虛如未喫也

玉溪生詩意卷七

玉溪生詩意卷八目錄

五言排律

木無非自裁今春悉已芳茂因書一章　南潭
上亭讌集以疾後至因而抒情　搖落　戲贈
以書記　念遠　賦得桃李無言　喜雪　贈
送前劉五經映三十四韻　哭遂州蕭侍郎二
十四韻　送千牛李將軍赴闕五十韻　咏懷
寄秘閣舊僚二十六韻　四年冬以退居蒲之
永樂渴然有農夫望歲之志遂作憶雪又作殘
雪詩各一百言以寄情于游舊（憶雪　殘雪）　大鹵平
後移家到永樂縣居書懷十韻寄劉韋二前輩
二公嘗于此縣寄居　自桂林奉使江陵途中

十韻 垂柳

玉溪生詩意卷八　　五言排律

蒲城屈　復悔翁著

襄平高士鑰景萊閱

臨潼張　坦吉人叅閱

商於

商州上洛郡屬關内道即古商於地〔唐書〕

商於朝雨霽歸路有秋光背塢猿收果投巖麝退香建瓴眞得勢横戟豈能當割地張儀詐謀身綺季長清渠州外月黄葉廟前霜今日看雲意依依入帝鄉

埤雅麝絶愛其香為人追逐即自投高巖舉爪剔出其香〔漢書高帝紀〕下兵于諸侯譬猶居高屋之上建瓴水也〔史記〕張儀說楚能閉關絶齊請獻商於之地六百里楚果絶齊求地儀與六里〔三輔舊事〕漢惠帝為四皓立

碑一曰園公二曰綺里季三
曰夏黃公四曰甪里先生
一段時景二段地勢
古事三段歸時情景

和孫朴韋蟾孔雀詠（唐詩紀事）韋蟾字隱珪下杜人表微之子大中七年進士為徐商掌書記咸通末官尚書左丞○按義山（樊南乙集序云大中二年自桂府歸為盩厔尉與孫朴韋蟜同官

此去三梁遠今來萬里攜西施因網得秦客被花迷可在青鸚鵡非關碧野雞約眉憐翠羽刮目（一作膜）想金篦瘴氣籠飛遠蠻花向坐低輕於趙皇后貴極楚懸黎都護矜羅幕佳人炫繡袿（音圭）屛風臨燭釦捍撥倚香臍舊思牽雲葉新愁待雪泥愛堪通夢寐畫得不端倪地錦

排蒼雁簾釘鏤白犀曙霞星斗外凉月露盤西姤好休
誇舞經寒且少啼紅樓三十級穩穩上丹梯
三梁在桂管〔西谿叢語〕吳越春秋云吳亡西子被殺〔杜牧之詩〕西子下姑蘇一舸逐鴟夷後人遂云范蠡將西子去嘗疑之别無所據〔楊慎曰〕修文御覽引〔吳越春秋逸篇〕云吳亡後越浮西施于江令隨鴟夷以終浮沈也反言耳隨鴟夷者子胥譖苑盛以鴟夷西施有力焉今沈之江所以報子胥之忠○按西施沈江事容有之但此云西施因網得他詩又云莫將越客千絲網網得西施别贈人皆言初得西施非吳亡後事也其故實未詳疑出小説家今逸之耳〔山海經〕黄山有鳥焉青羽赤喙人舌能言名曰鸚鵡〔漢郊祀志〕秦文公獲若石於陳倉北阪城祠之其神從東方來若雄雞其聲殷殷云野雞皆鳴〔又云〕言孔雀如青鸚鵡之可玩非若碧野雞之形聲恍惚也〔登徒子好色賦〕眉如翠羽〔涅槃經〕有盲人詣良醫醫即以金錍刮其眼膜〔續漢書〕西南夷曰滇池出孔雀是從蠻瘴中來也〔埤雅〕〔博物志〕云孔雀尾多變色有金翠始春而生三四月後復凋與花萼相榮華〔西京

雜記趙后體輕腰弱善行進退戰國策梁有懸黎楚有和璞杜氏通典漢置西域都護唐永徽中始於邊方置安東安西安南安北四大都護府釋名婦人上服曰袿廣雅長襦也說文鉫金飾器口樂府雜錄琵琶以蛇皮為槽厚二寸餘鱗介亦具以楸木為面其捍撥以象牙為之海錄碎事金捍撥在琵琶面上當絃或以金塗為飾所以捍護其撥也說文麝如小麋臍有香陸機雲賦金柯分玉葉散鄭嵎津陽門詩錦㲦繡雁相追隨東觀漢記章帝元和元年日南獻白雉白犀二輔故事武帝于建章宮立銅柱高二十丈上有仙人掌承露盤紀聞孔雀自喜其尾而甚妬遇婦人童子好衣服必逐而啄之聞管絃笙歌必舒張翅尾盼睇而舞顧有孝曰北地多寒戒之以少啼即子美花鴨詩作意莫先鳴意也酉陽雜俎長樂坊安國寺紅樓睿宗在藩時舞榭也謝靈運詩躧步臨丹梯注丹梯陛階也○後四語全是寓意

一段愛孔雀如美人如名花非鸚鵡碧雞可比二段孔雀可愛之妙三段賞之者衆四段通夕賞玩五段獨其不可炫才方得穩步上丹梯也○西施比孔雀羽毛花麗如美人也網得者猶言以幣帛禮儀為網

羅而得之若言洮江而網得兔矣何用固哉○按列仙傳水經注俱云蕭史吹簫能致白鶴孔雀此秦客句正用其事○趙皇后楚懸黎都護佳人四句皆比其毛羽之美○太平御覽齊書云武帝年十三夢著孔雀羽衣裳空中飛舉○畫用舊唐書高祖穆皇后屏畫孔雀事○屏風句夜玩也捍撥句停撥而玩也舊思句往日思而未見也新愁句恐汙其翠也地錦曙霞句言如此之地如此之時切不可誇舞多啼妬之者衆也

酬令狐郎中見寄

望郎臨古郡佳句灑丹青應自邱遲宅仍過柳惲汀封來江渺渺信去雨冥冥句曲閒仙訣臨川得佛經朝吟搘客枕夜讀漱僧瓶不見銜蘆雁空流腐草螢土宜悲坎井坎井見易天怒識雷霆象卉分疆近蛟涎浸岸腥補羸

貪紫桂負氣託青萍萬里懸離抱危於訟閤 閤一作鈴

魏書孝文曰吏部郎必使才望兼允者梁書丘遲字希範吳興人邱靈鞠之子八歲能屬文累官中書郎遷司徒從事中郎卒白居易記湖州城東南二百步抵霅溪溪連汀洲洲一名白蘋梁吳興太守柳惲于此賦詩云汀洲採白蘋因以名洲也○按邱遲宅柳惲汀皆在苕霅間此必令狐綯官湖州時有詩寄義山而以此酬之也唐史開成中綯累遷庫部户部員外郎出為湖州刺史南史陶弘景止于句容之句曲山此山下是第八洞宮名金陵華陽之天周迴一百五十里乃于山中立館自號華陽陶隱居徧遊名山訪求仙藥既得神符秘訣以為神丹可成宋書謝靈運傳帝不欲復使東歸以為臨川内史盧山記靈運一見遠公肅然心服乃即寺翻涅槃經名其臺曰翻經臺月令腐草化為螢吳武陵與孟簡書霆砰雹射天怒也不能終朝海錄鳥荒象卉尋隔于皇風北夢瑣言蛟形如馬蟥涎沫腥粘掉尾纏人而噬其血道源注拾遺記閶河之北有紫桂成林羣仙餌焉韓終採藥詩閶河之桂實大如棗得而食之後天而老陳琳答曹植牋君侯秉青萍干將之器注青萍劍

名鈐閣風搖離緒如之○句曲以下皆自序時義山羈宦桂管故有象卉蛟涎等句一段令狐見寄二段得書喜出望外三段追述未接所寄時情況四段自敘久滯炎荒兼寫酬意○邱遲柳惲方令狐仙訣佛經比令狐所寄朝吟二句喜而誦不間晝夜也不見四句言未寄詩時已如腐草之螢羈棲桂管無異坎井乃雷霆天怒果不終朝有詩來寄也綢以義山受鄭亞等之辟怒甚故答詩如此

碧瓦

碧瓦銜珠樹紅輪（一作綸）結綺寮無雙漢殿鬟第一楚宮腰霧唾香難盡珠啼冷易銷歌從雍門學酒是蜀城燒柳暗將翻巷荷欹正抱橋鈿轅開道入金管隔鄰調夢到飛魂急書成即席遥（一作招）河流衝柱（一作樹）轉海沫近槎飄吴市蛟（一作蠙）蛦（一作跠海錄作蠙蛦）甲巴賨翡翠翹他時未

知意重疊贈嬌饒一作嬈

按沈約詩畫扇迎初暑紅輪映早寒庾肩吾詩粉白映輪紅庾信詩紅輪帔角斜紅輪不知是何物楊用修云想是婦女所執如暖扇之類太平御覽史記曰衛皇后字子與武帝侍衣得幸頭解上見其髮鬒悅之因立為后按今本史記無此語列子韓娥東之齊遺糧過雍門鬻歌假食而去餘響遶梁三日不絕雍門人至今善歌效娥之遺聲也唐國史補酒則劍南之燒春搜神記杜蘭香數詣張碩有婢子二人大者萱支小者松支鈿車青牛上飲食皆備書傳河水分流包山而過山見水中如柱然故曰砥柱博物志有人居海上年年八月見浮槎去來不失期蠵蠵大龜其甲即玳瑁之類故吴市有之作蠙蛈非是晉中興書巴人謂賦為賨因名巴賨炙轂子高髻上有珠翠翹

一段宮殿之宏麗佳人之秀色二段佳人之才情三段荷梛時往尋不能一見四段嘆其咫尺千里五段欲以甲翹相贈永以為好之意

西溪

悵望西溪水，潺湲奈爾何。不驚春物少，只覺夕陽多。色染妖韶（一作嬈），柳光含窈窕。蘿人間從到海，天上莫為河。鳳女彈瑶瑟，龍孫撼玉珂。京華他夜夢，好好寄雲波。

〔詩箋〕天河水氣也，從到海以其有朝宗之義，莫為河以其隔牛女之會合。〔列仙傳〕弄玉隨鳳凰飛去，故秦作鳳女祠于雍宮，世有簫聲。〔道源注〕龍孫，龍駒也。〔本草〕珂，貝類，皮黄黑而骨白，可為馬飾，生南海。○義山謝河東公和詩啟：某前因假日，出次西溪，既惜斜陽，聊裁短什，蓋以徘徊勝境，顧慕佳辰，為芳草以怨王孫，借美人以喻君子，思將玳瑁為逸少裝書，願把珊瑚與徐陵架筆，斐然而作，曾無足觀，不知誰何，仰達尊重，果煩屬和，彌復彷徨。所云和詩即和此詩也。河東公者，柳仲郢也。義山為仲郢判官，集內西溪詩頗多，皆作于東川。有引放翁〔筆記〕華州鄭縣之西溪亭者，謬也。

奈爾何言西溪佳甚三四正是佳處溪色染柳溪光含蘿水至清也此時流去只可到海且莫為河飛歸天上使我不得再遊也瑤瑟玉珂比溪水之清他夜京華之夢欲寄雲波從此永不能忘也ↄ此詩想成于遊覽之頃不暇獺祭遂能爽利近情全無堆集之病在本集中最為難得在排律中更難得也

玄微先生

仙翁無定數時入一壺藏夜夜桂露濕村村桃水香醉中拋浩刦宿處起神光藥裏丹山鳳碁函白石郎弄河移砥柱吞日倚扶桑龍竹裁輕策鮫綃（一作絲）熨下裳樹栽喧漢帝橋板笑秦王徑欲隨關令龍沙萬里強

〔後漢方術傳〕費長房為市吏有賣藥老翁懸一壺于肆頭及市罷輒跳入壺中〔度人經〕惟有元始浩刦之家部制我界〔廣異記〕儒謂之世釋謂之刦道謂之塵〔漢禮樂志〕用事甘泉圜邱昏祠至明夜常有神光集于祠壇〔漢

武內傳仙藥有蒙山白鳳之脯道源注碁函碁筒也樂府白石郎曲積石如玉列松如翠郎艷獨絶世無其二述異記晉王質入山見二童子石室中圍碁坐觀之及起斧柯已爛矣此句似合用二事西京雜記鞠道龍說淮南王方士能畫地為江河真誥欲得延年日出二丈正面向之口吐死氣鼻噏日精十洲記扶桑在碧海中樹長數千里一千餘圍兩兩同根更相依倚故曰扶桑後漢方術傳壺公以竹杖與長房曰乘此任所之長房乘杖須臾來歸投杖葛陂中視之則龍也韻會熨火展布南史何敬容衣裳不整伏床熨之漢武故事王母以桃食帝帝留核欲種之王母笑曰此桃三千年一著子非下土所植也三齊畧記始皇作石橋欲過海看日出處有神人驅石下海石去不速神輒鞭之石皆流血列仙傳老子西遊關令尹喜知真人當過物色而得之與老子俱至流沙之西服巨勝實莫知所終漢班超傳贊咫尺龍沙注龍沙沙漠也

一二有妙術二段所居仙境三段仙家情事四段必能隨闕令仙去不似秦皇漢武之求而無成也

武侯廟古柏

成都記武侯廟前有雙大柏古峭可愛人云諸葛手植

蜀相階前柏龍蛇捧閟宫陰成外江畔老向惠陵東大樹思馮異甘棠憶召公葉凋湘燕雨枝折一作坼海鵬風玉壘經綸遠金刀歷數終誰將出師表一爲問昭融

〔方輿勝覽〕水自渝上合州至綿州者謂之内江自渝上戎瀘至蜀者謂之外江〔蜀志〕昭烈帝葬惠陵〔湘中記〕零陵有石燕遇風雨則飛舞如燕止則爲石〔蜀都賦注〕玉壘山名湔水出焉在城都西北〔寰宇記〕在茂州汶川縣北三里汶水所經〔王莽傳〕劉之爲字卯金刀也〔道源注〕昭融天也

一段完題二段因物懷人三段以武侯之才而天心厭漢終于三分恨之之詞

謝先輩防記念拙詩甚多異日偶有此寄〔國史補〕互相推敬謂之先輩

曉用雲添句寒將雪命篇良辰多自感作者豈皆一皆作徒

然熟寢初同鶴舍嘶欲竝蟬題時長不展得處定應偏
南浦無窮樹西樓不住烟改成人寂寂寄與路綿綿星
勢寒垂地河聲曉上天夫君自有恨聊借此中傳
梁褚雲蟬詩天寒響屢嘶楚詞送美人兮南浦鮑照詩始出西南樓柳子厚集序粲然如繁星麗天而芒寒色正楚詞望夫君兮歸來
一段風雲雪月皆非無為而作二段承多感兩句同鶴不成寢也竝蟬長吟也方吟時長若不展及吟成自覺得意也三段寄謝先輩四段日夜自有所恨聊借詩以傳耳

別薛嵓賓

曙爽行將拂晨清坐欲凌別離真不那奴卧切風物正相
仍漫水任英華作清誰照衰花淺自矜還將兩袖淚同向一

窗燈桂樹乖眞隱芸香是小懲清規無以況且用玊壺

冰

淮南王招隱桂樹叢生兮山之幽二語義山自謂也義山釋褐秘書省校書郎旋調補弘農尉故有芸香之句一段別時情景二段不忍即別三段已之奔走卑官不如薛之高也漫水二句點時又自比也

腸此首氣雖小弱却空靈綿密全非堆垛筆墨

有懷非惜恨不奈寸腸何即席迴彌久前時斷固多熱應翻急燒去聲冷欲徹微波隔樹澌澌雨通池點點荷倦程山向背望國闕嵯峩故念飛書及新懽借夢過染筠休伴淚繞雪莫追歌擬問陽臺事年深楚語訛

湘中記衡山如陣雲九向九背乃復不見染筠用湘妃事鮑照詩蜀琴抽白雪郢曲繞陽春杜甫詩朱絃繞白

雪

一二倒起破題下迴斷熱冷承上樹隔四句開筆寫時寫事故念四句影射本題末二句借陽臺事結本題蓋擬問者腸中事也

杏花

上國昔相值亭亭如欲言異鄉今暫賞脈脈豈無恩援去聲少風多力牆高月有痕為含無限意遂對英華作到不勝繁仙子玉京路主一作佳人金谷園幾時辭碧落誰伴過黃昏鏡拂鉛華膩爐藏桂燼溫終應催竹葉先擬詠桃根莫學啼成血從敎夢寄魂吳王採香徑失路入烟村

〔秦中記〕唐人舉進士會杏園謂之探花宴〔謝靈運集〕有田南樹園激流植援詩〔注〕援衞也〔靈樞金景內經〕下離

塵境上界玉京元君〔注〕玉京者無爲之天也玉京之下乃崑崙北都〔水經注〕金谷水出河南太白原東南流歷金谷謂之金谷水經石崇故居〔洛神賦〕鉛華不御拾遺記王母取綠桂之膏然以照夜〔張華輕薄篇〕蒼梧竹葉清宜城九醞酒〔王獻之桃葉歌〕桃樹連桃根〔禽經〕子規夜啼達旦血漬草木〔方輿勝覽〕姑蘇靈嵒山有西施採香徑

此詩因杏花而寓失路之感玩首末語可見○一段今昔之感二段孤凄相對三段以玉京金谷比上國幾時句收上誰伴句起下四段即伴黄昏者五段歸夢思深其如失路何

燈

皎潔終無倦煎熬亦自求花時隨酒遠雨後背窗休冷暗黄茅驛暄明紫桂樓錦囊名畫揜玉局敗碁收何處無佳夢誰人不隱憂影隨簾押轉光信篿文流客自勝

潘岳儂今定莫愁固應留半燄迴照下幃搴

〈阮籍詩〉膏火自煎熬〈詩〉耿耿不昧如有隱憂〈漢武故事〉上起神屋以白珠為簾箔玳瑁押之象牙為篾〈陳啟源〉曰〈梁紀少瑜燈詩〉惟餘一兩燄纔得解羅衣結語從此化出

一段燈之光華性情二段無處不照承首二句三段照愁不寐覩物懷人起下段也四段若遇雙美當照出無限風流也

獨居有懷

麝重愁風逼羅疎畏月侵怨魂迷恐斷嬌喘細疑沈數急芙蓉帶頻抽翡翠簪柔情終不遠遥妬已先深浦冷鴛鴦去園空蛺蝶尋蠟花長遞淚筝柱鎮移心覓使嵩雲暮迴頭灞岸陰只聞涼葉院露井近寒砧

傅玄箏賦〔序〕綴桂十二擬十二月〔道源注〕漢武内傳武帝夜夢與李少君俱上嵩高山半道有錦衣使者乘龍持節從中下言太乙君名覺即告近臣曰如朕夢少君將舍朕去矣〔王粲詩〕南登灞陵岸回首望長安

一段美人粧束情態二段美人先已思我三段別恨四段通信無人而永夜不眠也。有精妙之句無變化之方遂令意不飛動

有感二首〔原注〕乙卯年有感丙辰年詩成。〔唐書〕文宗以宦者權寵太盛繼為禍胎元和末殺逆之徒尚在左右思欲芟除本根以雪仇恥李訓既因鄭注得幸上密以誠告之擢為禮部侍郎同平章事訓既秉權衡即謀誅内豎以注為鳳翔節度使先之鎮又以郭行餘鎮邠寧王璠鎮太原未赴鎮間廣令名募豪傑太和九年乙卯十一月二十一日上御紫宸班定金吾街使韓約不報平安奏曰金吾佐仗院石榴開夜來有甘露臣已進狀訖乃舞蹈再拜宰相百官稱賀李訓請上親幸左仗觀之班退上乘軟輿出紫宸門升含元殿令宰相兩省官先

往視既還曰臣等恐非眞甘露不敢輕言上曰
韓約妄耶命左右中尉仇士良魚志弘帥諸内
臣往視既去訓召王璠郭行餘曰來受勅旨璠
恐悚不能前行餘獨拜殿下時兩鎮官健皆執
兵在丹鳳門外訓已令召之惟璠從兵入邠寧
兵竟不至士良等至左仗闚幕下有兵聲驚恐
走出閽者欲扃鎖之為士良所叱關不得上士
良等回奏曰事急矣請陛下入内即舉軟輿迎
帝訓呼金吾衛士曰來上殿護乘輿者人賞百
千内官決殿後罘罳舉輿疾趨訓攀呼曰陛下
不得入内金吾兵已登殿京兆尹羅立言中丞
李孝本率臺府從人四百餘人上殿縱擊内官
死傷者數十人乘輿入宣政門訓攀呼益急宦
者郄志榮奮拳擊其胸訓仆地乘輿既入門即
闔須臾内官率禁兵五百人露刃出東閤門遇
人即殺訓璠行餘約立言孝本及宰相王涯賈
餗舒元輿等皆族誅注為
鳳翔監軍所殺傳首京師

九服歸元化三靈叶睿圖如何本初輩自取屈氂誅有

甚當車泣因勞下殿趨何成奏雲物直是滅萑苻證逮
符書密辭連性命俱竟緣尊漢相不早辨胡雛鬼籙分
朝部軍烽焰上都敢云堪慟哭未免怨洪爐

周禮有大服侯甸男采衛蠻夷鎮藩也典引答三靈之
蘩祉注天地人也後漢袁紹傳中常侍段珪等殺何進
刦帝及陳留王走小平津紹勒兵捕諸閹人無少長皆
殺之死者二千餘人急追珪等珪等悉赴水死漢書劉
屈氂中山靖王子也征和二年為左丞相郭穰告與貳
師共禱祠欲令昌邑王為帝有詔載屈氂廚車以徇腰
斬東市魏志嘉平六年景王廢帝遣使者授齊王印綬
當出就西宮帝受命遂載王車與太后別垂涕始從太
后殿南出羣臣送者數千人司馬孚悲不自勝餘多流
涕梁武本紀大通中謠曰熒惑入南斗天子下殿走左
傳分至啟閉必書雲物此謂金吾街使奏石榴甘露左
傳鄭國多盜聚人于萑苻之澤子太叔興兵攻之舊唐
書李訓事敗王涯等倉皇步出為禁兵所擒并其家屬
奴婢皆繫獄仇士良鞫涯反狀涯實不知其故械縛既

急榜笞極酷乃令手書反狀自誣與訓同謀獄具腰斬
〔漢書〕王商容貌過人單于大畏之天子曰此眞漢相矣
〔晉書〕石勒年十四倚嘯上東門王衍顧謂左右曰向者
胡雛吾觀其聲視有異志恐將爲天下患遣使收之會
勒已去〔魏文帝與吳質書〕親故姓名多
爲鬼籙〔唐書〕至德元載號西京曰上都
一段恨其無才畧而舉大事二段恨其果至于敗三
段文宗不能識人遂令枉殺朝臣結呼天痛哭也

丹陛猶敷奏彤庭歘戰爭臨危對盧植始悔用龐萌御
仗收前殿一作隊兵徒劇肯城蒼黃五色棒掩遏一陽生
古有清君側今非乏老成素心雖未易此舉太無名誰
瞑銜冤目寧吞欲絕聲近聞開壽讌不廢用咸英

〔原注〕是晚獨召故相彭陽公〔後漢書〕大將軍何進謀誅
宦官乃召董卓以懼太后植知卓凶悍難制必生後患
固止之進不從及卓至果陵虐朝廷議欲廢立羣臣無
敢言植獨抗議不同卓怒罷會〔舊唐書〕訓亂之夜文宗

名右僕射鄭覃與令狐楚宿禁中商量制勑〔後漢書〕平
敵將軍龐萌為人遜順帝信愛之使與蓋延共擊董憲
詔書獨下延而不及萌萌疑遂反帝大怒自將討之與
諸將書曰吾嘗以萌為社稷臣將軍得無笑其言乎〔魏
志〕太祖除洛陽尉造五色棒各十餘枚懸左右犯禁者
不避豪强棒殺之京師斂跡。甘露事在十一月正冬
至時〔樂緯〕黃帝樂曰咸池帝嚳樂曰六英〔道源曰〕舊書
開成元年上元賜百寮曲江亭宴令狐楚以新誅大臣
不宜賞宴獨稱疾不赴時論美之此詩結句蓋有譏也
錢龍惕箋甘露之變從古所未有也閹豎橫行南司塗
炭當時士大夫深疾訓注之奸邪反若假手宦寺殲除
大憝者一時如鄭覃李石以不忤中人而命相矣李德
裕李宗閔以訓注所逐而量移矣令狐楚號為仇士良
所不悅而上問王涯手書反狀則應曰然矣節度使兵
伏參辭則乞停罷矣汲汲然惟恐得罪宦官以取禍後
世不咎文宗之不密失臣則恨訓注之狂躁誤國而當
日情勢未有寃論之者可異也自古以來宦官盜竊國
柄莫横于漢之十常侍故何進等謀誅之不勝反為所
殺然進之謀進始之非命于靈帝也訓内與文宗謀而
外連藩鎮以誅宮奴謂之奉天討可也詭言甘露裏甲

帷帷謂之謀勇可也事已敗裂猶攀呼乘輿投身虎口謂之兇事可也迨奄人得志身分族滅此時文宗稍欲救之則有閆樂望夷之禍天道至此不可問矣何獨區區罪訓也使非平日傾險君子猶將與之不成之責何乃甚乎其時設國有重臣不畏强禦倡言訓等之無辜士良諸凶猶未必刃加其頸也乃籍口不言而請王涯三相罪名僅僅出于劉從諫亦可恥矣義山詩云古有清君側云云其感憤激烈有不同于衆論者予故表而出之

一段文宗之失臣二段事與時三段恨滿朝無人未識其無感憤之心也

崇讓宅東亭醉後沔然有作

曲岸風雷罷東亭霽日涼新秋仍酒困（一作困病）幽興暫江鄉搖落眞何遽交親或未忘一帆彭蠡月數雁塞門霜俗態雖多累仙標發近狂聲名佳句在身世玉琴張萬

古山空碧無人髮免黃驛騮憂老大鶗鴂妒芬芳密竹沈虛籟孤蓮泊晚香如何此幽勝淹卧劇清漳

說文鶗鴂春分鳴則衆芳生秋分鳴則衆芳歇。按韋氏述征記崇讓坊出大竹及桃故此有密竹之句又七月二十九日崇讓宅宴詩風過寒塘萬竹悲

一段東亭醉後二段覩搖落而懷南北之交親三段時無知音四段白首無成五段卧病崇讓宅也

即目一作日

地寬樓已迥人更迥於樓細意經一作抽意輕春物傷醒屬暮愁望賒殊易斷恨久欲難收大執一作勢同真無利多一作名非情豈自由空園兼樹廢敗港擁花流書去青楓驛鴻歸杜若洲單棲應分定辭疾索誰憂更替林鵶恨驚頻去

不休

〔方輿勝覽〕青楓浦在潭州瀏陽縣杜甫有青楓驛詩〔楚詞〕採芳洲兮杜若

一段當暮愁時登樓二段即目之情三段即目之景四段自傷

鏡檻

鏡檻芙蓉入香臺翡翠過撥弦驚火鳳交扇拂天鵞隱忍陽城笑喧傳郢市歌仙眉瓊作葉佛髻鈿為螺五里無因霧三秋只見河天河也月中供藥剩海上得綃多玉集胡沙割犀留聖水磨斜門穿戲蝶小閣鎖飛蛾騎襜昌艷切侵韉將先切卷車帷約幰銑傳書兩行雁取酒一封馳橋迴涼風壓溝橫一作斜夕照和待烏燕太子駐馬魏

東阿想像鋪芳褥依稀解醉羅散時簾隔露卧後幕生波梯穩從攀桂弓調任射莎豈能拋斷夢聽鼓事朝珂

鏡檻水檻也水光如鏡故曰鏡檻〔唐會要〕貞觀中有裴神符者妙解琵琶作勝蠻奴火鳳傾盃樂三曲聲度清美太宗深愛之〔道源注〕〔通志〕漢陽府產天鵞以天鵞羽為扇也〔楞嚴經〕世尊從肉髻中涌出百寶光〔法苑珠林〕如來申髮以尺量長一丈三尺五寸放已右旋還成蠡文蠡即螺〔爾雅翼〕鮫今之沙魚大而長喙如鋸者名胡沙小而麄者名白沙〔說文〕鮫魚皮可飾刀〔抱朴子〕通天犀能殺毒〔水經注〕聖水出上谷郡西南聖水谷〔韻會〕說文襜衣蔽前又襜褕謂帷襜以蔽前後一曰襌襦〔郭璞〕云今之蔽膝也韉馬韉具通作帴〔晉張方傳〕亂軍入宮割流蘇武帳以為馬帴○帴吾禾切〔蒼頡篇〕帛張車上曰幰〔龍龕手鏡〕鈋去角也刓方為圓也〔漢書〕大月氏國出一封橐駝〔注〕脊上有一封高也如封土然今俗呼犎〔洛神賦〕稅駕乎蘅皋秣駟乎芝田〔酉陽雜俎〕月中有桂高五百丈〔北史〕後周豆盧寧縣莎草去百步射之

一二親至闈中擽弦句能彈也交扇句遮面也隱忍句色喜也喧傳句能歌也仙眉二句眉髮之美也五里二句久不相見也月中以下六句美如嬋娥而又巧絶也斜門二句在闈中也騎襜二句出遊也傳書句信相通也取酒句有所贈也橋迴二句點時也待烏二句思情也想像以下皆已之所願也結二句不忍舍也○一段昔曾親至美人所居而見其如此二段久不相見而想其如此想像以下已之所願如此結二句不忍舍也

聖女祠

杳藹（一作靄）逢仙跡，蒼茫滯客途。何年歸碧落，此路向皇都。消息期青雀，逢迎異紫姑。腸迴楚國夢，心斷漢宮巫。從騎裁寒竹，行車蔭白榆。星娥一去後，月姊更來無。寡鵠迷蒼壑，羈凰怨翠梧。惟應碧桃下，方朔是狂夫。

荆楚歲時記正月望日其夕遇紫姑神以上異苑紫姑本人家妾為大婦所逐正月十五日感激而死故世人作其形于廁以迎之卜云子胥不在曹夫巳行小姑可出子胥婿也曹夫姑也漢郊祀志上郡有巫病而鬼神下之上名置祠之甘泉古詩天上何所有歷歷種白榆星娥謂織女○英華作鶴鵲鶴古通用列女傳陶嬰夫死守義作歌曰悲夫黄鵠之早寡兮七年不雙瑞應圖雄曰鳳雌曰凰即鸞雛也

一段祠在皇都路旁故往來逢之二段聖女之神靈三段聖女之威儀仙侶四段聖女之孤獨當念我之顛狂也

魏侯第東北樓堂郢叔言別聊用書所見成篇

暗樓連夜閣不擬為黄昏未必斷別淚何曾妨夢魂欵穿花透邃漸近火溫馨海底翻無水仙家却有郵鎖香金屈戍帶酒玉崑崙羽白風交扇冰清月映一作印盆舊

歡塵自積新歲雹猶奔霞綺空留段雲峯不帶根念君千里舸江草漏燈痕

迤上聲〔說文〕逶迤衺去貌〔皮日休桃花賦〕或溫馨而可薰或矮婧而莫持〔梁簡文詩〕織成屏風金屈戌〔輟耕錄〕今人家窗戶設鉸名曰環鈕即古金鋪之遺意北方謂之屈戌〔記事珠〕宇文卓方執崑崙玉盞聽左丞檀超高談不覺墮地按唐人小說多名奴子為崑崙玉崑崙乃玉刻人形作器玩耳〔謝朓詩〕餘霞散成綺

一段東樓言別二段魏府即是仙家三段品物之佳四段欲留不可也

靈仙閣晚眺寄鄆州韋評事 靈仙閣無考按詩有華蓮荊玉周道漢闕等句閣必在陝州境也〔唐書〕鄆州東平郡屬河南道

愚公方住谷仁者本依山共誓林泉志胡為樽俎間華蓮開菡萏荊玉刻孱顏爽氣臨周道嵐光入一作出漢闕

滿壺從蟻泛高閣已苔斑想就安車召寧期負矢還潘

遊全壁散郭去半舟閑定笑幽人跡鴻軒不可攀

水經注時水又北逕杜山北有愚公谷齊桓公時公隱于谿鄰人有認其駒者公以與之故謂愚公寰宇記愚公谷在臨淄縣西二十五里晏子春秋不出樽俎之間而折衝千里之外晏子是也爾雅酒有泛齊浮蟻在上洗洗然漢書武帝以安車蒲輪召申公漢書相如為中郎將建節使蜀太守以下郊迎縣令負弩矢先驅晉書潘岳與夏侯湛並美姿容行止同輿接茵京師謂之連璧五君詠交呂既鴻軒攀嵇亦鳳舉

一段本宜隱山谷出仕何為二段晚眺之景

三段來此已久不意遊宦不達四段寄韋

賦得月照冰池

皓月方離海堅冰正滿池金波雙激射壁彩兩參差影

占徘徊處光含的爍時高低連素色上下接清規顧兎

飛難定潛魚躍未期鵲驚俱欲遶狐聽始無疑似鏡將
盈手如霜恐透肌獨憐遊翫意達曉不知疲
（尚書中候）甲子冬至日月如懸璧（曹植詩）明月照高樓
流光正徘徊（梁簡文帝詩）青山銜月規（易卦通驗）大雪
魚負冰（鄭玄注）負冰上近冰也（魏武短歌）月明星稀烏
鵲南飛遶樹三匝無枝可依（郭緣生述征記）河冰始合
要須狐行云此物善聽聽冰下無水聲然後過河（陸機
詩）安寢北堂上明月入我牖照之有餘輝攬之不盈手
（李白詩）林前明月
光疑是地上霜
一二分寫下六句合寫顧
兎六句又分寫結二句合
永樂縣所居一草一木無非自裁今春悉已芳
茂因書一章（唐書）永樂縣屬河
中府武德元年置
手種悲陳事心期玩物華柳飛彭澤雪桃散武陵霞枳

嫩棲鸞葉桐香待鳳花綏藤縈弱蔓袍草展新芽學植功難倍成蹊跡尚賒芳年誰共玩終老邵平瓜

〔後漢仇覽傳〕枳棘非鸞鳳所棲〔王維詩〕印綬隔垂藤〔史記〕桃李不言下自成蹊〔漢書〕邵平秦東陵侯漢為布衣種瓜長安城東

一二無非自裁中三聯悉巳芳茂結言恐將終老于此縣耳學植二句比興

南潭上亭讌集以疾後至因而抒情

馬卿聊應名謝傅巳登山歌發百花外樂調深竹間鷁舟縈遠岸魚鑰啟重闗鸎蝶如相引烟蘿不暇攀佳人啟玉齒上客頷朱顏肯念沈痾士俱期倒載還

〔淮南子〕龍舟鷁首〔招魂〕美人既醉朱顏酡些〔晉山簡傳〕兒童歌云日夕倒載歸酩酊無所知

一二主人三四歌舞五六南潭上亭七八景物九十讌集之衆結後至

摇落

摇落傷平日羈留念遠心水亭吟斷續月幌夢飛沈古木含風久踈螢怯露深人閑始遥夜地迴更清砧結愛曾傷晚端憂復至今未諳滄海路河處玉山岑灘激黄牛暮雲屯_音諄白帝陰遥知霑洒意不減欲分襟

〔楚詞〕靚杪秋之遥夜〔水經〕江水又東逕黄牛山注下有灘名曰黄牛灘南岸重嶺叠起最外高崖間有石如人負刀牽牛人黑牛黄成就分明行者謡曰朝發黄牛暮宿黄牛言水路紆深迴望如一矣〔宜都記〕自黄牛灘東入西陵界至峽口一百餘里郡國志公孫述據蜀自稱白帝號魚復爲白帝城

一段摇落之感二段摇落之景三段摇落之情四段情景合結

戲贈張書記

別館君孤枕空庭我閉關池光不受月野氣欲沉山星漢秋方會關河夢幾還危絃傷遠道明鏡惜紅顏古木含風久平蕪盡日閑心知兩愁絶不斷若尋環

一段彼此寂寞二段彼此懷思
三段情景合寫四段無已時

念遠

日月淹秦甸江湖動越吟蒼桐一作梧應露下白閣自雲深皎皎非鸞扇翹翹失鳳簪牀空鄂君被杵冷女嬃砧壯思驚沙雁南情屬海禽關山已摇落天地共登臨

〔史記〕越人莊舃仕楚爲執珪有頃而病楚王曰舃今富貴矣亦思越否使人往聽之猶尚越聲也〔離騷〕女嬃之

嬋媛兮（注）女嬃屈原之姊也楚謂妹爲嬃（水經注）秭歸縣北有屈原宅宅東北六十里有女嬃廟擣衣石尚存

一段兩地情景二段不得同居三段仍寫兩地相思

賦得桃李無言

夭桃花正發穠李蕊方繁應候非爭艷成蹊不在言靜中霞暗吐香處雪潛翻得意搖風態含情泣露痕芬芳光上苑寂默委中園赤白徒自許幽芳誰與論

史記桃李不言下自成蹊

一二分起三四合承五六又分得意四句寫無言末合結

喜雪

朔雪自龍沙呈祥勢可嘉有田皆種玉無樹不開花班

扇慵裁素曹衣詎比麻鸞歸逸少宅鶴滿令威家寂寞門扉掩依稀履跡斜人疑游麪市馬似困鹽車洛水妃虛姤姑山客漫誇聯詞雖忤謝和曲本嘶巴粉署闈全隔霜臺路正睽此時傾賀酒相望在京華

雪賦盈尺則呈瑞于豐年〔班婕妤怨歌行〕新製齊紈扇皎潔如霜雪〔曹風〕麻衣如雪〔法書要錄〕王羲之性好鵞山陰曇礦村有道士養好者十餘王往求市易道士言府君若自屈書道德經兩章便合羣以奉王住半日為寫畢籠鵞以歸〔搜神後記〕丁令威本遼東人後化白鶴歸集城門華表柱空中言曰有鳥有鳥丁令威去家千年今始歸〔錄異傳〕漢時大雪積地丈餘洛陽令身出按行至袁安門無有路謂安已死除雪入戶見安僵臥問何以不出曰大雪人皆餓不宜干人〔束晳賦〕重羅之麪塵飛雪白〔戰國策〕驥服鹽車而上太行〔洛神賦〕飄飄兮若流風之迴雪〔莊子〕藐姑射之山有神人焉肌膚若冰雪〔漢官儀〕省中皆胡粉塗壁故曰粉署〔通典〕御史為風

霜之任故
日霜臺
一段雪之可喜二段比三
段景四段情五憶長安

贈送前劉五經映三十四韻

建國宜師古興邦屬上庠從來以儒戲安得振朝綱叔
世何多難茲基遂已亡泣麟猶委吏歌鳳更佯狂屋壁
餘無幾焚坑逮可傷挾書秦二世懷宅漢諸王草草臨
盟誓區區務富强微茫金馬署狼籍鬪雞場盡欲心無
竅皆如面正墻驚疑豹文鼠貪竊虎皮羊南渡宜終否
西遷冀小康策非方正士貢絕孝廉郎海鳥悲鐘鼓狙
公畏服裳多岐空擾擾幽室竟倀倀凝邈音莫為時範虛

空作士常何由羞五伯直自呰（訾同）三皇別泒驅楊墨他

鑣並老莊詩書資破冡法制困探囊周禮仍存魯隋師

果禪唐𡵸新麞一舉華故法三章星宿森文雅風雷起

退藏縲囚為學切掌故受經忙夫子時之彥先生跡未

荒褐衣終不名白首興難忘感激殊非聖棲遲到異粻

片辭褒有德一事貶無良燕地尊鄒衍西河重卜商式

閭眞道在擁篲信謙光獲預青衿列叨來絳帳旁雖從

各言志還要大為防勿謂孤寒棄深憂訐直妨叔孫讒

易得（見論語）盜跖暴難當（詳莊子盜跖篇）雁下秦雲黑蟬休隴葉

黃莫踰（一作渝）巾屨念容許後升堂

家語哀公曰終沒吾世弗敢以儒為戲矣漢書惠帝四年除挾書律張晏曰秦律敢有挾書族漢書魯共王壞孔子舊宅以廣其居聞鐘磬琴瑟之聲遂不敢復壞于其壁中得古文經傳後漢馬援傳武帝時善相馬者東門京鑄作銅馬法獻之詔立馬于魯班門外更名魯班門曰金馬門漢書東方朔公孫弘皆待詔金馬門莊子儵與忽謀報混沌之德曰人皆有七竅此獨無有爾雅汋鼮鼠文采如豹漢武時得此鼠終軍知之賜帛百匹又摯虞三輔決錄載竇攸事亦同楊子羊質而虎皮見草而悅見狼而戰○南渡謂晉元帝渡江○西遷謂陳後主歸隋莊子昔者海鳥止于魯郊魯侯御而觴之于廟奏九韶以為樂具大牢以為膳鳥乃眩視憂悲三日而死廣雅猴一名狙莊子衆狙而衣以周公之服彼必齕嚙挽裂盡去而後嗛列子大道以多岐亡羊學以多方喪生禮記瞽者無相倀倀乎其何之終夜有求于幽室非燭何見疑邈益指何平叔王夷甫諸人也說文呰訶也曹植書田巴毀五帝罪三王呰五伯于稷下莊子儒以詩禮發冢莊子將為胠篋探囊發匱之盜而為守備則必攝緘縢固扃鐍書右秉白旄以麾漢書夏侯勝黃霸皆下廷尉繫獄當死霸因從勝受尚書獄中再踰

冬積三歲乃出〔史記〕晁錯以文學爲太常掌故文帝時天下無治尚書者帝遣錯受尚書伏生所還以尚書稱說詔以爲太子舍人〔後漢書〕桓譚極言讖之非經帝大怒曰桓譚非聖無法將下斬之良久得解〔禮記〕五十異粻〔注〕粻糧也〔史記〕鄒衍如燕燕昭王擁篲先驅列弟子之坐受業焉○子夏居西河教授爲魏文侯師〔原注〕外舅太原公亦受經于公也○按外舅謂王茂元〔禮記〕大爲之防民猶踰之

一段總起言古來尊儒重道故能成治後以儒戲遂至亂亡二段秦漢之輕儒三段晉儒非五經四段唐重儒學五段出劉五經六段自己尊劉五經兼送

題是送劉五經故前四段皆言歷代儒者之重輕儒學之邪正蓋儒即五經也五段方出劉又寫大原公此詩之所以作也六段結到自已之重劉只雁下二句是送

哭遂州蕭侍郎二十四韻〔唐書〕遂州遂寧郡屬山南東道〔舊書〕太和

九年六月京兆尹楊虞卿坐妖言得罪人皆以爲寃誣宰相李宗閔于上前極言論列上怒數

宗閔之罪叱出之貶明州刺史再貶虔州長史貶吏部侍郎李漢為汾州刺史刑部侍郎蕭澣為遂州刺史澣通鑑作瀚

遥作時多難先令禍有源初驚逐客議旋駭黨人冤竊
侍榮方久司刑望愈尊皆因優詔用實有諫書存苦霧
三辰沒窮陰四塞昏虎威狐更假隼擊鳥逾喧徒欲心
存闕終遭耳屬垣遺音和蜀魄易簀對巴猿有女悲初
寡無男泣過門朝爭屈原草廟餒莫敖魂迴閣傷神峻
長江極望翻青雲寧寄意白骨始霑恩早歲思東閣為
邦屬故園登舟慚郭泰解榻愧陳蕃分以忘年契情猶
錫類敦公先眞帝子我係本王孫嘯傲張高蓋從容接

短轅秋吟小山桂春醉後堂萱自歎離通籍何嘗忘去聲
叫閽不成穿壙久終然一作擬上書論多士還魚貫云誰
正駿奔暫能誅儻忽長與問乾坤蟻漏三泉路蟹啼百
草根始知同泰講徼福是虛言

唐六典龍朔三年改刑部尚書為司刑太常伯戰國策虎得狐狐曰無啖我天帝令我長百獸我為子先行子隨我後百獸見我能無走乎虎隨狐而行百獸皆走虎不知百獸畏已反以為畏狐也月令立秋日鷹隼始擊文子身在江海之上心在魏闕之下詩耳屬于垣原注公止裴氏一女結縭之明年又喪良人史記屈原為楚懷王左徒王甚任之上官大夫與同列爭寵而心害其能王使原造為憲令原屬草藁未定上官大夫見而欲奪之原不與因讒之左傳若敖氏之鬼不其餒而原注余初謁于鄭舍○按舊唐書太和七年蕭澣為鄭州刺史義山有居在鄭州故曰故園○蕭氏乃蕭梁之後文選注淮南王安好士八公之徒分造詩賦或稱大山小

山猶詩有大雅小雅也〔招隱士〕桂樹叢生兮山之幽〔漢紀注〕籍者為二尺竹牒記其年及名字物色懸之宮門相應乃得入也〔甘泉賦〕選巫咸兮叫帝閽〔史記〕田橫與二客乘傳詣洛陽未至三十里自殺以王禮葬二客穿塚旁皆自刎下從之〔莊子〕南海之帝曰儵北海之帝曰忽〔三輔故事〕始皇葬驪山起墳高五十丈下周三泉周迴七百步〔玉篇〕螿寒蟬屬〔梁書〕武帝聽覽餘閒即于同泰寺講說涅槃大品淨名三慧諸經名僧碩學四部聽衆常萬餘人〔錢龍惕箋〕瀚坐宗閔虞卿牽累本當時黨魁故曰初驚逐客議旋駭黨人寃也時李訓鄭注竊弄威權凡不附已者目為宗閔德裕黨貶逐無虛日中外震駭連月陰晦人情不安故曰苦霧三辰沒窮陰四塞昏虎威狐更假隼擊鳥逾喧也瀚沒于遂寧故曰遺音和蜀魄易簀對巴猿也訓注誅後文宗始大赦量移貶謫諸臣故曰青雲寧寄意白骨始霑恩也義山至開成二年始登第故曰自嘆離通籍何嘗忘叫閽也因瀚為梁武後裔故引同泰微福之事以為虛語傷之之深也

明堂位四塞告至注蠻服夷服鎮服藩服在四方為蔽塞

一段總提受冤之由二段被逐時事三段死後情事
四段交情五段自嘆不能為侍郎白冤傷其逐死也

送千牛李將軍赴闕五十韻〔通典〕千牛刀名後魏有千牛備身掌執御刀因以名職顯慶五年置左右千牛府後改為衛置大將軍一人將軍各一人以副之○詳詩語李千牛乃李晟之孫

照席瓊枝秀當年紫綬榮班資古直閣閤一作勳伐舊西京在昔王綱紊因誰國步清如無一戰伯安有大横庚内豎依憑切凶門責望輕中台終惡直上將更要盟丹陛祥烟滅皇闈殺氣横喧闐衆狙怒容易八鑾驚樽机寬之久防風戮不行素來矜異類此去豈親征捨魯眞非策居邠未有名曾無力牧御寧待雨師迎火箭侵乘

石雲橋逼禁營何時絕刁斗不夜見欃槍屢浪遇切亦闘投鼠誰其敢射鯨世情休念亂物議笑輕生太鹵思龍躍蒼梧失象耕靈衣沾愧汗儀馬困陰兵別館蘭薰酷深宮蠟燄明黃山遮舞態黑水斷歌聲縱未移周鼎何辭免趙坑空拳當作拳轉鬬地數板不沈城且欲憑神算無因計力爭幽囚蘇武節棄市仲由纓下殿言終驗增埤事早萌蒸雞殊減膳屑麴異和羹否極時還泰屯餘運果亨流離幾南度倉卒得西平神鬼收昏黑奸凶首去聲滿盈官非督護貴師以丈人貞見易覆載還高下寒暄急改更馬前烹莽卓壇上揖韓彭扈蹕三才正回車六

合晴此時惟短劍仍世盡雙旌顧我由羣從逢君嘆老

成慶流歸嫡長貽厥在名卿隼擊須當要鵬摶莫問程

趨朝排玉座出位泣金莖幸藉梁園賦（注見前）叨蒙許氏

評中郎推貴婿定遠重時英政已標三尚人今佇一鳴

長刀懸月魄快馬駭星精披豁慚深眷睽離動素誠蕙

留春畹晚松待歲崢嶸異縣期迴雁登時已飯鯖去程

風刺（七跡切）刺別夜漏丁丁庾信生多感楊朱死有情絃

危中婦瑟甲冷想夫箏會與秦樓鳳俱聽漢苑鸎洛川

迷曲沼烟月兩心傾

〔離騷〕折瓊枝而繼佩〔漢官儀〕公侯皆紫綬傳龜〔舊唐書

輿服志〕侍中中書令加貂蟬佩紫綬按興元元年李晟

加巾書令故云紫綬榮通典梁天監六年置左右驍騎
領朱衣直閤給儀從隋備身府即其職左傳一戰而伯
漢文帝本紀大臣使人迎代王王卜之兆得大橫庚占
曰大橫庚庚予爲天王注龜曰兆筮曰卦卜以荆灼龜
又正橫也庚庚橫貌淮南子大將受命已則設明衣剪
指爪鑿凶門而出按唐書代宗時宦官程元振譖殺來
瑱河北叛鎮率以藉口所謂內豎依憑切也諸節度使
各置監軍兵柄不一所謂凶門責望輕也宰相張鎰忠
直爲德宗所重盧杞忌之出之于鳳翔所謂中台終惡
直也朱滔拒命賜爵通義王冀以安之滔反謀益急所
謂上將更要盟也家語禹致羣臣于會稽防風氏後至
戮而殺之其骨專車禮記我舍魯奚適矣○居邠見孟
子○鑑大曆中朱泚入朝留京師建中元年令鎮鳳翔
三年以朱滔以蠟書約泚同反馬燧獲之以聞上召泚
慰勉之賜予甚厚泚怏怏思亂舊唐書建中四年十月
丙午詔涇原節度使姚令言率兵救歌舒曜涇原軍出
京城至滻水倒戈謀叛令言不能禁上令載繒綵二車
遣晉王往慰諭之亂兵已陣于丹鳳闕下促神策軍拒
之無一人至者上乃與太子諸王妃主百餘人出苑北
門其夕至咸陽飯數七而過令言率亂兵奉朱泚爲主

戊申上至奉天〔聖賢羣輔錄〕風后受金法力墨受準尺
宋均曰力墨或作力牧黃帝七輔之二〔風俗通〕玄冥雨
師也〔廣雅〕雨師曰屏翳〔韓非子〕昔者黃帝合鬼神于泰
山之上風伯進掃雨師洒道〔尸子〕昔者武王崩成王少
周公旦踐東宮履乘石祀明堂假為天子七年〔注〕乘石
王所登上車之石也○雲橋即雲梯〔爾雅〕彗星為欃槍
〔注〕亦謂之孛〔天文錄〕偏指曰彗芒氣四出曰孛〔漢書〕投
鼠忌器〔舊唐書〕泚自將侵逼奉天軍勢頗盛于奉天東
三里下營大修戰具十一月乙亥杜希全與賊戰于漠
谷官軍不利賊攻城益急矢石雨下人心危懼戊子賊
造雲橋攻城東北隅兵仗不能及城中震恐相顧失色
渾瑊預為地道命縱火焚之賊乃退〔說文〕鹵西方鹹地
也〔左傳〕晉荀吳敗狄于大鹵〔注〕大鹵太原晉陽地一行
并州起義堂頌我高祖龍躍晉水鳳翔太原〔冊府〕元龜
太宗生時有二龍戲于門外井中經三日乃冲天而去
楚詞靈衣兮披披〔道源注〕儀馬廟中木馬也甘澤謠許
雲封因奉儀馬入長安○按高宗葬乾陵在奉天縣〔舊
唐書〕朱泚據乾陵作樂下瞰城中辭多侮慢〔通鑑〕自賊
攻城斬乾陵松柏以夜繼晝泚移帳于乾陵下視城中
動靜皆見之蒼梧失象耕言賊驚陵寢也靈衣儀馬皆

陵廟中物困陰兵以賄用詔陵石馬汗流事〔舊唐書〕姚令言迎泚于晉昌里第泚乘馬擁從北向燭炬星羅觀者萬計明日入居含元殿徙居白華殿〔漢書〕武帝微行北至池陽西至黃山晉灼曰黃山宮名在槐里長安志右扶風槐里縣有黃山宮惠帝二年起禹貢黑水西河惟雍州〔史記〕武安君白起大破趙于長平坑降卒四十餘萬司馬遷書李陵提步卒不滿五千轉鬬千里矢盡道窮張空弮冒白刃北向爭死敵〔注〕弮弩弓也〔史記〕智伯與韓魏攻趙晉陽引汾水灌之城不浸者三板〔通鑑〕賊并兵攻城東北隅賊已有登城者上與渾瑊對泣時士卒凍餒又無甲冑瑊激以忠義力戰敗之入夜泚復來攻城矢及御前三步而墜〔通鑑〕大理卿蔣沇詣行在為賊所得沇絕食稱病潛竄得免〔通鑑〕司農卿段秀實與劉海賓何明禮岐靈岳密謀誅泚泚名秀實等議稱帝事秀實勃然起奪源休象笏唾泚面大罵因以笏擊之纔中其額濺血滿地賊衆爭前殺之海濱等相次死〔原注〕先時桑道茂請修奉天城〔通鑑〕建中元年六月術士桑道茂言陛下不出數年暫有離宮之厄臣望奉天有天子氣宜高大其城以備非常辛丑命築奉天城〔左傳〕公鱄日雙雞饔人竊更之以鶩御者知之去其肉而

以其洎饋（注）洎肉汁也饗人御者欲使諸大夫怨慶氏滅其饍蓋盧蒲癸王何之謀（晉愍帝紀）永嘉四年冬十月京師飢甚米斗金二兩人相食死者大半太倉有麴數千餅麴允屑為粥以供帝（唐書）奉天圍久食且盡以蘆秣帝馬大官糲米止二斛圍久父老爭上壺飧餅餌（通鑑）時供御止有糲米二斛每伺賊休息夜縋人于城外采蕪菁根而進之（唐書）李懷光與朱泚通謀興元元年二月上南幸梁州李晟改封西平郡王（通典）漢置西域都護晉宋以後有督護之官亦其任也（舊唐書）神策將李晟自定州率師赴難軍于渭橋興元元年五月移軍光泰門外賊來薄我軍奮擊大破之追擊至白華門朱泚姚令言率衆遁去晟收復京城渾瑊戴休言韓遊瓌亦破賊于咸陽泚走至彭原西城屯韓旻斬之傳首行在姚令言投涇州源休李子平走鳳翔尋並斬獲（舊唐書）七月壬午車駕至自興元渾瑊韓遊瓌以其衆扈從李晟駱元光尚可孤以其衆奉迎步騎十餘萬旌旗數十里（唐書）節度使賜雙旌雙節行則建節樹六纛按晟子愿愬聽憲皆為節度使（唐書）元和四年詔以晟配饗德宗廟廷其家編附籍屬義山本宗室故云猶羣從（舊唐書）晟十五子長子侗無祿早世此云嫡長豈千牛

乃伺之子歟〔詩〕貽厥孫謀〔世說〕謝中郎萬是王藍田女婿〔古樂府〕何當大刀頭破鏡飛上天〔吳兢解題〕大刀頭刀頭有環問夫何時當還也破鏡飛上天言月半缺當還也〔天文志〕房為天府曰天駟其陰右驂〔白帖〕馬為房星之精〔鮑照賦〕歲崢嶸而催暮回雁謂雁書〔字林〕鯖雜肴也〔西京雜記〕婁君卿歷遊五侯之門每旦五侯遺餉之君卿合為鯖世傳五侯鯖〔古樂府〕小婦無所為挾瑟上高堂〔杜甫詩〕銀甲彈箏用〔道源注〕唐樂府有相府蓮後語訛為想夫憐〔樂苑〕曰想夫憐羽調曲也

〔唐職官志〕少府監屬有中尚署令從九品下左尚署令正七品下李將軍葢嘗歷三尚署之職至千牛將軍為從三品掌侍衛儀仗言官政則已歷三尚之久而論其人才則當著一鳴之效矣一段從千牛追論其先人之功二段朱泚之亂代宗幸奉天事三段西平收復之功四段述彼此交情兼及千牛

此篇四段五十韻一段述亂起奉天至二十韻失體矣杜少陵送王平事詩前一大段敘太宗與王圭夫人事因題有表姪字故敘親情其事又史冊所不載故細寫之以傳信以補史所不逮此詩以題有千牛

赴闕故述先世功亦可其如事在史冊炳如日星詳敘則贅矣只宜數句點過方為得體玉溪一代名家詩法昧昧若此如五古行次西郊作一百韻事皆載在青史其法與此首同

詠懷寄秘閣舊僚二十六韻（魏畧）蘭臺為外臺秘書為內閣○義山釋褐秘書省校書郎故有舊僚

年鬢日堪悲衡茅益自嗤攻文枯若木處世鈍如鎚敢忘（去聲）垂堂戒寧將暗室欺懸頭曾苦學折臂反成醫僕御嫌夫弱孩童笑叔癡小男方嗜栗幼女漫憂葵遇炎（一作啇）誰先噉逢蘁即便（一作更）吹官衙同畫餅面貌乏凝脂典籍將蠡測文章若管窺圖形翻類狗入夢肯非羆自哂成書簏終當兕酒卮懶霑襟上血羞鑷鏡中絲槖

籥言方喻摶蒲齒詎知事神徒惕慮佞佛愧虛辭曲藝
垂麟角浮名狀虎皮乘軒寧見寵巢幕更逢危禮俗拘
稽喜侯王忻戴逵途窮方結舌靜勝但揞支通頤糲食空
彈劍亭衢詎置錐柏台成口號芝閣暫肩隨悔逐遷鶯
伴誰觀擇虱時襲閒眠太率牀下隱何卑奮跡登弘閣
摧心對董帷校讐如有暇松竹一相思

郭象莊子注與枯木同其不華〔晉書〕祖約謂梅陶鍾雅
曰君汝潁之士利如椎我幽冀之士鈍如鎚〔漢書〕千金
之子坐不垂堂〔梁簡文帝紀〕不欺暗室豈況三光〔楚國
先賢傳〕孫敬在太學編柳為簡以寫經睡則懸頭于梁
〔左傳〕三折肱知為良醫〔晉書〕王湛初有隱德皆以為癡
兄子濟輕之嘗詣湛湛談易玄理微妙嘆曰家有名士
三十年而不知武帝見濟曰卿家癡叔死未曰臣叔殊
不癡〔陶潛責子詩〕通子垂九齡但覓梨與栗〔列女傳〕魯

漆室女倚柱而嘯隣婦曰欲嫁乎曰我憂魯君老太子
少也婦曰此魯大夫之憂女曰昔晉客舍我家繫馬于
園馬佚踐我園葵使我歲不厭葵味〔語林〕王右軍年十
一周顗異之時絕重牛心炙座客來未噉先割啖右軍
乃知名〔楚詞〕懲于羹者吹齏〔王逸注〕言人歡羹而熱中
心懲之見齏即恐而吹也〔道源注〕魏志名士如畫地為
餅不可啖食〔世說〕王右軍見杜弘治嘆曰面如凝脂眼
如點漆此神仙中人〔東方朔傳〕以蠡測海〔張晏曰〕瓠瓢
也〔王獻之傳〕此郎亦管中窺豹時見一斑〔馬援傳〕畫虎
不成反類狗也〔六韜〕文王將田卜曰所獲非龍非彲非
虎非羆乃伯王之輔果遇太公于渭陽〔晉書〕傅迪廣讀
書而不解其義劉柳惟讀老子而已迪每輕柳柳曰卿
讀書雖多而無所解可謂書簏矣〔唐書〕李善淹貫古今
不能屬辭號為書簏〔晉書〕劉伶求酒于妻妻諫曰非養
生之道宜斷之伶曰善當祝鬼神自誓耳卿可致酒五
斗吾當斷之妻如其言伶祝曰天生劉伶以酒為名一
飲一石五斗解酲婦人之言慎不可聽于是飲酒御肉
塊然復醉〔韻會〕祝或作呪〔琴操〕卞和抱玉而哭晝夜不
止涕盡繼之以血〔齊書〕高帝曰豈有為人作曾祖而鑷
白髮者乎〔老子〕天地之間其猶橐籥乎虛而不屈動而

愈出馬融樗蒲賦排五木散九齒葛洪別傳洪少好讀
書至不知其局幾道不識樗蒲幾齒〔晉書〕何充與弟準
俱崇信釋氏謝萬譏之云二何佞佛〔北史、文苑傳〕學者
如牛毛成者如麟角〔駱賓王啟〕業成麟角引茅茹而彈
冠〔左傳〕衛靈公好鶴鶴有乘軒者〔注〕軒大夫車也〔左傳〕
夫子之在此也猶燕之巢于幕上〔晉書〕阮籍見禮俗之
士以白眼對之稽喜來弔籍作白眼喜不懌而退〔晉書〕
戴逵字安道性高潔以禮度自處累徵為散騎常侍不
至太元二十年太子太傅會稽王道子少傅王雅詹事
王珣上疏曰逵執操貞厲含味獨遊年在耆老清風彌
劭東宮虛德式延事外宜加旌命以參僚侍會病卒〔孟
嘗君傳〕馮驩蒯緱彈劍而歌曰長鋏歸來兮食無魚〔莊
子〕堯舜有天下子孫無置錐之地〔三輔黃圖〕武帝元鼎
元年春起柏梁臺帝嘗置酒于其上詔羣臣二千石能
為七言詩者乃得上坐。秘閣掌秘書圖籍故稱芸閣
〔禮記〕五年以長則肩隨之〔晉書〕王導在揚州辟顧和為
從事月旦當朝未入停車于外周顗過之和方擇虱夷
然不動〔晉書〕畢卓為吏部郎比舍郎酒熟卓夜至其甕
間盜飲之醉卧其下為掌酒者所縛〔唐書〕王維秋邀孟
浩然入內署俄而玄宗至浩然匿牀下〔漢書〕董仲舒為

博士下帷講誦弟子
轉相授業莫見其面
一段魯鈍不合時宜二段宦遊不達三段
無知已以上皆述懷四段寄秘閣舊僚

四年冬以退居蒲之永樂渴然有農夫望歲之
志遂作憶雪又作殘雪詩各一百言以寄情于

游舊

憶雪

愛景人方樂同雲候稍愆徒聞周雅什願賦朔風篇欲
俟千箱慶須資六出妍詠留飛絮後歌唱落梅前庭樹
思瓊蕊粧樓認粉綿瑞邀盈尺日豐待雨岐年預約延
枚酒虛乘訪戴船映書孤志業披氅阻神仙幾閤霜階

步頻將月幌褰玉京應已足白屋但顯然
小雅南山上天同雲雨雪其雱衛風北風其涼雨雪其雱韓詩外傳草木花多五出雪花獨六出梁簡文帝雪朝詩落梅飛四注後漢書張堪為漁陽太守百姓歌曰桑無附枝麥秀兩岐詩注豐年之冬必有積雪語林王子猷雪夜訪戴安道時戴在剡溪便乘輕船就之既造門不前便返人問其故曰吾本乘興而行興盡而返何必見戴談藪齊太原孫伯翳家貧常映雪讀書與王亮范雲為莫逆交晉書王恭乘高輿披鶴氅裘涉雪而行孟昶嘆曰眞神仙中人也
一段憶二段雪三段雪中情事四段結到憶然二段有農夫望歲之志三段有寄情游舊之意

殘雪

旭日開晴色寒空失素塵遶牆全剝粉傍井漸消銀刻獸摧鹽虎為山倒玉人珠還猶照魏璧碎尚留秦落日

驚侵晝餘光悞惜春簷冰滴鵝管屋瓦鏤魚鱗嶺霽嵐
光坼松暄翠粒新擁林愁拂盡著砌恐行頻焦寢忻無
患梁園去有因莫能知帝力空此荷平均

何遜雪詩時逐微風起誰言非玉塵（左傳）王使周公閱來聘享有昌歜白黑形鹽辭曰國君文足昭也武可畏也則有鹽虎形以獻功（世說）嵇叔夜醉如玉山之將頽（史記）秦王待趙璧無意償城藺相如前曰璧有瑕請指示王王因持璧却立曰王必欲急臣臣頭與璧俱碎矣頗惜新羅國記松樹大連抱有五粒子形如𧐢仁而稍小皮硬浸酒療風（酉陽雜俎）松凡言兩粒五粒粒當言鬣五粒松皮不鱗李賀有五粒小松歌（高士傳）焦先野火燒盧因露寢遭大雪先袒卧不移人以為死就視如故。雪霽故去

一段實賦二段比三段賦近景四段遠近合賦五段總結殘意

大鹵平後移家到永樂縣居書懷十韻寄劉韋

二前輩二公嘗於此縣寄居（唐書）會昌四年正月河東都將楊弁逐節度使李石據軍府應劉稹三月李義忠克太原生擒弁盡誅亂卒

驅馬遶河干家山照露寒依然五柳在況值百花殘昔去驚投筆今來分挂冠不憂懸磬乏乍喜覆盂安甑破寧迴顧舟沈豈暇看脫身離虎口移疾就猪肝鬢入新年白顏無舊日丹自悲秋穫少誰懼夏畦難逸志忘鴻鵠清香披蕙蘭還持一杯酒坐想二公懽

（上林賦）過鳷鵲望寒露（注）觀名在雲陽甘泉宮按太原唐壯都故得用之（漢書）逢萌解冠挂東都城門（國語）室如懸磬（東方朔傳）連四海之外以為席安于覆盂（後漢書）孟敏荷甑墮地不顧而去郭泰問其故曰甑已破矣視之何益（豫章記）聶友夜射白鹿尋蹤不見乃見箭著一梓樹伐之取二板為祥牁後友船行遇風作皆沒惟

友船獨全尋看乃向梓板夾扶其船〔莊子〕料虎頭編虎鬚幾不免虎口哉〔後漢書〕太原閔仲叔徵博士不至客居安邑老病家貧不能肉日買猪肝一片安邑令聞之勑吏常給仲叔曰豈可以口腹累安邑遂去〔陳涉傳〕燕雀安知鴻鵠之志哉

一段到永樂縣居二段大鹵平後三段生感四段寄二公

自桂林奉使江陵途中感懷寄獻尚書　時義山為桂府觀察判官此詩乃寄鄭亞者但二史俱不云亞兼尚書疑有誤

下客依蓮幙明公念竹林縱然膺使命何以奉徽音投刺雖傷晚酬恩豈在今迎來新瑣闥從到碧瑤岑水勢初知海天文始識參固慚非賈誼惟恐後陳琳前席驚虛辱華樽許細斟尚憐秦痔苦不遣楚醪沈既載從戎

筆仍披選勝襟瀧通伏波柱簾對有虞琴宅與嚴城接
門藏別岫深閣凉松冉冉堂靜桂森森社内容周續鄉
中保展禽白衣居士訪烏帽逸人尋佞佛將成傳耽書
或類淫長懷五羖贖終著九州箴良訊封鴛綺餘光借
玳簪張衡愁浩浩沈約瘦愔愔蘆白疑粘鬢楓丹欲照
心歸期無雁報旅抱有猿侵短日安能駐低雲只自陰
亂鴉銜曬俗晒字網寒女簇遙砧東道違寧久西園望不
禁江生魂黯黯泉客淚涔涔逸翰應藏法高辭肯浪吟
數音朔須傳庾翼莫獨與盧諶假寐憑書簏哀吟叩劍鐔
音尋未嘗貪偃息那復議登臨彼美迴清鏡其誰受曲針

人皆向燕路無乃費黃金

原注公與江陵相國節敘叔姪按唐書宰相表無名節者此注疑亦誤○竹林七賢阮籍阮咸爲叔姪○桂林郡濱海○陳琳爲曹操管記室莊子秦王召醫破癰潰痤者得車一乘舐痔者得車五乘所治愈下得車愈多張協七命簞醪投川可使三軍告捷注楚與晉戰或進王一簞酒王欲與軍士共之則少而不徧乃傾酒于水令衆迎流而飲之士卒皆感恩盡力遂大捷後漢書馬援爲伏波將軍征交阯立銅柱爲漢之極界釋氏通鑑惠遠居廬山三十年社衆數千著者十八人高僧傳彭城劉遺民豫章雷次宗鴈門周續之新蔡畢穎之南陽宗炳張萊民張季碩並棄世遺榮依遠居止家語魯人有獨處室者鄰之釐婦室壞趨而託焉魯人閉户不納婦曰子何不如柳下惠然嫗不逮門之女魯人曰柳下惠則可我固不可佛書維摩詰世號白衣居士唐書隋貴臣多服烏紗帽後漸廢貴賤通服折上巾南史劉峻苦所見不博聞有異書必往祈借清河崔慰祖謂之書淫史記百里奚亡秦走宛楚鄙人執之繆公聞其賢以五羖羊皮贖之左傳虞人之箴曰芒芒禹跡畫爲九州

〔史記〕趙平原君使人于楚欲誇楚為玳瑁簪〔四愁詩序〕張衡出為河間相時天下漸弊鬱鬱不得志為四愁詩〔左傳〕若舍鄭以為東道主〔江淹別賦〕黯然銷魂者惟別而已矣〔述異記〕鮫人即泉先也又名泉客〔晉書〕王羲之書初不勝庾翼郗愔及暮年方妙嘗以草書答庾亮而翼深歎服因與羲之書云吾昔有伯英章草十紙過江狼狽遂乃亡失忽見足下答家兄書煥若神明頓還舊觀〔晉書〕劉琨為段匹磾所拘為五言詩贈其別駕盧諶琨詩托意非常攄暢幽憤遠想張陳感鴻門白登之事用以激諶諶以常詞酬和殊乖琨心重以贈之〔說文〕鐔劍鼻也〔漢書注〕劍口旁橫出者虞翻與客書琥珀不取腐芥磁石不受曲針

一段奉使二段受知尚書三段自桂林四段江陵途中五段獻尚書段段皆感懷

送從翁從東川弘農尚書幕〔舊唐書〕開成元年楊汝士轉兵部侍郎其年十二月檢校禮部尚書梓州刺史劍南東川節度使四年入為吏部侍郎

大鎮初更帥嘉賓素見邀使車無遠近歸路更〔一作便〕烟

霄穩放驊騮步高安翡翠巢御風知有在去國肯無聊
早忝諸孫末俱從小隱招心懸紫雲閣夢斷赤城標素
女悲清瑟秦娥弄玉碧一作簫山連玄圃近水接絳河遥
豈意闇周鐸翻然慕舜韶皆辭喬木去遠逐斷蓬飄薄
俗誰其激斯民已甚恌鸞皇期一舉燕雀不相饒敢共
頹波遠因之内火燒是非別故夢時節慘驚飈末至誰
能賦中乾欲病痟屢曾紆錦繡勉欲挂瓊瑶我恐霜侵
鬓君先綬桂腰甘心與陳阮揮手謝松喬錦里差鄰接
雲臺閉寂寥一川虚月魄萬崦自芝苗瘴雨瀧間急離
魂峽外銷非關無燭夜其奈落花朝幾處逢鳴佩何筵

不翠翹鑾童騎象舞江市賣鮫綃南詔知非敵西山亦
屢驕勿貪佳麗地不為聖明朝少減東城飲時看北斗
杓莫因乖別久遂逐歲寒凋盛幕開高宴將軍問故僚
為言公玉季早日棄漁樵

莊子列子御風而行〔會稽記〕天台赤城山土色皆赤巖岫連沓狀若雲霞〔天台賦〕赤城霞起而建標白帖天河謂之銀河亦曰絳河〔莊子〕因以為弟靡因以為波流弟即頹也〔郭注〕變化頹靡世事波流〔雪賦〕相如末至居客之右〔左傳〕外强中乾〔韻會〕痟渴疾相如痟渴通作消○陳琳阮瑀○赤松子王子喬〔益州記〕張儀築益州城城故錦澗也號錦里蔡質漢儀尚書郎入直雲臺時從翁必以郎官參幕府故云〔說文〕瀧奔湍也俗謂水湍峻者為瀧唐書南詔本哀牢後烏蠻別種也居永昌姚州之間鐵橋之南西北與吐蕃接天寶後臣吐蕃○西山即岷山李宗諤圖經岷山巉絕崛立實捍阻羌夷全蜀倚為巨屏唐自肅代後西山三城屢陷吐蕃〔三輔黃圖〕惠

帝更築長安城城南為南斗形城北為北斗形至
今人稱漢舊京為斗城○末二語義山自謂也
一段從尚書幕二段已與從翁始同隱後同出三段
仕不得意蒙從翁贈詩四段東川景物時事五段送
屬其莫忘也使車二句言徵辟無遠近
既當即赴而從此相別則隔若雲霄矣

五言述德抒情詩一首四十韻獻上杜七兄僕
射相公舊唐書杜悰字永裕式方子尚憲宗女岐陽公主會昌四年七月拜中書侍郎同中書門下平章事尋加左僕射

帝作黃金闕仙開白玉京有人扶太極惟嶽降元精耿
賈宮勳大荀陳地望清旂常懸祖德甲令著家聲經出
宣尼壁書留晏子楹武鄉傳陣法踐土主文盟自昔流
王澤由來仗國楨九河分合沓一柱忽崢嶸得主勞三

顧驚人肯再鳴碧虛天共轉黃道日同行後飲曹參酒
先和傅說羹即時賢路闢此夜泰階平願保無疆福將
圖不朽名卒身期濟世叩額慮興兵感念殽尸露咨嗟
趙卒坑倘令安隱忍何以贊貞明惡草雖當路寒松實
挺生人言真可畏公意本無爭故事留臺閣前驅且旆
旌芙蓉王儉府楊柳亞夫營清嘯頻疎俗高談屢析酲
過庭多令子乞音氣墅有名甥南詔應聞命西山莫敢驚
寄辭收的博端坐掃欃槍雅宴初無倦長歌底有情檻
危春水暖樓迥雪峯晴移席牽緗一作湘蔓迴橈撲絳英
誰知杜武庫只見謝宣城有客趨高義以下自序於今滯下

卿登門慚後至置驛恐虛迎自是依劉表安能比老彭
彫龍心已切畫虎竟何成豈有一作省曾黔突徒勞不倚
衡乘時乖巧宦占象合艱貞廢忘去聲淹中學遲迴谷口
耕悼傷潘岳重樹立馬遷輕隴鳥悲丹嘴湘蘭怨紫莖
歸期過舊歲旅夢繞殘更弱植叨華族衰門倚外兄欲
陳勞者曲未唱淚先橫

漢郊祀志三神山在海中黃金銀為宮闕漢郭閭傳元精所生王之佐臣後漢書耿弇封好畤侯並圖像南宮雲臺後漢書荀淑為朗陵相陳實為太丘長皆以德行稱世說正始中人比論以五荀方五陳唐書悰祖佑相德順憲三宗拜司徒封岐國公漢紀注令有先後故有令甲令乙令丙道源注晏子春秋晏子將死鑿楹納書謂妻曰子壯而視之及子壯發書書曰布帛不可窮窮不可服事不可窮窮不可壯蜀志建興三年封諸葛亮

為武鄉侯亮推演兵法作八陣圖〔通志〕滎進縣故城西
壮有踐土臺即晉文公盟諸侯處〔傳〕河水分為九道在
兖州界平原以北是○一柱砥柱也〔漢書〕日有中道中
道者黄道一曰光道〔晉書〕黄道日之所行也半在赤道
外半在赤道内〔曹參傳〕來者皆欲有言參輒飲以醇酒
錢龍惕箋〔舊唐書〕大中三年九月西川節度使杜悰收
復維州維州古西戎地南界江陽岷山連嶺而西不知
其極北望隴山積雪如玉東望成都如在井底其州在
岷山之孤峯三面臨江天寶後河隴繼陷惟此州在焉
吐蕃利其險要二十年間設計得之遂據其城號曰無
憂城先是李德裕鎮西川吐蕃首領悉怛謀以城來降
德裕奏之執政者與德裕不協遽勒還其城至是收復
之亦不因兵刃乃人情所歸也按維州之爭事在太和
五年會昌中德裕復相嘗追論之悉怛謀已贈官矣大
中繼立僧孺黨白敏中令狐綯等共排德裕逐之時悰
有收復維州之功當非執政所喜故詩云惡草雖當路
寒松實挺生人言眞可畏公意本無爭惡草指敏中諸
人也悉怛謀之勒歸也吐蕃戮之漢界之上三百餘人
寃叫呼天擲其嬰孩承以槍槊此實以僧孺鉤黨殺降
故詩云感激殺尸露咨嗟趙卒坑倘令安隱忍何以贊

貞明也〔蜀志〕陳壽與勗等定故蜀丞相諸葛亮故事二十四篇以進〔晉書〕謝安與玄圍棊賭別墅玄懼不勝安顧甥羊曇曰以乞汝〔廣韻〕乞與人物也〔唐書〕韋臯命將出西山靈關破峨和通鶴定廉城踰的博嶺遂圍維州杜甫詩已收的博雲間戍〔錢龍惕箋〕李衛公奏維州事曰此地內附可減八處鎮兵坐收千里舊地臣見莫大之利乃為恢復之基況臣未嘗用兵攻取自感化來降悰之收維州可比衛公也〔王隱晉書〕杜預為尚書損益萬幾不勝可數號曰杜武庫言其無所不有〔齊書〕謝朓轉中書郎出為宣城太守〔史記〕談天衍彫龍奭〔注〕騶奭修衍之文飾若彫鏤龍文故曰雕龍魏劉勰撰文心雕龍〔韓子〕墨突不得黔突竈囱也黔黑也○占象言占易象〔揚子法言〕谷口鄭子真耕于巖石之下名震京師司馬遷傳特以為智窮罪極不能自免卒就死耳何則素所自樹立使然也人固有一死或重于太山或輕于鴻毛〔禰衡鸚鵡賦〕命虞人于隴坻又曰紺趾丹觜綠衣翠衿〔楚詞〕秋蘭兮青青綠葉兮紫莖〔白帖〕舅之子為內兄弟姑之子為外兄弟〔謝混詩〕信此勞者歌〔善曰〕韓詩伐木廢朋友之道缺勞者歌其事詩人伐木自苦其事故以為文此詩乃杜悰再鎮西川義山居東川幕府所上

言外有覬其
薦達之意
史記正義七錄云古儀禮出魯淹中其書周宗伯所
掌五禮威儀之事○一段杜之家世二段杜之遇合
三段杜之才畧
功名四段自叙

今月二日不自量度輒以詩一首四十韻干瀆
尊嚴伏蒙仁恩俯賜披覽奬踰其實情溢於辭
顧惟疎蕪曷用酬戴輒復五言四十韻詩獻上
亦詩人咏嘆不足之義也

家擅無雙譽朝居第一功四時皆首夏八節應條風滌
濯臨清濟巉巖倚碧嵩鮑壺冰皎潔王佩玉丁東處劇
張京兆通經戴侍中將星臨迴夜卿月麗層穹下令銷

秦盜高談破宋龔含霜太山竹拂霧嶧陽桐樂道乾知
退當官蹇匪躬服箱青海馬入兆渭川熊固是符眞宰
徒勞讓化工鳳池春瀲灎雞樹曉曈曨願守三章約還
期九譯通薰琴調大舜寶瑟和神農慷慨資元老周旋
值一作直狡童仲尼羞問陣魏絳喜和戎欵欵將除蠹孜
孜欲達聰所求因渭濁安肯與雷同物議將調鼎君恩
忽賜弓開吴相上下全蜀占西東鋭卒魚懸餌豪胥鳥
在籠疲民呼杜母隣國仰羊公置驛推東道安禪合北
宗嘉賓增重價上士悟眞空扇舉遮王導樽開見孔融
烟飛愁舞罷塵定一作起惜歌終岸柳兼池緑園花映燭

紅未曾周顗醉轉覺季心恭繫滯喧人望便蕃屬聖衷
天書何日降庭燎幾時烘早歲乖投刺今晨幸發蒙遠
途哀跛鼈薄藝奬雕蟲故事曾尊隗前修有薦雄終須
煩刻畫聊擬更磨礱鑾嶺晴留雪巴江晚帶楓營巢憐
越燕裂帛待燕鴻自苦誠先躄長飄不後蓬容華雖少
健思緒即悲翁感激淮山館優游碣石宫待公三入相
丕祚始無窮

後漢黄香傳天下無雙江夏黄童〔蕭何傳〕君位爲相國
功第一不可復加〔易緯〕立春條風至東北風也〔鮑照詩〕
清如玉壺冰〔原注〕〔摯虞決録要注〕曰漢末絶無玉佩侍
中王粲識舊佩始復作之今玉佩受法于粲也〔漢書〕張
敞拜膠東相自謂治劇郡非賞罰無以勸善懲惡後守
京兆尹枹鼓希鳴市無偷盜〔後漢書〕戴憑舉明經徵試

博士後拜侍中正旦朝賀帝令羣臣能說經者更相詰
難不通輒奪其席以益通者憑重坐五十餘席京師語
曰解經不窮戴侍中〔漢書〕五帝坐後聚十五星曰哀烏
郎位旁一大星將位也〔洪範〕御士惟月〔左傳〕士會為將
軍于是晉盜奔秦〔左傳〕申舟以孟諸之役惡宋曰鄭昭
宋聾〔注〕昭明也聾暗也〔舊唐書〕太和六年悰為京兆尹
七年出為鳳翔隴右節度使八年授忠武軍節度使陳
許蔡觀察等使京兆鳳翔秦地也陳許宋地也〔竹譜〕會
郡鄒山有篠形色不殊質特堅潤宜為笙管諸方莫及
〔禹貢〕嶧陽孤桐〔注〕嶧山在鄒縣北桐以向日孤生為良
○乾蹇見易〔老子〕有眞宰足以制萬物〔晉書〕荀勗從中
書監遷尚書令人賀之曰奪我鳳凰池何賀耶〔唐書〕會
昌四年悰拜同中書門下平章事〔補史記三皇本紀〕神
農氏作五弦之瑟按五弦十五弦小瑟也二十五弦中
瑟也五十弦大瑟也○周旋值狡童言在朝周旋值有
劉稹之叛悰之罷相二史不詳其故〔通鑑〕云悰以餽運
不繼請赦郭誼帝俛首不言仲尼羞問陳魏絳喜和戎
益微言罷相之由也時李德裕力贊用兵此云安肯與
雷同意必與德裕不協〔唐書〕劉稹平悰進左僕射門下
侍郎未幾以本官罷出為劍南東川節度使徙西川〔黄

石公芳餌之下必有懸魚後漢書杜詩為南陽太守時人方于召信臣故為之語曰前有召父後有杜母晉書羊祜鎮襄陽務修德信以懷吴人吴邊人皆悅服傳燈錄神秀嗣五祖法住荆州當陽山號甘宗時曹溪為南宗道源注佛號無上士僧稱上士人法兩空曰眞空即般若智也世說西風塵起王導舉扇自蔽曰元規塵汙人張璠漢紀孔融拜大中大夫每嘆曰坐上客常滿樽中酒不空吾無憂矣劉向別錄善謳歌者魯人虞公發聲清哀能動梁塵世說周伯仁過江積年大飲酒嘗經三日不醒時人謂之三日僕射漢書季布弟季心氣蓋關中遇人恭謹舊唐書悰無他才常延接寒素○庭燎見詩孫卿子跬步不休跛鼈千里楊子或問吾子少好賦曰然童子雕蟲篆刻俄而曰壯夫不為也○時義山在東川神仙傳淮南王好神仙有八公詣門王迎之登思仙之臺○悰後至咸通初復入相

一段敘杜之家世才品二段敘歷官名望三段入相時事四段罷相鎮蜀五段自敘

夜思

銀箭耿寒漏金釭凝夜光綵鸞空自舞別雁不相將寄恨一尺素含情雙玉璫會前猶月在去後始宵長往事經春物前期託報章永令虛粲枕長不掩蘭房覺動迥猜影疑來浪認香鶴應聞露警蜂亦為花忙古有陽臺夢今多下蔡倡何為薄冰雪消瘦滞非鄉

詩角枕粲兮

一二夜三四別離寄恨二句思會前二句夜往事二句久不相見惟有空書永令四句凄涼之況鶴應二句比古有二句非無美麗結自怨

一段夜思二段別後之情三段夜思景況四段非無美麗何自苦乃爾

寓懷

緌鸞驂顥氣威鳳入卿雲長養三清境追隨五帝君烟
波遺汲汲繒繳任云云下界圍黃道前程合紫氛金書
惟是見玉管不勝聞草爲迴生種香緣却死熏海明三
島見天迴九江分褰（當作騫）樹無勞緩神禾豈用耘鬬龍
風結陣惱鶴露成文漢嶺（一作殿）霜何早秦宮日易曛星
機拋密緒月杵散靈氛（作芬）陽烏西南下相思不及羣
〔西都賦〕鮮顥氣之清英〔漢書注〕威鳳鳳之有威儀者漢
〔郊祀志〕秦襄公作西畤祠白帝宣公作密畤祠青帝靈
公作上畤祠黃帝下畤祠炎帝高祖問天有五帝而四
何也莫知其說高祖曰是待我而具五也乃立黑帝祠
名曰北畤〔增韻〕云云衆語也〔汲黯傳〕我欲云云〔注〕猶言
如此如此也〔劉楨詩〕奮翅凌紫氛〔集仙傳〕大茅君南至
句曲山天帝賜以黃金刻書九錫之文〔博物志〕禹戮房
風房風二臣怒以刃自貫其心而死禹哀之乃拔其刃

療以不死之草〔述異記〕聚窟洲有返魂樹伐其根心于
玉釜中煮取汁又熬之令可丸名曰驚精香又名震靈
丸或名返生香或名却死香尸在地聞氣即活〔雲笈七
籤〕月中樹名騫樹一名藥王凡有八樹在月中也〔眞誥〕
酆都山稻名重思米如石榴子粒異大色味如菱亦以
上獻仙官杜瓊作重思賦曰神禾鬱乎浩京巨穗横我
玄臺〔張衡周天大象賦〕疇遂睇于漢陽乃攸窺于織女
引寳毓圓摇機弄杼傳玄擬天問月中何有白兎搗藥
月杵搗藥杵也〔馮衍顯
志賦〕揚屈原之靈芬

鸞鳳既餐顥氣入卿雲言已仙去也自然長養仙境
追隨神明已遺烟波矰繳何施我之下界空圍黄道
彼之前程合在紫氛賜天帝之金書閶仙人之玉管
無意人間矣即種回生之草薫返魂之香三島可見
九江易分其如樹無勞援禾不用耘何哉目前龍雲
結陣鶴露成文故寒霜下早白日易曛言時已秋晚
也遥知此時空抛星機歇月杵以待
我而陽烏西下我不及羣可傷也

鬭龍鳳結陣風當作雲〔左傳〕鄭大水龍鬬于
時門易雲從龍惱鶴即驚鶴言天陰夜長也

一段仙去二段無術可留三段有術亦無用四段點時五段合結的是悼亡之作

木蘭

二月二十二木蘭開坼初初當新病酒復自久離居愁絶更傾國驚新聞遠書紫絲何日障油壁幾時車弄粉知輕重調紅或有餘波痕空映襪烟態不勝裾桂嶺含芳遠蓮塘屬意疎瑶姬與神女長短定何如

〔晉書〕王愷作紫絲布步障四十里〔山海經〕帝女死焉化爲瑶草服者媚于人〔集仙傳〕靈華夫人名瑶姬王母第二十三女嘗遊東海過巫山授禹上清寶文理水之策〔神女賦〕襛不短纖不長〔登徒子好色賦〕臣東家之女增之一分則太長減之一分則太短

一段開當離别聞書時二段木蘭之色態三段比結

細雨成詠獻尚書河東公

洒砌聽來響卷簾看已迷江間風暫定雲外日應西稍稍落蝶粉班班融燕泥颭萍初過沼重柳更緣堤必擬和殘漏寧無晦暝鼙半將花漠漠全共草淒淒猿別方長嘯烏驚始獨棲府公能八詠聊且續新題

金華志齊隆昌元年沈約出爲東陽太守作八詠詩題于玄暢樓後人更爲八詠樓

一段細雨二段景物

三段細甚四段尚書

病中聞河東公樂營置酒口占寄上

聞駐行春旆中途賞物華緣憂武昌柳遂憶洛陽花稽鶴元無對荀龍不在誇只將滄海月長壓赤城霞興欲

傾燕館歡終於一作到習家風長應側帽路隘豈容車樓
迴波窺錦窗虛日弄紗鎖門金了鳥展障玉鴉叉舞妙
從兼楚歌能莫雜巴必投潘岳果誰摻七勘切禰衡撾刻
燭當時忝傳杯此夕賒可憐漳浦卧愁緒亂如麻

後漢書謝夷吾為鉅鹿太守行春乘柴車從兩吏晉書陶侃領江州刺史鎮武昌嘗課諸營種柳都尉夏施夜盜拔郡西門柳為已所種侃駐車施門詰之施怖謝罪晉書嵇紹始入洛或謂王戎曰昨于稠人中見嵇紹昂昂然如野鶴之在雞羣後漢書荀淑子八人並有才名時謂八龍此泥柳仲郢諸子也仲郢子玨璧玭舊唐書皆有傳○燕館即碣石宮襄陽記峴山南習郁有大魚池山簡鎮襄陽時每臨此池輒大醉而歸原注樂府相逢狹路問路隘不容車○障屏障也玉鴉叉謂畫叉漢高祖令戚夫人楚舞自為楚歌晉書潘岳美姿儀少時出洛陽道婦人遇之者投之以果滿車而歸南史蕭文琰邱令楷江拱並以文稱竟陵王夜集賦詩為四韻刻

燭一寸

一段聞置酒二段河東公一門之盛三段賓客之多品物之貴四段歌舞之盛末寄上

擬意

悵望逢張女遲迴送阿侯空看小垂手忍問大刀頭妙選茱萸帳平居翡翠樓雲屏一作衣不取暖月扇未遮羞上掌眞何有傾城豈自由楚妃交薦枕漢后一作共藏鬮夫向羊車覔兒從鳳穴求書成祓禊帖唱殺畔牢愁夜杵鳴江練春刀解若一作石榴象牀穿幰網犀帖訂窗油仁壽遺明鏡陳倉拂採毬眞防舞如意佯蓋臥箜篌濯錦桃花水濺裙杜若洲魚兒懸寶劍燕子合金甌銀

箭催摇落華筵憐去留幾時銷薄怒從此抱離憂帆落
啼猿峽樽開畫鷁舟急弦腸對斷剪蠟淚爭流璧馬誰
能帶金蟲不復收銀河撲醉眼珠串咽歌喉去夢隨川
后來風貯石郵蘭叢銜露重榆莢點星稠解佩無遺跡
凌波有舊遊曾來十九首私讖詠牽牛

潘岳笙賦輟張女之哀彈南史羊侃舞人張靜婉腰圍一尺六寸能掌上舞樂府雜録張永元嘉技録有吟嘆四曲一曰楚妃嘆漢書楊雄作廣騷又旁惜誦至懷沙名曰畔牢愁注畔離也牢聊也與君相離愁而無聊也○夜杵擣衣杵也廣雅若榴石榴也○櫶網言牀幔為網戶紋集韻帖牀前帷也以薄犀為帖釘于窗櫳陸機與弟雲書洛陽仁壽殿前有大方鏡高五尺餘廣三尺二寸暗著庭中向之便寫人形體拾遺記孫和悅鄧夫人嘗著膝上和月下舞水精如意誤傷夫人頰洛陽伽藍記魏高陽王雍美人徐月華能彈臥箜篌為明妃出

塞之曲後為將軍原士康側室徐鼓箜篌而歌其聲入雲行者俄而成市楚詞採芳洲兮杜若將以遺兮下女唐書車服志一品至六品以金玉飾劍給隨身魚西京雜記漢元后在家嘗有白燕銜石大如指墮后績匣中后取之石自剖為二其中有文曰母天后地乃合之遂復還合及為后嘗置璽笥中神女賦頩薄怒以自持兮甘泉賦壁馬犀之瞵瑞注作馬及犀牛為璧飾也吳均古意蓮花銜青雀寶粟鈿金蟲李賀詩坡陀簪碧鳳腰裊帶金蟲或曰金蟲簪飾也洛神賦于是屏翳收風川后靜波注川后河伯也樂府丁都護歌願作石尤風四面斷行旅容齋隨筆石郵打頭送風也唐人詩多用之郵與尤同詩不知其郵列仙傳江妃二女出遊漢江湄逢鄭交甫挑之不知其神人也女遂解佩與之交甫悅受佩而去數十步空懷無佩女亦不見洛神賦凌波微步古詩十九首其九首云迢迢牽牛星

皎皎河漢女洛神賦咏牽牛之獨處

禮記善歌者纍纍如貫珠毛詩

串夷載路串貫通古今字也

一段總起別情二段往日相親三段往日嬉遊四段別時情況五段今日不能忘也

謝往桂林至彤庭竊詠（西都賦）玉堦彤庭（注）帝居也

辰象森羅正勾陳翊衛寬魚龍排百戲劍佩儼千官城禁將開晚宮深欲曙難月輪移㭉烏詣切詣仙路下欄干共賀高禖應將陳壽酒歡金星壓芒角銀漢轉波瀾王母來空濶義和上屈盤鳳皇傳詔旨獬廌俗作豸冠朝端造化中台座威風上將壇甘泉猶望幸早晚冠呼韓

闕中記建章宮中有駁娑駘盪㭉詣承光四殿（三輔黃圖）㭉詣木名宮中美木茂盛也（月令）仲春玄鳥至日天子以太牢祠于高禖（注）求子之祭（天官占）太白者西方金之精白帝之子徑一百里角搖則兵起（史記注）芒角也（李賀詩）金窠篆字紅屈盤（唐書）法冠者御史大夫中丞御史之服也一名獬廌冠（漢書宣帝紀）行幸甘泉郊泰畤匈奴呼韓耶單于稽侯㹳來朝贊謁稱藩臣而不名（匈奴傳）單于朝天子于甘泉宮漢寵以殊禮位在諸

上
侯王
一段形庭森嚴宮禁深閟二段夜晏
三段官府之衆結望致太平也
通篇止詠形庭並不及謝
往桂林一字題必有錯悮

送從翁東川弘農尚書幕按此題重見又全詩
題無干必有脫誤○詩內有錦都咏祿山亂後事與
水澌雲浪之句當是作于成都

昔帝迴冲眷維皇惻上仁三靈迷赤氣萬彙叫蒼旻刋
木方隆禹陞陑始創殷夏臺曾圯閉汜水敢逡巡拯溺
休規步防虞要從薪蒸黎今得請宇宙昨還淳纘祖功
宜急貽孫計甚勤降災雖代有稔惡不無因宮掖方爲
蠹邊隅忽遘迍獻書秦逐客間諜漢名臣北伐將誰使

南征決此辰中原重板蕩玄象失鉤陳詰旦違清道銜
枚別紫宸茲行殊厭勝故老遂分新去異封於鞏來寧
避處幽永嘉幾失墜宣政遽酸辛元子當傳啓皇孫合
授詢時非三揖讓表請再陶鈞舊好盟還在中樞策屢
遵蒼黃傳國璽違遠屬車塵雛虎如憑怒蔡龍性漫馴
封崇自何等流落乃斯民逗撓官軍亂優容敗將頻早
朝披草莽夜縋直類切達絲綸忘戰追無及長驅氣益振
婦言終未易廟算況非神日馭難淹蜀星旄要定秦人
心誠未去天道亦無親錦水湔雲浪黃山掃地春斯文
虛夢鳥吾道欲悲麟斷續殊鄉淚存亡滿席珍魂銷季

羔賓衣化子張紳建議庸何所通班昔濫臻浮生見開
泰獨得詠汀蘋
皇覽蚩尤冢在東郡壽張縣闞鄉城中高七丈民常十月祀有赤氣出如一匹絳名為蚩尤旗〔禹貢〕隨山刊木書序伊尹相湯伐桀升自陑遂與桀戰于鳴條〔注〕陑在河南之曲〔漢書〕漢王即皇帝位于氾水之陽〔張晏曰〕在濟陰界〔文選注〕蘇子曰行務應規步慮投矩〔漢書〕曲突徙薪無恩澤○宮掖以下言玄宗幸蜀本末〔漢匈奴傳〕上以太歲厭勝所在〔唐書〕上將發馬嵬父老遮道請留上按轡久之命太子于後宣慰父老父老因日至尊既不肯留某等願率子弟從殿下東破賊取長安〔史記〕周考王封其弟桓公于河南至孫惠公封少子于鞏號東周惠公〔晉書〕懷帝永嘉五年為漢劉聰所執〔春明退朝錄〕唐制日御宣政殿〔五代史〕宣政前殿也謂之衙衙有仗紫宸便殿也謂之閤〔漢書〕宣帝武帝曾孫名病已霍光與諸大臣迎立之後更名詢○元子謂肅宗皇孫謂代宗也○舊好謂修好回紇借兵討賊○中樞唐自李輔國以後宦官多典兵為樞密使○此以下又似雜言

肅代時事〔左傳〕今君奮焉震電馮怒〔史記〕昔夏后氏之衰有二神龍止于帝庭而言曰余褒之二君也夏帝卜殺與去之與止之莫吉卜請其漦而藏之乃吉于是龍亡而漦在自夏至殷至周莫敢發至厲王發之漦流于庭後宮童妾遭之而孕生子弃之有賣檿弧箕服者逃于道見而收之奔于褒是為褒姒○夜縋縋城而出也○婦言似指肅宗張皇后〔甘泉賦〕流星旄而電燭〔華陽國志〕錦江織錦濯其中則鮮明他江則不好〔幽明錄〕桂陽羅君章不屬意學問常晝寢夢得一鳥五色雜耀不似人間物夢中因取吞之遂勤學讀九經以清才稱○斯文以下自序〔禮記〕儒有席上之珍以待聘〔家語〕蒯聵之亂季羔逃之走郭門門者謂曰彼有缺羔曰君子不踰又曰彼有竇羔曰君子不竇〔柳惲詩〕汀洲採白蘋

一段太宗平隋定天下二段起下三段祿山之亂肅宗收京明皇還京事四段嘆時事

明皇幸蜀以後事皆炳在史冊可以不細寫

哭虔州楊侍郎虞卿〔唐書〕楊虞卿字師皐太和中牛僧儒李宗閔輔政引

為給事中七年宗閔罷李德裕知政事出為常
州刺史八年宗閔復入相名為工部侍郎九年
拜京兆尹其年六月京師訛言鄭注為上合金
丹須小兒心肝民間相告語扃鎖小兒甚密街
肆洶洶上聞之不悦〔注〕頗不自安而雅與虞卿
有怨因約李訓奏曰語出虞卿家御史大夫李
固言素嫉虞卿朋比因傳左端倪上大怒收虞
卿下獄于是子弟八人皆自繫撾鼓訴寃詔虞
卿還私第翌日貶虔州司
馬再貶司户卒于貶所

漢網疏仍漏齊民困未蘇如何大丞相翻作弛刑徒中
憲方外易尹京終就拘本矜能彌謗先議取非辜巧有
凝脂密功無一柱扶深知獄吏貴幾迫季冬誅叫帝青
天濶辭家白日晡流亡誠不弔神理若為誣在昔恩知
忝諸生禮秩殊入韓非劍客過趙受鉗奴楚水招魂遠

邛山卜宅孤甘心親垤蟻旋踵戮城狐陰隲今如此天
災未可無莫憑牲玉請便望救焦枯
老子天網恢恢疎而不漏漢書西羌反發三輔中都官徒弛刑注弛釋也若今徒解鉗釱赭衣置任輸作也○二語謂宗閔史記商鞅多左建外易索隱左建謂左道建立威權也外易在外革易君命此語謂固言○尹京謂虞卿○本矜二語謂鄭注鹽鉄論昔秦法繁于秋茶而密于凝脂周勃傳吾常將百萬軍安知獄吏之貴也司馬遷書今少卿抱不測之罪涉旬月迫季冬注迫季冬言將刑也左傳哀公誄孔子曰旻天不弔不憖遺一老史記嚴仲子與韓相俠累有郄告聶政政仗劍至韓直入上階刺殺俠累史記豫讓事智伯甚尊寵之趙襄子滅智伯讓乃變姓名為刑人入宮塗厠中欲刺襄子鉗奴刑人也漢書季布匿濮陽周氏周氏乃髡鉗布置廣柳車中○言念其恩知欲報以聶政豫讓之事楊佺期洛城記邛山古今東洛九原之地也說文垤蟻封也嶺南異物志蟻封者蟻子聚土為臺也原注是冬舒李伏易○晉謝鯤傳劉隗誠始禍然城狐社鼠通鑑秋七

月李訓召舒元輿為右司郎中兼侍御史知雜鞫楊虞
卿獄九月元輿訓並同平章事十月有甘露之變元輿
訓俱族誅詩靡神不舉靡愛斯牲圭璧既卒寧
莫我聽唐書開成二年旱四月至七月不雨
一段虛提受誣二段敘受誣事三段呼
寃無路四段知己之感五段寃氣不消

寄太原盧司空三十韻唐書盧鈞字子和系出
范陽徙京兆藍田舉進
士第太和中累遷給事中開成元年冬擢嶺南
節度使時稱廉潔會昌初遷山南東道節度使
四年誅劉稹以鈞領昭義節度使檢校兵部尚
書宣宗即位改吏部尚書授宣武節度使加檢
校司空四年入為太子太師六年充太原尹北
都留守河東節度使九年名為左僕射十一年
九月拜同平章事充山南西道節度
使懿宗初以太保致仕卒年八十七

隋艦臨淮甸唐旗出井陘斷鰲撐四柱卓馬濟三靈祖
業隆盤古孫謀復大庭從來師俊傑可以煥丹青舊族

開東岳雄圖奮壯溟邪同獬廌觸樂伴鳳凰聽酣戰仍
揮日降妖亦鬬霆將軍功不伐叔舅德惟馨雞塞誰生
事狼烟不暫停擬填滄海島敢競大陽螢內草纔傳詔
前茅已勒銘邪勞出師表盡入大荒經德水縈長帶陰
山繞畫屏秖憂非綮肯未覺有膻腥保佐資冲漠扶持
在杳冥乃心防暗室華髮稱明廷按甲神初靜揮戈思
欲醒義之當妙選孝若近歸寧月色來侵幌詩成有轉
櫺羅含黃菊宅柳渾白蘋汀神物龜酬孔仙才鶴姓丁
西山童子藥南極老人星自項徒窺管於今愧挈瓶何
由叨末席還得叩玄扃莊叟虛悲雁終童漫識鼮幕中

雖策畫劍外且伶傳聘一作俣俣行忘止鰥鰥臥不瞑身應瘠於魯淚欲溢爲滎禹貢思金鼎堯圖憶土銂公平來入相王欲駕云亭

隋書大業二年八月帝幸江都舳艫相接二百里唐書井陘縣屬鎮州又獲鹿縣有故井陘關一名土門關括地志井陘故關在并州石艾縣陘東十八里即井陘口也柳芳唐曆大業十三年高祖爲太原留守起義兵明年四月受隋禪列子斷鼇足以立四極眞誥卓靈虛之駿莊子昔容成氏大庭氏結繩而用之若此時則至治也古史考大庭氏姜姓以火德王號曰炎帝漢蘇武傳竹帛所載丹青所畫何以過子卿唐書世系表盧氏出自姜姓食采于盧濟北盧縣是也其後因以爲氏唐書鈞遷監察御史爭宋申錫知名漢律歷志黃帝取竹嶰谷制十二篇以聽鳳鳴其雄鳴爲六雌鳴亦六淮南子魯陽公與韓酣戰日暮援戈麾之日反三舍北齊書神武嘗閱馬于北牧道逢暴雨大雷震地前有浮圖一所神武令薛孤延視之孤延乃馳馬按矟直前未至三

十步震燒浮圖孤延冐殺繞浮圖走火遂滅孤延還眉
鬚及馬鬉尾皆焦神武嘆其勇決曰薛孤延乃能與霹
靂鬬（禮記）天子同姓謂之叔父異姓謂之叔舅（白帖）長
曰伯舅少曰叔舅（後漢書）竇憲將萬騎出朔方雞鹿塞
西陽雜俎）狼糞烟直上烽火用之（左傳）前茅慮無（注）軍
行前有斥堠踰伏慮有無茅明也或曰時楚以茅為旌
識勒銘用班固事（山海經）有大荒東西南北中經（漢郊
祀志）秦文公獲黑龍此水德之瑞于是更名河曰德水
功臣表）黃河如帶（秦本紀）西北斥逐匈奴自榆中並河
以東屬之陰山（徐廣曰陰山在五原北（通典）陰山唐為
安北都護府（唐書）鈞宿齒數外遷而後來者多至宰相
科來歸膝下（晉書）夏侯湛字孝若官散騎常侍卒潘岳
原注）小弟義叟早蒙眷以嘉姻（原注）三十五大明府高
稱其文非徒溫雅乃別見孝弟之性○櫺窗櫺也（會稽
後賢傳）孔愉字敬康嘗至吳興縣餘干亭見人籠龜于
路愉求買放之溪中龜行至水反顧愉及封此亭侯鑄
印龜首迴屈三鑄不正有似昔龜之顧愉悟乃取而佩
焉（唐書）太和四年鈞封范陽郡開國公（尚書故實）盧元
公鈞奉道暇日與賓友話言必及神仙之事（魏文帝詩）
西山一何高高高殊無極上有兩仙童不飲亦不食與

我一丸藥光曜有五色服藥四五日身輕生羽翼(隋天文志)老人一星在弧南一曰南極常以秋分之旦見于丙春分之夕沒于丁見則治平主壽昌(左傳)雖有挈瓶之智守不假器(注)挈瓶汲者喻小智(莊子)莊子舍于故人之家故人喜令豎子殺一雁而烹之豎子曰其一能鳴其一不能鳴請奚殺主人曰殺不能鳴者(詩)碩人俣俣(左傳)何必瘠魯以肥杞(禹貢)導沇水東流為濟入于河溢為滎(左傳)夏之方有德也貢金九牧鑄鼎象物(史記)堯舜飯土簋啜土硎(注)瓦器也(史記)黃帝封太山禪亭亭顓頊封太山禪云云(錢龍惕箋)鈞為北都留守義山時在東川作此寄之隋艦臨淮甸以下因太原為高祖興王之地故特述之美其功著丹青而承家世之盛也酣戰仍揮日以下序其為鎮將之功也武宗討劉稹以鈞寬厚得衆詔節度昭義軍令乘驛往鈞次高平鎮將白惟信獻欵俄而遣潞卒戍代北卒飲醉為亂鈞遣牙兵盡斬之于太平驛及鎮河東奏韋宙為副使禁唐民侵掠虜境雜虜遂安那勞出師表盡入大荒經蓋以諸葛比之也義之當妙選以下叙姻婭之誼以及寄詩之情也鈞別墅在城南晚歲被召謝病遨遊故有黃菊白蘋之句其再為司空年逾大耋故有西山南極之祝

也鈞累朝耆碩公望所歸故終願其入相而告成功于封禪也一段敘太原開創之功二段敘司空家世三段敘司空戰功四段敘其投閒壽考五段自敘行藏六段祝其復相

垂柳

錢龍惕曰四句當是未久發春慵

垂柳碧鬅一作髼茸樓昏雨帶容思量成夜夢束久廢春慵梳洗憑張敞乘騎笑稚恭碧虛隨轉笠紅燭近高春怨目明秋水愁眉淡遠峯小闌花盡蝶靜院醉醒疑作聞蛩舊作琴臺鳳今為藥店龍寶奩拋擲下一任景陽鐘

〔晉書〕庾翼字稚恭〔世說〕庾小征西嘗出未還婦母阮與女上安陵城樓俄頃翼歸阮語女聞庾郎能騎我何由得見婦告翼翼便于道盤馬始兩轉墜馬墮地意氣自若〔淮南子〕日出于虞淵是謂高春至于連石是謂下春

西京雜記文君皎好眉色如望遠山臉際常若芙蓉益
部耆舊傳相如宅在少城中笮橋下百許步有琴臺在
焉樂府獨曲歌自從別郎後臥宿
頭不擧飛龍落藥店骨出則為汝
垂柳亦碧城錦瑟之類借以起興耳一段皆思量
成夢事二段天明情景三段決絕之意益反詞也
笠天也晉書天文志天形如笠
中央高而四邊下轉笠言速也

玉溪生詩意卷八